ハヤカワ文庫JA
〈JA1421〉

ツインスター・サイクロン・ランナウェイ

小川一水

ツインスター・サイクロン・ランナウェイ

西暦三〇〇〇年代

星系短絡機関・光貫環《クァングァンファン》による太陽系脱出が進む。

西暦四〇〇一年

汎銀河往来圏《ギャラクティブ・インタラクティブ》成立。一〇億人星《ジャイガース》、一二個に。全星代表会議の大司《インダストリアル・セクレタリー》空の星燭龍《シン・ズウロン》、西暦《アンノ・ドミニ》に代わり星十二指腸暦《アストロ・ジュデナム》への改暦を宣言。（壇上で星十二進暦《アストロ・ジューデシマル》と発声しようとして噛んだと言われる。全星代は否定）

星十二指腸暦四〇〇一～八〇〇〇年

汎銀河往来圏《ギャラクティブ・インタラクティブ》拡大。一〇億人星《ジャイガース》、一五個に。人類総人口四〇〇〇億人。

星十二指腸暦八五二六年

弦道《ゲンドー》移民船団、新星系に到着。周回者《サークス》を自称。周回者暦《サーク・カレンダー》を制定。

プロローグ

――周回者暦《サーク・カレンダー》一八年
（星十二指腸暦《アストロ・ジュデナム》八五四四年）

八〇〇〇メートルの曳き綱を監視している張力計のグラフが、突然ピンと跳ね上がった。

「ヒット」

インシディアス号の、後付けのさまざまな機器でごちゃついた薄暗いブリッジに、まだ若い掌砲長《ガナー》の緊張した声が響いた。船長が落ち着いた口調で聞き返す。

「停滞型竜巻？」

「ノー・メム」

「滞空中の焦粉《ベイク》の顆粒？　それとも私たち自身が投下した産業ゴミが引っかかった？」

「ノー・ノー・メム。その種のミスヒットとは張力パターンが全然違う」

アイタル掌砲長《ガナー》が、張力計のグラフを過去の記録と比較しながら答える。

「竜巻ならテンションが周期的にうねるし、粉雲なら鈍い引きが長く続く。こいつは立ち上がりにガツンと来て、その後は小さく震えてる。強いて言うならゴミか噴出物《エジェクタ》が近いが、こいつは妙なうねり方をしてる……」

アイタルが振り向いてニヤリと笑った。

「ノー・データ。っつか、当たりくさいよ」

ブリッジに詰める十数人が、わっと沸き立ちかけたとき、「静かに」と声が上がった。

「アタリは釣りの始まりよ。本番はこれから、釣りあげてナンボよ」

来年四十歳になる女船長、弦道間切《ゲンドー・マギリ》が、こめかみに垂れる黒い巻き髪をもてあそびながら、赤い唇を動かした。

すべてを楽しんでいるかのようなきらめく瞳で、頼りになる部下たちを見渡す。

「全船！　漁獲態勢！」

広大なレンガ色の空を飛行する、四発核融合ロケットの有翼船。そのすみずみまで、これが初めてとなる命令が響き渡った。

「っしゃあ、やるぞ！」「絶対釣り上げてやろ」「ポカすんなよ」

マギリの言葉でメンバーが機器に向き直るのを、従卒の女性士官であるシービー・エンデヴァは、船長席の斜め後ろから複雑な思いで見守った。

――マギリ船長は、むしろ歓声を上げるほうが似合う。ここで「静かに」と諌めるのが、もっとふさわしい人がいた。

あの人がいなくなってからもう一〇年も経つけれど、いまだに一人分の空白が埋められていない……。

そんなことを思ったシービーは、ブリッジの窓を模した船外ディスプレイへ目を向けたが、もちろんそこには、思い出のよすがになるような目印は何も残っていないのだった。

この雲海には、そそり立つ塔もそびえる山もない。雲の下には森も川も島もないし、それどころか海すらない。

あるのは真っ白なアンモニア氷雲のそびえる、広大な水素の空だ。下方に目を転じれば、炭の粉をさっと振りまいたような焦粉《ベイク》の層の下に、アセチレンやらヒドラジンやら硫化物やら燐《りん》化水素やらがごった煮になった、深さ二万キロ以上の深淵が横たわっている。

巨大ガス惑星、ファット・ビーチ・ボール。大昔の木星によく似た横縞と大渦の天体の、北赤道ベルトを船は飛行していた。一気圧線からの高度は三〇キロメートル。といっても高度ゼロメートルが定められているのは便宜上のもので、そこが船の出発点ではない。

下から上がってきたのではなく、宇宙空間から降りてきた。

インシディアス号はこの任務のために特殊な改造を施された船だ。これまでの一五年間に軌道上で建造された宙空両用船の多くは、資源となる焦粉《ベイク》をすくい取るための取り入れ口《スクープ》を装備していた。しかし、空気中を漂う焦粉《ベイク》は密度が薄くて、採取する費用で赤字になってしまうこともしばしばだった。

新たな可能性が示されたのは二年前だ。大気中を遊泳する「魚《フィッシュ》」が目撃され始めたのだ。ガス惑星の大気を泳ぐ魚など誰も見たことがなかったが、どうやらそれが目の錯覚や変わり種の雲などではなく、れっきとした固体でできているらしいとわかると、にわかに捕獲の機運が盛り上がってきた。魚の正体を確かめるため、という目的はおまけでしかなかった。

軌道上の数百隻の宇宙船に分乗した運命共同体、五〇万人の「周回者《サークス》」は、生き延びるための資源を求めていたのだ。

一八年前にこの星を回る軌道に乗った時、船団は大きな見込み違いを起こした。通常の星系ではガス惑星に多くの衛星が集まっているものなのに、ここFBBでは石質・金属質の固体衛星がひとつもなかったのだ。

それは船団維持に必要な資源が不足することを意味した。

リサイクルの努力が続けられ、焦粉《ベイク》の発見という朗報もあって、これまではなんとか食いつないできた。しかし、設備や宇宙船そのものの老朽化を食い止めるのは難しかった。今のままの人口を支えられるのは、あとほんの一、二年だと見積もられており、なんとしても固体資源を確保する必要があった。

そんな切迫した時期に、魚が見つかったのだ。

もし、固体の魚をうまく捕獲できれば、何十時間もかけて希薄な焦粉《ベイク》をかき集めるよりも、はるかに効率的に資源を蓄積できる。では、魚を捕獲する方法とは……?

釣りだ。針と糸で釣り上げるのだ。

地球を飛び出し、はるかに六五〇〇〇年の歳月を経ても、釣りの伝統は人類の文化に残っていた。

インシディアス号は既存の焦粉《ベイク》採集船を改造したのではなく、船団にとって虎の子の巡航戦闘艦を改造した船である。その結果、大出力の四発エンジンと雄大な折り畳み滑空翼を持つ強力な宙空両用船ができあがった。その後部貨物ベイには特製の曳き綱ドラムと、獲物をつかむキャッチャーが取りつけられた。釣り糸はカーボンケーブル、釣り針には、なけなしのチタン材料を鍛造しておごった。餌の選定には議論があったが、焦粉《ベイク》を固めた〝練り餌〟と決まった。釣り場の虫などを餌に使うのは、釣りの常道だ——とは、無類の釣り好きを自称する、元資産家のシンチン氏の意見である。どのみち、FBBにはミミズもゴカイもいないのだから、そのあたりが落ち着きどころだった。

そして、最後の問題——釣り人は、誰がやる?

「テンション増大、六五キロニュートン!」

旧戦闘艦インシディアス号の掌砲長《ガナー》アイタルが、名誉ある釣り手の座に腰を下ろした。この船は主砲の代わりに漁獲装備を積んだのだから、それで敵をしとめるのは自分の仕事だと主張し、周りも認めたのだ。

リールを操作する彼の手腕は、今、ブリッジの全員の前で試されていた。

「六七、六八、七三、六九……！」

「獲物の重さは七トンってところか。でかいね。気が付いて暴れ始めた？」

「みたいですね」

「ずいぶん反応が鈍いな」

「そりゃそうでしょ、この星の魚《フィッシュ》は一度も釣られたことなんかないんだから」

「そうか、俺たちはこの星で最初の釣り人ってことになるのか」

「史書に載っちゃうな？」

「生きて帰れば、よ！　各部確認！」マギリの声がブリッジに、そしてスピーカーで全船に響き渡る。「後部ベイ、サスペンション強度！　リール温度！　キャッチャー準備！」

「ロッドサス、ストレス四〇パーです」「リールモーター三四九ケルビン、正常範囲内。ドラグラインの引き出し七九八一メートル、マージン二〇〇〇メートル」「うっす、キャッチャー待機してます」

「リールとキャッチャー、万が一の場合は載荷投棄《ジェッサン》もあるからね。主機関！　翼面！」

「一番・二番・四番、燃焼正常、三番焦粉《ベイク》フィルタのワイプ中……ワイプ済み、正常！」

「翼面、異常ありません」

「バルジドーム！　見えてる？」

「見えません。焦粉《ベイク》が濃すぎです」

船体下部と両舷の各部署からのきびきびとした報告に続いて、後部左舷に突出した透明な観測ドームの要員からは、やや申し訳なさそうな返事があった。

「糸の先に一五〇を向けっぱなしですけど、五〇〇〇から先は埋もれて見えません。見えたら即報告します」

「わかったわ――」

「いえ待って、見えた」

見えないと言ったばかりのバルジドームが、マギリの言葉を遮って報告した。

「見えました、焦粉《ベイク》が晴れた！　距離七八〇〇、三チャンネルを見てください――」まくし立ててから、最後にぽつりと付け加える。「何あれぶっさ」

遊弋《ゆうよく》するインシディアス号の後ろ下方。ドームの一五〇ミリ屈折望遠鏡で取得された映像は、リアルタイムでブリッジにも転送され、即座に複数の同種の感想を呼び起こした。

「うわぶっさ」「不細工」「面白い形だね」「なんだこれ……」

そこに映ったのは、ぎくしゃくと折れ曲がる細長い胴体のあちこちから、いくつもの細い突起が突き出している、黒っぽい色をした魚、のような何かだった。全長は四メートルと言ったところか。

「エダ、これは本物の宇宙生物だと思う――」

言いかけたマギリが、ハッと口をつぐんだ。他の者たちはさりげなく目を逸らす。

「――いえ、パパ・アンリ。これは宇宙生物かしら？　本物の？」

マギリが言い直すと、初老の黒人科学者が空咳をしてから、何食わぬ顔でディスプレイを覗きこんだ。

「生物だと嬉しいね。形が不釣り合い――つまり天地や左右の対称性が崩れているが、片方だけハサミの大きいカニや貝類や、ソルマ星系以北のエジ類など、相称でない生き物は既知圏にもいる。胴と尾の体節構造も認められる。ああ、頭もか。あの左右の小さなくぼみが感覚器官かもしれない。餌を食ったなら口もあるということだろう。これで糞さえ出してくれれば、文句なしに生物だ。むしろびっくりするほど地球種に似ているとすら言える。――もちろん、捕まえてみるまでは、こういう形の機械だという可能性も残るがね」

「ふむふむ、ありがとう。命名！　みんな、名前はなんにする？」

マギリが見回すと、チームが空中を見上げてから、口々に叫んだ。

「ツイスティ・ラスカル！　暴れん坊でねじれてるから！」「翼というか、トゲがあるから……ホソトゲウオ？」「奇舞空《チーウーコン》はどうですか」「昏魚《ベッシュ》」「コゲザカナホネ《アレット・ブフィリ》でいいでしょ、失敗した焼き魚そっくりじゃない？」

「待って、なんて言ったの？　ラデンヴィジャーヤ」

マギリが声をかけたのは、ディスプレイを見つめたままの、船大工の少年だった。声が大きかったというよりは、むしろもっとも小さかったのだが、重要なのは彼が寡黙で（それに彼の職務には無言で遂行できる作業が多いので）、めったに発言権を行使しないということだった。それに気づいて、他の者も口を閉ざした。

「昏魚《ベッシュ》」そう繰り返すと、少年は振り向いて大人びた澄んだ目を向けた。「ヴェイグな、フィッシュだから。ヴェイグってのは、影とか正体不明なもののこと。さまよっていて、焦点が合わなくて、ぼんやりしているもののこと」

「ベッシュね。呼びやすいわ。焦粉《ベイク》の魚、って響きもある。いいんじゃない？　みんな」マギリが周りに目を向けると、悪くない、といううなずきが交わされた。中には「アレット・ブィリ……」と言っている者もいたが、誰かが彼女を無理に納得させようとしないうちに、ズシンとブリッジが揺れた。

一段高い船長席にいたマギリは転倒しかけて、重力に耐えるための筋密服のアクチュエーターと、そばにいた気が利くシービーに体を支えられる。

「なに？」

「張力、三五〇キロニュートン！」

ブリッジが静まり返った。パパ・アンリが叫び返す。

「三五トン？　何があった？」

「名前のつけっこなんかやってるヒマがあったら、下を見て下さいよ！」

つけっこに参加していなかったアイタルの叫びに、あわてててディスプレイに目をやったチームは、驚愕する。針を呑みこんだ昏魚《ベッシュ》が糸を引いて身をくねらせており――。

その胴体の後ろ半分に、大きさが五倍はありそうな別の個体が食らいついていた。

一匹ではなかった。濃く流れ、薄く流れる焦粉《ベイク》の下方には、無数の影が蠢《うごめ》いているのが見えた。

「あいつらは共食いをするのか！」「まずい、二〇メートルはあるぞ」「後部ベイに入らないんじゃない？」「いや、キャッチャーで吊るしたまま解体すれば――」

ぐるんと大型の昏魚《ベッシュ》がのけぞり、曳き綱がビンと張って、ぐらぐらと船がさらに揺れた。

アイタルが脂汗を浮かべて叫ぶ。

「四〇〇キロニュートン！　リールがやばい、五〇〇キロで吹っ飛ぶぞ。船長、どうする？」

「載荷投棄《ジェッサン》かね？」

パパ・アンリが二つある非常投棄ボタンの片方に手をかけようとすると、マギリが首を横に振った。

「アイタル、ベイそのものの構造強度は、何キロニュートンまで耐えられるの？」

「本体フレームのことを言ってるなら、多分……静荷重で一二〇〇だ。積荷が六〇トン積めて、安全係数が二倍ある」

「そう。で、曳き綱は大型船用継留索だから、もちろん二〇〇トンまでいけたよね。――よし、パイロット、軸線をなるべく獲物に合わせて！　それから後部ベイ！　今すぐ本体フレームから曳き綱に補助索を取りなさい。二本、いえ六本！」

「綱を固定したら巻き取れなくなるぞ？」

アイタルが驚いて叫び返すと、マギリはにやりと不敵に笑い返した。

「ええ。でも、ぶっちぎれることもなくなるでしょ？　あいつをひっぱり回してやろう」

「やつの体力切れを待とうっていうのか!?　いつまで？」

ゲンドー・マギリは、後に周回者《サークス》最初期の指導者として伝説になる人物だが、その名言のひとつはこのとき不思議そうに口にされた。

「えっ、もちろん最後の一隻になるまでよ。――私たちがそうせずに、あきらめてこの星で滅びる理由がある？」


チュニックとキュロットに動きやすいブーツを履いて、髪を緩く編んだ私服姿の女が、ランチバスケットを片手に、下生えと腐葉土を踏みしめて木立の中を歩いて行く。

シービー・エンデヴァは、小さな陽だまりで足を止めた。長年月の間に崩れて蔦《つた》が絡んだという風情の、高い石積みの城壁が、左手と正面にそびえている。行き止まりの手前に、輻式車輪が割れて荷台の傾いた、これも半ば朽ち果てた感じの幌馬車が一台、いっぱいの野花に包まれて止まっている。一頭の馬がその花を食べていた。

森の外れの隠れ家めいたその一角に、シービーは声をかけた。

「マギリ、一次報告はご覧になりましたか」

誰もいないよ、と言わんばかりの沈黙が返ってきた。シービーは歩を進めて幌馬車の後ろへ回り、通りすがりに背中を撫でようとした馬には紙一重でとことこと逃げられ、荷台を覗いて、ボロ毛布にくるまって穴の開いた幌を見上げている女を見つけた。

ここへ来て、その毛布にくるまっているマギリを見るのは、いつも胸に堪える仕事だったが、シービーは無理にそれをやらされているのではなく、それを許されている者なのだった。だから、「よければ」とバスケットを荷台に置くと、あとは背中を向けて待った。

楡《にれ》の木の枝で小鳥がさえずっている。映像やロボットでない本物の小鳥たちであり、本物の楡の木だ。菜の花を舞う虻《あぶ》も羽音がしている。しかし向こうの泉に逃げた馬は造り物だ。降り注ぐ陽光も。G型母星のマザー・ビーチ・ボールは六億八〇〇〇万キロの彼方にあって、暖まれるほどの光を届けてはくれない。とはいえ、ここが船団でもっとも見事な地上再現施設であることには違いない。

ガス惑星周回軌道上の周回者《サークス》船団は全体が貧乏で、誰もが認めるリーダーにも大きな公邸を建てることができなかった。その代わりに贈られたのが、遠心貨物船「アイダホ」の一画に造営された、この小さな園だというわけだった。ここに踏み込めるのは一から二四までのコードネームを冠せられた分船団の長と、ほかに気心の知れた数人のブリッジメンバー、つまりシービーたちだけである。

マギリはただの船長ではない。まず第一に、船団長《グレート・チーフ》だ。今回は妙にやる気を起こして、釣り船の船長などを買って出たが、本当ならそんなことをやらせてはいけなかった。能力が足りないからではなく、能力が貴重すぎるからだ。

CC元年から始まった統治の失敗は船団を地獄に引きずり落とした。若く有能で魅力あふれる二人の女の反乱がなければ、きっとそのまま滅亡を迎えただろうとする考えが支配的だ。CC三年、一ツ星航行士だった弦道間切と、爆才エダことルーシッド博士のコンビが、焦粉《ベイク》の採取と資源化の可能性を示し、人々の信望を集め、無法で無計画だった旧指導部を一掃して、周回者《サークス》船団に秩序と発展をもたらした。

以来一五年。マギリは指導者として、ときに莞爾《かんじ》として優しく、ときに豪腕で苦難を乗り越えて、とにもかくにも五〇万人を牽引してきた。CC八年に博士が世を去ってからも、わずかな服喪の期間を除いて、開明的で発展的な統治の態度を示し続けた。そのカリスマは唯一無二のものだった。だから本当なら、生き残りの数少ない長老連が言うように、彼女は安全なところで待機させておくほうが、ずっと賢明というものだった。

ちょうどこの古馬車の角地のような、安息所で。

けれども、彼女がここを訪れる限り、彼女があのレンガ色の無辺の空を忘れることもない。同じものが二つを結び付けているのだから。マギリはこの先も、無理を押して惑星大気に降りようとするだろう。

　シービー・エンデヴァは志願してマギリに仕えている。それに彼女を好いている。だから公私ともに冒険を止めなければならない立場なのだが、しかしマギリがそれを絶対に必要としていることも誰よりも知っていた。だから、自分にとってどんなに苦痛でも、彼女が危険を冒すのを止めることはできないのだった。

　やすめの姿勢で待機を続けていると、背後で水筒からコポコポと液体を注ぐ音がして、何これ、と声が上がった。

　シービーは背中で答える。

「コーヒーライクです」

「偽物《ライク》？」

「分子プリンターで印刷したコーヒーですよ。成分的には本物と変わらないはずです。モシ氏族の栽培工が試作品を出してきたので」

「本物はこんなに苦くないわよ！　——あれ、本物だから苦いのか？　うーん、だったらミルクと砂糖も印刷してほしい」

「マギリが絶賛していたと伝えますね」

そのマギリがバサバサ髪にパンツとブラの半裸の姿でのそのそと出てきて、荷台の端にどっかと腰かけ、寝ぼけ顔でカップのコーヒーをすすった。バスケットのサンドイッチをもぐもぐと頬張る。いつも悪いねと言い、お気になさらず、と一五センチ隣でシービーが答える。

「君もさ、ビー。これ言うの何度目かわからんけど、こんな湿っぽいおばさん構ってないで、もっといい相手とくっつくといいよ。引く手あまたっしょ」

「自発的行動です」

「はあ」

「決して博士の後釜を狙っているわけでも」

「それは嘘でしょ」

「申し訳ありません」

「うん、まあ」コーヒーくさい溜息を吐く。「正直、完璧に助かってる。いつか転ぶかもしれない」

「嬉しいです、期待してます」

そうやって、一〇年。

一五センチの距離感で、ずっとやってきたのが、この二人だった。

「悪いねえ、思わせぶりなことばっかり言ってねえ。もう折れたい、人に甘えたいってしょっちゅう思うんだけど、ダメなんだわ、湧き出るんだわあいつ」

「よく存じてます」

「それわかってくれるのも君だけでねえ」

手の甲で右目を拭うと、唐突にしゃんと背筋を伸ばして、マギリは振り向いた。

「ダダ漏れしすぎたわ本音。で、なんだって？」

「初回報告は見ましたか、と。パパ・アンリとラデンヴィジャーヤが、回収した昏魚《ベッシュ》の解剖と元素分析を済ませたので。詳細はこれからですが――」

シービーも、たった今の馴れ合いがまるでなかったかのようにきびきびと答える。こういう切り替えも、二人の間では慣れたもの、だった。

ＦＢＢ大気圏内で四時間半の格闘ののちに初めて昏魚《ベッシュ》を釣り上げ、衛星軌道へ運び上げてから二日後の、今は午後である。ああはいはいドラフトね見るよこれからと、幌馬車に引っこんだマギリが、シャツを着てズボンを腰にひっぱり上げながら、スケイル片手に再び出てきた。同じように自前の情報板を袖から引き出したシービーが、表示を音読する。

「昏魚《ベッシュ》の体を主に構成する物質は、炭素、珪素、ゲルマニウムなど炭素族元素と未知のリチウム同位体であり、この四種で全体積の八〇パーセントを占めている――」

「未知のリチウム同位体って、ナニ⁉」

「彼が未知だというんだから、本当にわからないんですよ。その物質が極めて軽いおかげで、運動によって飛行できるらしいですね。また他に窒素、酸素、塩素、硫黄、リン、鉄、亜鉛そして当然、大気成分である水素とヘリウムも含まれている。つまり、食用には向かないが、鉱石のような資源物質として見た場合の有用性は極めて高いとのことです」

「泣けちゃうよ。私たちが初めて見つけた地球外生物について、その食性や繁殖ダンスなんかじゃなく、まず原料としての精錬の仕方から考えなきゃならないってのはね。所帯くさいこと……」

昏魚《ベッシュ》と名付けられた新たな存在について、シービーは手際よくレクチャーしていった。昏魚《ベッシュ》の成分は非常に奇妙で、地球系ともFBB系とも異なっていること。例の未知同位体が特殊で、核内構造そのものがアルカリ金属の常識から外れているかもしれないこと。ブリーフィングをサボって寝ていたマギリは、要所で適切な質問や適切でないボケなどを返しつつ、昏魚《ベッシュ》の生命像を呑みこんでいった。

今回の昏魚《ベッシュ》、従来の採集物だった焦粉《ベイク》、そして大気圏内でごくまれに観測される、噴出物《イジェクタ》と呼ばれる底層からの上昇岩石には、成分の共通点が見られる。つまり惑星FBBの大気の奥底になんらかの固体構造があると思われるが、通常のガス惑星の深部にそんなものはないはずなので、おそらく外来の別の天体が、この惑星の深部に沈んでいるのかもしれない——。

「外来天体？　そういうのが確認された前例ってないよね？　ロマンだわあ」

「ちっちゃな氷彗星なんかがぶつかった記録は山ほどありますが」

「そうだけど、言ったらその天体が生命を運んできたのかもしれないんでしょ？　やっぱりロマンよ」

「ロマンは後にしてください、他に考えなきゃいけないことが山ほどあるんですから……」

　今回のような一本釣りでは採算が取れないので、ラデンヴィジャーヤは大きな袋網を使ったトロール漁を提案していた。密集している昏魚《ベッシュ》を文字通り一網打尽にすれば大きく収支が改善するはずという目算だが、そのためには巨大な網や強力なエンジンを持つ船が必要で、それらの設備をどうやって整えていくかが議論になっていた。

　しかし、シービーがそちらへ話を進めても、マギリはあまり乗ってこなかった。「強力なエンジン？　昏魚《ベッシュ》の粉でも燃料にしてみたら？」などと見当はずれのことを言うばかりで、新しい産業ができあがるか、それともせっかくの機会をふいにするかというスタッフたちの検討にも、集中しきれない有様だった。

　その様子が変わったのは、シービーが仕方なく話を戻してからだった。

「そういえば、パパ・アンリが言っていたんですが、昏魚《ベッシュ》は奇妙な性質があるらしいですよ」

「これまでの話で、奇妙でないところがあった？」

「まあそう言わずに。これは本当に不思議な話ですから。パパは昏魚《ベッシュ》の解剖後、あれがなぜあのような体形をしているのか考えるために、地球産の生き物との比較検討を実施したそうです。ディスプレイデスクに昏魚《ベッシュ》のひれの実物を置いて、その隣や真下にさまざまな既存種の映像を映し出し、輪郭や骨格を比べたっていうんですね」

「ふんふん」

「その際、ちょっとトイレへ行って戻ってきたら、デスクに金魚がいたそうです」

「……は？」

適当に聞き流しかけていたマギリが、ぽかんと口を開けた。

「キンギョ？　って西暦時代《アンノ・ドミニ》の？」

「アンノ・ドミニに誕生して、今でもまだポルックス4の湖沼惑星で飼育されている、あの観賞魚の金魚です」

「なんで？」

「わかりません。でも、そのときパパのデスクに表示されていたのは金魚だったそうですよ」

「……昏魚《ベッシュ》の死体が、キンギョに化けたっていうの!?」

「みたいです。というか、死んでいなかったらしいと」シービーは肩をすくめる。「昏魚《ベッシュ》って、見た目通りの生き物じゃないんですよ。不定形生物かもしれないって。頭と胴と尾があって、体節があって、感覚器官もあって、って船の上でパパ・アンリがもっともらしく分析しましたけど、どうもあれは見当違いだったかもしれんって言ってました」

「不定形生物……？」

「言葉通り、決まった形がなくて、いろいろ変形する生き物ですね。不定形生物といっても種類があって、地球のアメーバとかイカとか、伝説になっているネコみたいに、その場でくるくると形を変える生き物もあれば、ウナギや粘菌やカブトムシみたいに、成長段階に応じて形を変える生き物もあるそうです。昏魚《ベッシュ》も必要に応じて姿を変えるのかもしれないと……」

「ふうん……」

うなずきながら聞いていたマギリが、ふと宙の一点を見つめたのは、そのときだった。

「必要に応じて姿を変える……？」

「ええ」

「じゃあ、ラボで変形した昏魚《ベッシュ》は、どうして変形したの。そこでキンギョになる必要があると判断したから？」

「え？　それは……」シービーは面食らう。「わかりません、そもそも判断で変形しているわけでもないと思います。だけど、確かに金魚になる必要は……」

「ない、よね」

振り向いたマギリの瞳には、かつてのある一時期、シービーが二度と見たくないと思っていた光があった。

「同様に、ガス惑星の大気圏で魚になる必要もない。そうじゃない？　なるならもっと飛行や滑空に適したもの……コンドルとか、グライダーとか、プテラノドンになる必要性のほうが、大きくない？」

「それも、そうかもしれませんが」

シービーがうなずくと、マギリは、唐突に荷台から飛び降りた。

「確かに不思議な話だったわ。教えてくれてありがとう、シービー」

「マギリ？　どこへ行くんですか？」

「ちょっとそこまで」

そう言って古馬車の角地から出ていったマギリが、一〇年ぶりに惑星へ無断降下したとわかったのは、それから間もなくだった。

シービー・エンデヴァは、一〇年前の初の単独降下のことをよく覚えている。周回軌道を回る船団からは、水素を採取するためにシャトルが日常的にFBB大気圏へ降りていたが、シャトルのパイロット養成過程にあった当時十九歳のシービーが、卒業までの七〇〇日の過程をすっ飛ばして緊急的に投入されたのが、その単独降下だった。

任務は極秘で、その目的は逃亡したゲンドー・マギリ船団長の回収だった。同様に投入された口の堅い三〇人のパイロットの中で、彼女が最初にマギリを見つけた。

今、シービーはあのときとまったく同じ、ファット・ビーチ・ボール北熱帯ベルト北端の超巨大高気圧嵐、「左の目玉」の縁へと舞い降りていた。

「聞こえますか、マギリ！」

シービーはレスキュー機の無線機に怒鳴る。

「エンデヴァです、後ろにあと三〇〇機来てます。こちらからはレーダーでばっちり見えてますし、機体の一割は強制捕獲器付きですからね。五〇気圧まで食らいついていって絶対捕まえますよ！　引き返してください！」

三〇〇機というのは本当だった。それどころか、周回者《サークス》すべてが非常対応に入っていた。リーダーとしてのマギリはまだ必要だ。昏魚《ベッシュ》捕獲という新たな局面を迎えた今こそ重要だ。

けれどもシービーは、説得しながら無力を感じていた。言っていることが可能なら昏魚《ベッシュ》はこれらの機体で楽に獲れるはずだが、そうできていないのは成功率がわずか数パーセントしかないからだ。不勉強な一般人ならともかく、船団長のマギリはそれをよく知っているはずだ。

いや、それよりも。マギリが突然降下した理由が、あのときと同じなら、呼びかけたところで——。

焦るシービーの耳に、あるとも思っていなかった返事が届いた。

「昏魚《ベッシュ》は、どうして魚の形なんだと思う？」

「は？」

昏魚《ベッシュ》が変形すると教えた時のマギリの返事をそのまま反射するかのように、シービーは間の抜けた返事をする。

「今それが関係あるんですか？」

「誰かが、魚の形を昏魚《ベッシュ》に教えたんだと思わない？」

「誰かって」

「地球産の魚が好きで、誰よりもそれに詳しくて、それの知識と図鑑とラバストをいつも持ち歩いていて、そのまま事故で下層に落っこちた人が――」

「マギリ！」

シービー・エンデヴァは絶叫する。

「無益です！　やめてください！　そんなことは考える必要は一ピコグラムもありません！」

「エダが」

シービーの頭の中で、マギリの考えが鮮やかに像を結んだ。

あるいは、マギリの妄想が。

星間生物学一等博士ドライエダ・デ・ラ・ルーシッド教授、きらめくように凛々しい颯《さっ》爽《そう》たる刈り上げショートカット姿で、宇宙一胸を張って生きていた、眼鏡で小柄な白衣の研究キチガイ。小粋と偏屈の権化である彼女は、中層観測中に発生した耐圧船のトラブルでフィリッパ・フットのトロッコ問題的な選択を迫られた際に、妻子と恋人のある二人の男性クルーを無事に帰すために、耐圧殻を載荷投棄《ジェッサン》させて自分一人だけ深層へ消えるという完璧なふるまいをやってのけた。別れ際の台詞は「あっいーよいーよ、あたし下のほう見るのが楽しみだから！」。二十七歳だった。

マギリにとって、完璧なパートナーの、喪失だった。

誰も（シービーだろうが他の女だろうが）、何も（一〇年の時間だろうが宇宙の摂理だろうが）、それを補塡できるものなどありはしないと、五〇万人全員が知っていた。知っていながら、ただ何かしら出所不明の奇跡が起きて、それ以外になにひとつ欠点のない船団長が正気を保ち続けてくれることに、賭けていたのだ。

いま全員が、その底抜けに度し難いギャンブルの結果に、直面していた。

「だとしたらどういうことだと思う？」

赤燐《せきりん》とメタンの渦巻く赤黒い雲の中へ、マギリの機体は先行して突っこんでいく。

「一〇年前、エダが昏魚《ベッシュ》にものを教えたんだとしたら？」

マギリの機体から届く通信だけはいやに明瞭で、それがシービーの自責に突き刺さる。

「それは、教えるだけの時間があったということにほかならないよね？」

シービーはブースターのスロットルにかけた手を熱病患者のように震わせる。全開にしてしまえば、とにかく心中だけはできる。帰還分を使い果たせば。

「わかる？　想像できる？　想像して。エダはこの底で生きていたのかもしれない。数十分、数時間、数日――ううん、もしかしたら？」

「あり得ません！　マギリ、それはない！」

「ただ、帰れないだけだったら？」

ＦＢＢの気圧深度一〇〇バール以上、距離にして一〇〇〇キロメートル以深の地点からは、人類はまだ、有人・無人問わずいかなる機材の回収にも成功していない。

足元に彼岸を抱えているのが、周回者《サークス》なのだった。

死者が赴くところ、帰らずの岸辺が、この巨大な嵐の球形世界の中にある――。

い、い、い、い。

もし、それが、誤りだったら？

「だったら私はあいつを、一〇年間」

嫉妬と羨望の声なき叫びを上げながら、シービー・エンデヴァがスロットルを押しこもうとした瞬間。

レーダー画面がはためき、無線をノイズがつんざき。

雲平線の果てまで続く広大な深層雲を押しのけて、ざわめく紺の群影が躍り上がった。

1

ガス惑星の景観は一分ごとに変わる。背の高いまっしろなアンモニア氷雲と、泥海のようにうずまく赤錆色のベルト底雲のあいだに、千変万化のかたちができては消えていく。

それでも、自然の気まぐれで、ある種の雲が長時間かたちを保つことはままある。

動物の姿や人の顔、食べ物やドレス。――テラ・テルテはいつも想像をかき立てられる。

今日の作り物は、カルガモの親子だった。くちばしみたいな高層雲を突き出した、高さ四万メートルの巨大柱状雲が行儀よく並んでいる。ひときわ大きなお母さんガモと、いち、に、さん、し……一二羽の子ガモたちだ。

四番目の子ガモの背中に、チカリと昏魚《ベッシュ》が光った。

テラは叫ぶ。

「いた！　いました昏魚《ベッシュ》！　距離、約三〇〇キロ！　ダイオードさん！」

「どこ」

「四女の背中！　あそこの！　カルガモの！」

「カルガモって何」

「あっカルガモってアンノ・ドミニの、純地球生物の鳥類で、いえ分類はどうでもいいんですけど、大巡鳥《ターシンニャオ》の輪入像に出てくる、あっそうそうちょうど大巡鳥《ターシンニャオ》みたいな！」

「わからない、マーカー出してください」

相棒のそっけない物言いに、テラはがっくりと肩を落とす。またやらかした。他人にはわからないたとえ話をして、相手をいらだたせる。いつものことだが、やっぱりへこむ。

作り話《テル・テール》のテラという不名誉な呼び名を奉《たてまつ》られているのも、このせいだ。

今回の相手と組むのは初めてだ。それもちょっと普通ではない組み合わせだ。港で出くわした知り合いからは変な目で見られたし――というか遊びで漁に出るなとはっきり言われたし――自分でも間違ったことをしている気がすごくする。

だからこそ、うまくやってのけたかったのに。

しょんぼりしながら前方を見つめていると、ふと気になることがあった。柱状雲《ちゅうじょううん》の形が変に思える。変というか、整い過ぎている。

柱状雲ってあんなにきっちりしてたっけ……？

考えていると、いぶかしげな声をかけられた。

「あの、マーカーを。……不調ですか、テラさん？」

はっと我に返ると、前方一段下の前部ピットにいる、ペアの女が振り向いていた。

ダイオード、そう呼んでほしいと自分で名乗った。ずいぶん若くて、女というよりも少女の年齢だ。伝統的な漁師が身に着ける正装である、舶用盛装《デッキドレス》は銀と黒。ボディラインの出るスキンスーツ型に作ってきた。薄い胸や尻の線はくっきりと見て取れるし、細い二の腕や白い内腿はあらわになっている。レースのヘッドカバーに包んだ銀髪が肩下まで流れ、ひそめた眉が細くて涼しい。睫毛《まつげ》は日陰ができそうなほどに濃い。

その姿は飛び抜けて大胆で美しい。今朝、待ち合わせて乗船した瞬間に、自分の平凡なヴィクトリアン型ロングドレスが野暮ったく思えて、テラは気が引けてしまった。

今も後部ピットで見惚れていたテラは、聞かれてあわてて返事をする。

「あっはいすぐ今！　今出します！」

長い人差し指で彼方を差す。ガイドレーザーがまっすぐに伸びて目標を示した。

ちらちらと紺色にきらめいて見える生物の群れ。一頭一頭はまだ解像できないけれど、生き生きと動くものが集まっているのは離れていてもわかる。テラは食い入るようにそれを見つめる。

昏魚《ベッシュ》、特異な遊泳生命。CC一八年に当時の船団長《グレート・チーフ》C・B・エンデヴァによって発見され、周回者《サークス》の貴重な資源として利用されるようになった。

その生態は今でも完全に解き明かされたとは言えないが、二八五年たった現代では、昏《ベッ》魚《シュ》を取り巻く事情は、二つの点で大きく変わっていた。

その一点は、長年にわたって観測が続けられたおかげで、昏魚《ベッシュ》の分類と分布についての理解が、広く深く進んだことだ。

遠方の昏魚《ベッシュ》を見晴るかしたダイオードが、うなずいた。

「あれか……カタクチかな」

二つのピットは本当は船の別々の位置にあって、物理的に独立している（片方に何かあっても、もう片方が巻きこまれないようにだ）。しかし、映像的には前後くっついているかのように処理されており、テラが指したものはダイオードにも見える。

とはいえもちろん、窓はない。何もない。漁船のブリッジとか船倉とか船長室とか士官食堂とか望遠鏡とかの宇宙船内のいろんな箱は、三〇〇年で全部消えてピットだけになった。そこにすべての情報が集約されて、そこからすべての操作が行われる。

ガス惑星の景色と響きは、外部の本物と変わらない精度でテラを囲んでおり、軌道情報と機体情報と気象情報と船内環境情報のパネルが、視線の邪魔にならない四隅にさりげなく浮かんでいる。それらの一部はジェル内の映像で、一部は脳内に直接流し込まれている映像なのだが、見分ける意味や方法はない。

周回者《サークス》はドアノブをひねるのと同じ気安さで目の前に仮想入出力《VUI》パネルを呼び出す。手つきと目配せで与えられる命令を、船機がドアと同じぐらい忠実にこなす。つまり、適当に軽く押すたびに必要な作業を通過できるわけで、こういう仕組みがあるから二人だけで宇宙船を飛ばせるのだった。

テラはでかいおっぱいのせいで見づらいVUIパネルを胸の上まで持ち上げて、十指でこちょこちょつつき回し、魚群諸元と彼我運動条件をどうにかこうにか弾き出した。しばらくじっとにらんでから、漁獲戦術計画を二本立て、ファイルを前部ピットへ投げて送る。

「戦術です!」

腕利きとはとても言えないテラだが、こうしてデコンパとして出てきているからには、仕事の段取りは理解している。

「あの昏魚《ベッシュ》は、柱状雲上流で高度方向の幟群《のぼりぐん》をやっているので、カタクチに見えると思います。カタクチだったら風上を向いてほとんど動かないので、ビームトロールで下流上方から俯角でかぶせていこう、そういう流れに、普通はなると思います」

「なんですか、その言い方……」ダイオードがアルトの声を不審げに淀ませる。「カタクチ『に見える』って何。あれはカタクチじゃないんですか。私もそう思いましたけど」

「カタクチじゃないです」テラは断言する。「というか、あそこ柱状雲じゃないんです。だから魚も、カタクチじゃない」

「は?」

ダークブルーの瞳が、初めて驚きに開かれた。

「何ですか。柱状雲じゃない？」

「たまたま真横から見ているから柱に見えるだけなんですよ。位置取りの問題です。あれ接近したら多分こう見えます――」テラは二本目の漁獲戦術計画を開き、側面図をぐりっと回して予測平面図を示す。「鰭状雲《きじょううん》です。風上に対して柱じゃなくて板になってますよ、きっと」

「鰭状雲《きじょううん》⁉」

ダイオードが声を上げて、戦術計画と前方の実景を何度も見比べた。目を凝らして、うなずく。

「そうだ、あれ、鰭状雲《きじょううん》だ……よく気づきましたね」

「はい、なんかリズムが変だったので！」

「リズム」

ちらりと振り向いたダイオードに、テラはうなずく。

「リズムです。一三本がトントントントン、って並んでる。でも柱状雲はカルマン渦だからタントンタントン、って並ぶはずなんですよね。一個おき。滑らかにならない」

「タントンタン」

ダイオードが平板な口調で、おうむ返しした。テラはあわてて手を振って話を戻す。

「すみません、いいです。つまり言いたいのは、あれは鰭状雲《きじょううん》なんで、昏魚《ベッシュ》はカタクチじゃなくて、真横から見て立群に見える群れ。つまり長幕群《ちょうまくぐん》を作るタイプの獲物だってことで──うわわっ！」

話が終わらないうちに船がグンと加速し始めたので、テラは後ろへのけぞってしまった。あわてて「あの！」と声をかける。

「いいですか⁉」

「何が」

「魚種！」

「長幕群なんでしょう」考える必要があるのか、と言わんばかりのそっけなさ。「長幕群って、要するにロープみたいな細長い群れがたまたま上下に扁平《へんぺい》になったもの。ロープ状の長平群といったらナミノリクチしかいない」

テラは黙った。自分の見立てと同じだった。それほど難しい推理ではないが、似た候補は他に三つほどあるはずだった。

「そしてナミノリクチだったら──」ダイオードは続ける。「カタクチと違って高速で回遊している。つまり今あそこで動かないように見えている群れは、こっちへまっすぐ向かっているか、向こうへまっすぐ遠ざかってる」

「後者だと思います！　どんどん見えづらくなってるので！」

「それ」

短いひと言に含まれる、満足げな響きを感じた、と思うか思わないかのうちに鋭い挑戦が来た。

「〝追い網は丸坊主〟。どうしますか」

魚群を追いかける形での漁は不利、という意味のことわざだ。網は、魚の行く手に打つものだ。現在の位置関係は、端的に言ってものすごく悪い。

「曳いて追うのは論外、でも抜けばバレる」

船が網を広げると、空気抵抗で速度が落ちるので、群れに逃げられてしまう。かといって、いったん回りこんでから待ち伏せしようにも、追い抜くときに気づかれて、群れがバラバラに散ってしまう可能性が高い。

「トロールで下から刺し上げるしかないかな。一刺しで二杯《ハイ》、なんとか三刺し」

「それでもいいですけど、あの――」ダイオードの言葉を遮り、テラは唇を舐めて言った。

「群れのすぐ下をかすめて、全速で直進してもらえますか。巻き網やりたいので」

ダイオードが目を剝いた。三歳児を見るような目だ。

「巻き網」

「はい」

「回遊魚相手に」

「はい」

「群れ、バレますけど」

「大丈夫です」

「へー、どうぞ」

アホみたいな提案があっさりと通った。それに力を得て、さらに甘えてみた。

「キューまで透かしでひっぱって、キューで一〇杯《バイ》負荷入れますけど、いいですかね……」

「バカじゃないですか？　好きにすれば」

とうとう露骨な罵倒《ばとう》が来た。でも提案はやっぱり通っている。テラは喜びに身を震わせる。

「ふへへ、へ、じゃやります。へへ」

まともなところがひとつもない会話だった。通常、ナミノリは刺し網とか流し網で獲るし、寝言以外で負荷一〇杯などと抜かすやつはいない。

今までのお見合い相手たちだったら呆れ返るに違いない、それどころか他にやってる人間を見たことがないような網打ちを、本当にやることになってしまった。

大気の薄い成層圏をすっ飛んでいた船が、立ち並ぶ鰭状雲《きじょううん》を前方に望みながら、気圧高度五万メートルの圏界面を切り裂いて、対流圏に突入する。

そう、ここは直径一四万キロのガス惑星ファット・ビーチ・ボールの大気圏内で、宇宙空間とは比べ物にならないほど濃密な気体分子に満ちており、なんなら風も嵐も吹いている。

無害な水の雲や猛毒のヒドラジンの雲やとにかくザラザラする硫黄と赤燐の雲と、その他の大部分を占める普通に呼吸できない水素とヘリウムの風が、時速四〇〇キロで渦を巻く大魔境だ。ブリキ缶みたいな恒星船や惑星船で何も考えずに降りてきたら、ボロボロにやすり掛けされてインテイクには粉が詰まり、大気の底の超臨界状態水素海にぼてくりこかされて一巻の終わりだ。そこは四〇〇〇気圧の見事な地獄で誰も生きては帰れない。

そうなるのを恐れた初期の周回者《サークス》は、一〇〇〇トンもないちっちゃな船に、未熟な技術で可変翼を取り付けて、無難な低速で飛ばしたという。そんなのじゃ生きた心地がしなかっただろう。可哀そうにと言うしかない。

現代の周回者《サークス》は、礎柱船《ピラーボート》で空に降りる。

それが昔と今との最大の違いだ。礎柱船《ピラーボート》は変形する。宇宙空間で太陽発電している最中は扁平型で、デブリの当たる慣性航行では頭でっかちのキノコ型。そして大気圏突入時には鋭い砲弾型の最適空力形態を取る。全長は二〇〇メートル以上、質量はともすれば二〇万トンを越え、最大推力は五〇万トン近いという大怪獣だ。

その船体のほとんどは、全質量可換粘土《AMC》でできている。

AMC粘土が何かは中等科巡航生が知っている。とにかく授業中に居眠りしていなければ、聞いていることになっている。詳細な解説が彼ら彼女らの耳から耳へと抜けていくとしても、ひとつの印象的な事実だけは必ず彼らの脳みそに残る。

それは、デコンパが、粘土をこねるということ。

魚群までの距離が五〇キロを割った。テラは目を閉じ、深呼吸する。ろくろを回す人のように、胸の前で両手を構え、力を抜いて体液性ジェルの中に浮かぶ。

精神脱圧《デコンプレッション》。想像を大きく、くっきりと描く。自分の体を包む船体を、広げて、伸ばして、編み上げて、まるで自分の手足のように、自在に揺らし綾なしていく。

「到達一〇秒前」

ダイオードが言った。後頭部一次視覚野への刺激投射ですべてが見える。全周三六〇度の光学と、そのほか多周波を重複させた映像だ。すでに魚群が解像できる。

昏魚《ベッシュ》の姿は紡錘形、剣型、鳥型、ロープ型、袋型、網型などさまざまだ。こいつらは——バターナイフみたいな銀色の剣型。確かにナミノリクチだ。こちらに尾を向けて一散に逃げていく。

その数はわからない、横断面で二〇〇〇匹はいそうだけれど。奥行きは一〇〇〇、二〇〇〇かも。

「五、四、三、二、一、リーチ」

ごうっ、と群れに追いついた。前髪を剃り上げそうな近さで魚群が頭上をかっ飛び去る。それはもちろん錯覚で、一〇〇メートルはマージンを取っているはずだが、でも、ほんとにそうか？　礎柱船《ピラーボート》、背中で群れを削ってないか？

そんな刺激に揺らがされることなく、テラは仕事を始めている。

船体の右と左から抵抗板《オッターボード》を一枚ずつ分離。超音速の航行風に叩かれてあっという間に遠ざかる。そいつに強靭な呼び綱をつないである。ボードに曳かせて、網を編み出す。

そう、デコンパは網を編む——格納してあるものを引き出すのではなく、船体粘土を材料にして、そのとき行う漁に合わせて、その場で網を形成するのだ。目にもとまらぬ紡織《ぼうしょく》速度。

ピンク色の礎柱船《ピラーボート》の後ろ半分が、真っ白なレース布のように細かくほどけて広がっていく。

頭上に翼のような波しぶき。長幕群を形成する昏魚《ベッシュ》が、駆け抜ける礎柱船《ピラーボート》に驚いて左右へ跳ねていく。銀の帯を刃物で切り裂いていくような光景だ。あるいはジッパーを一気に開いていくような。

深い脱圧状態の中で、爽快な光景ににやにやと微笑むテラの耳に、ペアの独り言が届く。

「舵《かじ》が軽い……まだ刺してないのか」

その通り、まだ魚を獲っていない。透かしている、網をひろびろと展開しているだけだ。

普通の曳航漁業で用いるトロール網ではない。テラがこの場に即して考えだした、前例のない巻き網だ。

それも、もうすぐ出来上がる。

「展網完了します、キューで昇りインメルマンよろしく、一〇、九、八」

「なるほどね」

今度は、ダイオードが舌なめずりする気配がした。舵取り《ツイスタ》の仕事の時間だった。

「三、二、一、キュー」

「んふ！」

ズシン、と衝撃が襲いかかった。ダイオードが鼻を鳴らす。デコンパによる漁網形成展張が終了し、牽引が始まったのだ。ツイスタが全制御をハンドル開始。礎柱船《ピラーボート》は上昇しながら旋転し、元来た方角へ戻り始めた。――その尻から、強靭な主綱を引いている。

四角い広場のように展開した網の上で、バラバラに逃げ散ったナミノリのほとんどが深みへ逃げようとしている。つまり、網全体に、まんべんなく、自分から頭を突っこんでいる。

その四隅に結びつけられたオッターボードが主綱に巻き上げられていく。

全質量が礎柱船《ピラーボート》にかかる。船尾の熱核エンジンが爆光を放つ。テラはデコンプから浮かび上がりながら、負荷の巨大さに気が気でない。

「だ、だいじょぶですか、重さ……」

「一〇杯支えるつもりですよ。それだけ獲るって聞きましたから」

船の下では、パンパンに膨らんだ網の中で、昏魚《ベッシュ》の魚体がざわざわと蠢いている。後方にごうごうと噴射を続けるエンジンの光で、雲海がはるかかなたまで赤金色に照り輝いている。構造/燃料共用のAMC粘土が、とてつもない勢いで減っていく。どうも見たことのない光景だと思ったら、このツイスタはノズルを一八個も出していた。一杯、二杯というのは漁獲の単位で、一〇杯といったら百パーセントを意味するから、つまりは本船質量に等しい漁獲を本気で支えるつもりだったらしい。この高度での惑星重力は二Gを越えるので、静止するだけで三五万トン重を噴射する計算だ。

船底と船尾に生成した一八個のノズルに推力を配分するためには、連立方程式の解きまくりが欠かせないはずだ。網の中の昏魚《ベッシュ》は風に揺さぶられながら自励振動するせいで、半流体として渦を巻き、高サイクルの制御を要求している。きっとダイオードのコックピットと頭の中は、数字と数字がぶつかり合う計算的大戦争の真っ最中だろう。それはひたすら形象的思惟ばかりが得意なテラにとっては、およそ苦手な分野の仕事だった。いや、テラでなくても、それを簡単だという周回者《サークス》は少ない。男であってもそうだろうし、ましてや女では稀有――。

自席を囲んだ扇型の仮想スロットル群を、ダイオードは十指でツイ・ツイとはじき回している。ハイヒールのかかとでコツコツとリズム。ポルカをやるピアノ弾きのように軽やかで楽しげだ。

テラも、仲間も、誰も見たことのない「女ツイスタ」の、それが姿だった。

それでも確かに、一ミリの押し引きで一万トン重の推力を加減しているという緊張は、小さな頬の引きつった口の端に窺えた。

その横顔から、耳を疑うような言葉が流れて来た。

「自重で一〇ギガニュートン食われてる。テラさん、自分が何やったかわかってますか」

「え？」

「何杯獲ったかっつってんですよ」

計算しなくてもわかった。テラの広げた網は、期待をはるかに超える大量の獲物を抱えこんでしまった。

「一一とか一二とか――」「一八杯ですよ、テラ・テルテさん」

振り向いたダイオードの瞳は、油膜が張ったようにぎらぎらと潤んでいた。

「あなた、最高です」

言うと同時に親指を立て、ギッと首を掻き切る仕草をした。

「なんでーーーーーーーーーーっ!?」

載荷投棄《ジェッサン》のコマンドを受けて、主綱は切断、網が落ちる。

反動で礎柱船《ピラーボート》はパーンと吹っ飛んでいき、テラの悲鳴をくるくるとまき散らす。


――三〇三年前に、汎銀河往来圏《ギャラクティブ・インタラクティブ》から惑星ファット・ビーチ・ボールへと移住した人々は、まだ生きていた。

当初二四あったと伝えられる氏族のうち、アクシス、ベイジン、コネクティ・カット、フリック、モシ、シリウス、ウラル、ズールーの各氏族は、衰退して他に吸収された。残っているのはドローン&ドングル、エンデヴァ、ゲンドー、ヘブリュー、アイタル、ジャコボール・トレイズ、キールン、リリシア、ヌエル、オバノン、ポルックス、ＱＯＴ、ラデンヴィジャーヤ、テグ、ヴァーチュ、シンチンの十六氏族である。それぞれの氏族が拠点となる巨大な氏族船を一隻ずつ建造して、惑星ＦＢＢの高軌道六〇〇〇キロを、別々に周回している。

周回者暦《C.C.》三〇三年、星十二指腸暦《A.D.》八八二九年。残存総人口は三〇万四九〇〇名である。

船団の初期に決定されたという、各氏族の頭文字を並べると、アルファベットのAからZが、二文字を抜かしてきれいに並ぶ。そうなっている理由は不明だし、名前と氏族のアイデンティティのつながりも今ではもう薄れてしまったが、それでもこの氏族制が、周回者《サークス》の多様性を保つのに一役買ってきたのは確かだった。平均人口二万人の氏族船が、一六隻。戒律のヘブリューや生物保護のポルックス、議論好きのQOTのように、個性の粒立った氏族もあれば、アイタルやエンデヴァやJTのように、出入り自由でゆるゆるのところもある。

滅亡を惜しまれている氏族もあれば、よそ様をおおいに困らせた氏族もあった。幸いなことに全船団を二つに割るような大騒乱は、三〇〇年間、一度も起こっていない。だが逆に、人々に繁栄と発展をもたらす大事件も起こっていなかった。船団の最大最後の発明は、AMC粘土を使った礎柱船《ピラーボート》の建造で、それによる産業体系が完成して以来、周回者《サークス》はゆるやかな縮小再生産の坂を下りつつあった。

星系恒星マザー・ビーチ・ボールの活動は安定しており、今も昔も六億八〇〇〇万キロの彼方から控えめな日光を常に送り届けてくれている。今と昔だけではなく、歴史の初めから終わりまで光っているに決まっていた。船団もその薄明かりの中で、今も昔も変わらぬように、白と褐色の大きなボールのまわりを、ぐるぐると回り続けていた。

しかしそこにいる人々が、みんないつまでも回りたがっているとは限らなかった。

なぜ回っているのか、わかっているとも限らないのだった。

2

テラ・インターコンチネンタル・エンデヴァは二十四歳の女だ。今日は同じ女と漁に出て、ひと財産になるはずの三一万五〇〇〇トンの法外な漁獲を投げ捨てられた。これは風変わりな体験だが、いつもそういうことをしているわけではない。

少なくとも三日前までは、女ではなく男と漁に出ようと努力していた。結局自分が、投げ捨てられてしまったのだけど。

「おばさま〜」

エンデヴァ氏族船「アイダホ」船内の族用ビアホール、「ワールド・エンド・ボード」。いくつも並ぶ銘木風のどっしりした丸テーブルでは家族連れが夕食を楽しみ、民兵の飾り彫りを施された年代物のバーカウンターでは、仕事帰りの陸走士や転換員たちがジョッキを傾けている。

そんな気さくな雰囲気の店に、一人の背の高い娘がよろよろと入ってきた。高いといっても半端な高さではなく、入口のボーイよりもカウンターのバーテンよりも高い。それもただひょろりと高いのではなく、胸まわりと腰まわりには背丈に見合った物量があって、総合的なバランスが保たれながらもでかいし細いという、無闇と迫力のある高さを備えている。

背丈が印象的な娘だが、よく見ると格好も普通ではなかった。族用ビアホールのエンデヴァ氏族たちは、大体厚手の木綿《もめん》とか皮革などの、ざっくりもっさりした田舎風の普段着姿なのだが、その娘は麦わら色の金髪に小さな花飾りを留め、白のボディスに瑞々しい若葉色のレースとフリルを盛りつけた、社交正装《ソーシャルドレス》を身にまとっていた。しかし両手に提げた大トランクのせいで、清楚可憐とは言いがたい。化粧の程度はどこの美人モデルかと疑うほどだが、それもいささか崩れている。パーティー会場から撤退してきた敗残兵とでもいうべき有様だ。

「テラちゃーん、こっちこっち！　どうしたのその格好、まさか」

丸テーブルのひとつで、夫婦ものの片割れの女が立ち上がって迎える。伯母のモラ・インターコンチネンタルだ。体はテラより二割小さいが、年齢と生きる力と面倒見の良さはテラの二倍ある。あっおばさま、とそこへたどり着いたテラは、バタンとテーブルに突っ伏して、白ハンカチをひらひら振った。

「すみません、出戻りです～。最後の舞踏会だけご一緒して、下がってきました。ほんっとにごめんなさい」

「舞踏会から？　うぁー、そこまで行ったのにダメだったか」

モラが大げさに天を仰ぐ。それを見て、周りの席からもちょっと残念そうなため息が漏れた。

モラは、親を亡くしたテラの後見人である。といっても両親が観光船の事故で亡くなったのはテラが十八の時のことなので、幼いころから育ててもらった、というほど密接な関係があるわけではない。それでも、人生一番の大事に当たっては、この夫妻の助けを借りないわけにはいかなかった。

氏族のためのお見合い、である。

「まあまあ、お疲れさまだったわ。で、どうだめだったのか、聞いてもいい？」

腰を下ろしたモラがテラに話しかける。夫のルボールはウェイターにテラの料理を頼んでいる。

「あたしはさ、あのエレファスくん、セクレタリス家の三男坊のことなかなかいいと思ったんだけど。何か気に入らないところがあったんだよね。ダンスで足でも踏まれちゃった？」

「お気遣いありがとうございます」顔を上げて、疲れの浮かんだ暗緑色の瞳を向ける。

「でも振ったんじゃなくて振られたんです。あ、ダンスで足は踏まなかったけど」

申し訳なさそうに肩身を縮めて、テラは説明する。

「昨日やった試し打ちが、あちら様のお眼鏡にかないませんでした。標準進入で三回ぐらいやったんですけど、あんまりうまくいかなくて。繰り返したら慣れるかもと思ったんですけど、そうしたらさっきのパーティーのときに、君の網は僕には難しすぎるって言われちゃって……」

「あらあら、もっと上手なツイスタならよかったのに」

「いえ、あちら様が下手だったわけじゃないんですよ」髪飾りと派手なレースの飾り帯を外して、楽な格好になりながら、テラはため息交じりに話す。「私のほうが、袖網《そであみ》を……その、八本開いちゃいまして」

「袖網を八本も？　そりゃあずいぶん多いね。どうして？」

ルボール・ミニットマンが、横から尋ねた。モラの夫で、テラの義伯父にあたる男だ。待っている間にすでにジョッキを二杯空けて、武骨なひげ面を赤く染めている。見た目は肉体自慢の水鉱夫か船外工員かといった感じだが、実は長老会の書記というお堅い職についており、妻と同じくその身は正義と善意でできている。ただ、想像力に富んではいない。

夫の質問に、モラ本人はしかつめらしく首を横に振る。テラは愛想笑いしながら答える。

「えと、なんていうか、考えてると勝手に……昏魚《ベッシュ》があっちに流れてるな、こっちにも、そっちにもだなって思うと、自然に網が変形しちゃうんです」

「普通に、何も考えずに、袋網と袖網二本のトロールにできないかね？」

「ですよね。あはは……」

青い瞳を不思議そうに瞬《しばた》かせるルボールの問いには悪気がないので、答えるテラも苦笑しかできない。しかしそこでモラが助けてくれる。

「その、何も考えないっていうのが、この子には難しいの。どうしてってのはナシね。そういう子だから、としか言えない。網を打つっていうのは、女なら誰でもできることじゃないのよ」

「そうなのかい？　テラ」

ルボールはテラは話す。またうなずく。

「なんて言いますか、それはおばさまのおっしゃる通りで、私の場合は網打ちが下手なのは確かなんですけど、どっちかというと、できないというよりもやりすぎるたちで……」

「細かな調節が難しいってことかな？」

「まあ、そんなようなものです」

適当に合わせて、テラはうなずいた。

話を戻すけどさ、とモラが声をかける。

「向こうさんのご了見はわかったよ。じゃあ、あんたはどうだったの。もしＯＫって言われたら、あちらのお役に立ちたいと思った？」

「言わないといけませんか。もう終わっちゃいましたけど……」

「うん、そうだけどね。私が次のお婿さん候補を選んであげるときにさ。参考にしたいじゃない。あんた、好みがよくわからないんだもの」

「私の好みなんか言っても仕方ないですか？　私はとにかく、私の船に乗れるツイスタさんと結婚しなきゃいけないんですから」

テラはこれを、穏やかに微笑みながら言ったのだが、逆にそれが、伯母夫婦の心に刺さったようだった。まあ、そりゃそうだけどね、とばつが悪そうに目を逸らす。

「調整はできるからね。できるだけ希望に沿うように。というか、今回もそうしてあげたつもりだけど。おとつい引き合わせた時も、一発ＮＧって顔はしてなかったよね？」

「まあ、そうでしたね」

「てことは、外見的にはあんな感じが好み？」

「外見はですねえ……」

正直なところ、テラは自分に好みのタイプの男性がいると思ったことがないのだが、それを言ったら身もふたもないので、仕方なく好みでないタイプについて打ち明けることにした。

「ちょっと大きすぎでした」

「え？」

「伯母さまの選んでくださるお相手って、いつも私より大きいです……背丈で選んでますよね？」

「選んでるけど。うん。え、なに？　それが？」

「私、どっちかといえば、大きくない人のほうが大丈夫……な気がします」

「えー!?　そうだったの？」

　モラは自分より一五センチ高いテラの顔を見上げて驚く。テラは右の指先から左の指先まで二メートル近い両手を広げて苦笑した。

「見ての通り、私が誰かに守ってもらう必要って、そんなにないと思いません？」

　伯母と伯父が顔を見合わせてうなずいた。

「言われてみれば……」「その通りだな」

　エンデヴァ氏は比較的自由な雰囲気の氏族だと言われているが、それでも古いところはいくつもあって、男が女を率いていかねばならないとする社会規範もそのひとつだった。モラはずっとその中で生きて来たから、ごく自然に、大きなテラを率いていけそうな大きな伴侶を探し出していたのだろう。

「そっかあ、しまったね。あたしの見立て、大体外れてたってことか……！」

「おまえはそそっかしいところがあるからな」

「あなただって、セクレタリスなら文句はないって言ってたじゃない」

「あれは一般論だよ、テラのことはおまえがきちんと把握してると思ってたんだよ」

「それはあなただって把握してなかったってことよね？」

「あのすみません、ほんとすみません、おじさまおばさま、全部私が悪いんです、ごめんなさい」

にらみ合いを始めた二人のあいだに、テラがおそるおそる割って入ると、途端に二人に笑顔が戻った。

「いやいやいや、テラは何も悪くない。君を受け入れられない男どもが悪いんだ」

「そうだよ、あんたは悪くないよ。今まで一度も文句なんか言ってないもんね」

「はい、はい、ありがとうございます……」

謝っているのだか仲裁しているのだかわからない、いつもよくなる展開になってしまい、テラは内心でため息をついた。

どうして結婚のことで、こんなに苦労しなくちゃいけないんだろう？

もちろん、周回者《サークス》社会を保つためなのはわかっているけれど。

その下にいくつかの細かい理由があって、そのひとつはテラが親譲りの礎柱船《ピラーボート》を持つ、オーナー・デコンパだということだ。となれば、その船を飛ばすために、必ず他氏族のツイスタの夫と結ばれなければならない。しかし最初からツイスタである男はいないから、独身の男に他種船から機種転換してもらうか、さもなくば諸々妥協して、やもめの男性を探すことになる。

そういうことは実際行われているけれど、家格や年齢の釣り合う男は限られる。だから、現存する周回者《サークス》十六氏族の中から、どうにかして適当な相手を探してくるという苦労が発生することになる。

「気にしなくていいからね。あたしはほんとに、あんたが素敵な旦那様とくっついてくれるのが、楽しみでやってるんだから」

子供のいないモラ伯母はそう言ってくれるが、引き合わせの仕事が大変なのは間違いない。事前に通信による打診はできるだろうが、実際の顔合わせの期間は、大会議《バウ・アウア》の一ヵ月しかないのだ。

ましてや、売り物であるテラは、規格外の背高女。別に丈高き者婚姻するべからずという法律があるわけではないが、ネットワーク検索では現に身長を指定している相手が存在しており、それを一度目にしたテラは、以来その手の検索をしなくなった。

かてて加えて、テラは想像力がありすぎるせいで、袖網八本のサカダコみたいな、へんてこな道具をひねり出すという癖がある。デコンパに求められるのはツイスタの命じるとおりに網を作ることだから、これははっきり欠点と言える。

そんなこんなで、伯母伯父夫婦には申し訳ないという思いばかりが強くなるのだった。

気まずく沈みかけたテーブルの空気を、ようやく現れたウェイターたちが救ってくれた。じゅうじゅうと油を飛ばす香ばしいビーフライクステーキと、ほっこりと湯気を立てるポテトライクマッシュ、摘み立てにしか見えないみずみずしい緑のカリフラワーライク。どれも印刷物に火を通したものではあるけれど、その風味は西暦時代に劣らないと支配人が自慢する、エンデヴァ氏特産の豪華料理ばかりだ。

「おばさま、ここの支払いは……」

「何言ってんの、出戻った当日に財布の心配するやつがあるか。いいから食べなさい」

「そうだ、〝腹に詰めこんだら、悩みの虫もぺしゃんこ〟だ、乾杯！」

「あ、はい。乾杯！」

氏族の言い回しを口にした伯父と、金色の泡のはじけるビールライクのジョッキをカチ合わせながら、そこだけはテラは心から同意した。

しばらくは思うさま飲んだり食べたりしていた三人だが、皿がひとつふたつと空になると、やがてまた話し始めた。

「まあ、あれだよ。いろんなことはあるが、食い物が食えていれば大概のことはなんとかなるもんだ。そして、食い物がなくなるなんてことはないからな」

「そりゃまあね。一人で資源を獲ってるわけじゃないからね。一隻が陸置きでも、他の船が頑張ってくれる。他のツイスタとデコンパが」

「モラ、そういうことじゃなくてな……まあいいか。とにかく、氏族庫にも多少の余裕はあるから、一隻二隻でどうかなることはない」

言わなくてもよさそうなものだが、モラもルボールも、テラを安心させるつもりでこういうことを言うのだから世話はない。いや、もしかすると自分たちが安心したいのかもしれないが。

お見合いが失敗したというのは、それなりに深刻な事態なのだった。

単にテラが幸せを逃がしたというだけの話ではない。周回者《サークス》は、ガス惑星から水揚げされる昏魚《ベッシュ》で生きている。それを直接食べないにしても、それで構築した装置で食料をリサイクルしているし、またこの惑星特産のAMC粘土を生成して、汎銀河往来圏《ギャラクティブ・インタラクティブ》へ輸出している。その昏魚《ベッシュ》を獲るのが礎柱船《ピラーボート》だが、一氏族あたりの保有漁船はどこでもだいたい一〇隻前後でしかない。

つまり、一隻一隻の礎柱船《ピラーボート》が飛ぶかどうかに、エンデヴァ氏で言えば二万人のうちの一割、二〇〇〇人弱の食いぶちがかかっているのだ。

そしてテラが片付かなければ、その一隻が漁に出ずに陸置きになる、つまり「アイダホ」の埠頭につながれたままぶらぶらすることになる。

モラが言う通り、他の船にカバーしてもらうことはできる。漁獲から歩合で取り分が出るので、他の漁師もある程度までなら負担を受け入れる。

しかし、テラはそんな具合にして、もう六年も両親の礎柱船《ピラーボート》を陸置きのままにさせていた。これは非常事態ではないにしても、好ましい事態ではなく、乗らないなら氏族に売り渡せと、長老会から再三迫られていた。

そういうことには、伯父も伯母も触れない。気遣いの下手なところはあるにしても、基本的には非常に善良な二人なのだ。

だから余計に、テラは申し訳なかった。身を縮めたまま、顔を背ける。

ビアホールの側面の窓からは、宇宙空間と惑星が見えている。

——あ、今日は「左の目玉」が笑ってる。

FBBに二つある永続性高気圧嵐の片方が目に留まって、テラの思いはそちらへ飛んだ。

高度六〇〇〇キロの軌道上からでは、ガス惑星はほとんど球に見えない。赤と白とオレンジの横縞ベルトに、大小無数の渦が巻く、大壁画だ。それは圧倒的なディテールを備えた美の極致と言っていい眺めで、テラは初等巡航生になるまで、飽きずに望遠鏡で眺めていた。一日として同じ形を保たないその渦は、人の顔やアイコンやさまざまな動物に見えた。ツイスタとデコンパだった両親に雲の世界を話し聞かされて、いつかきっと礎柱船《ピラーボート》で降りてやろうと思っていた。

だが、今のテラが礎柱船《ピラーボート》を手放さないのは、別の理由だった。

「アイダホ」が自転するにつれて、窓の光景がゆっくりと回転する。しましま星が右手へ退場して、左手から大きなX字型の翼を伸ばした真っ黒な鳥が登場した。X字の先っぽをぐるりと結ぶリングがあるはずなのだが、肉眼では見えない。中心部がずんぐりした細長い胴体には、美しくグラデーションする虹色の舷窓が並んでいる。距離感がないので窓の一〇メートル向こうに浮いているように錯覚しそうになるが、実際には一〇〇キロ離れたところに停泊している、端から端まで六〇キロもある怪物だ。

　こんなとてつもない宇宙船を作ることは、周回者《サークス》にはまだできない。

大巡鳥《ターシンニャオ》は汎銀河往来圏《ギャラクティブ・インタラクティブ》からやってきた星系間交易船なのだ。

　彼らは貴重な客であり、一説によれば地獄の使者でもある。いにしえの砂漠を渡った隊商のように、四〇〇〇光年の広域人類圏の星から星へと飛び回り、遠国の美しい宝物や珍しいからくりや、礎柱船《ピラーボート》のピットのような高度技術機器を、ローカル星系にもたらしてくれる。それと引き換えに、立ち去るときにはその土地の貴重な品と、移住者を運び去る。出て行った人から文字や姿の手紙はしばしば届く。しかし本人はめったに里帰りしないし、来てもしばらくすると、また行ってしまう。だから一部の疑り深い人には、人買いの悪魔だとかクローン詐欺だとか言われている。

　テラはじっとその黒船を見つめる。大巡鳥《ターシンニャオ》は宇宙船だが、礎柱船《ピラーボート》とはまるで異なる。応用宇宙論の精華である光貫環《クァングァンファン》で、星と星の等重力ポテンシャル面を結んだトンネルをぶち抜いて、光より速く飛び去る鳥だ。だけど、ガス惑星に向かってあと三〇〇〇キロも高度を下げたら、大気分子に削られてボロボロの焼き鳥になってしまうだろう。

　それに対して、礎柱船《ピラーボート》は焦げない。秒速三〇キロも出ないが、表面対流するAMC粘土の耐熱効果で、摂氏三〇〇〇度に燃え盛りながら、広大な空を飛んでいけるのだ。

テラはそれに乗りたい。

でも一人では乗れない。

それに乗るためには、必ず、もう一人の相手が要る——華やかな船用正装《デッキドレス》を身にまとい、彼我のすべてを預け預かり、ともに深淵を覗いてもよいと、固く誓える相手が。

それが？

たとえばあの、古い本棚みたいな大きくて幅のある体格の、そのわりに気弱でしきりに謝ってばかりいた、ＱＯＴ氏族の気弱な青年？

「……んむ」

テラは眉をひそめてフォークを止めた。彼とひとつの船に乗ったのを思い出すと、食欲が減退した。

幸い胃袋が反乱を起こすほど不快な記憶ではなかったが、相手の男によってはそうなるということを、テラはもっと若いうちに経験していた。

これは最大の悩みではないにしても、根深い悩みではあった。——人生に耐えるべき試練があるのは当然で、仕方のないことだ。嫌いなベジライクキューブを食べ切るまで席を立たせてもらえなかったり、予備知識なしでパンツにこぼれた血を始末せねばならなかったり、ひまなときにそんなものを書いたりは誰もしていないと知らずに、自作の妄想生態系図をクラス全員に見せてドン引きされたりといったことは、起こる。そういうことが起こるのが、人生だ。

だから、別の知らない男と船に乗ることも、ひとまず受け入れるしかないんだろう——。

「テラああ、あんたまたもったいないことしたねえ、今度こそくっつくと思ったのにねえ」

「わひゃ」

いつの間にか四杯目のジョッキを空けたモラが、酔っぱらって抱きついてきた。ぽんとテラの肩を叩き、むにむにと二の腕を揉み、ギュッとおなかを押して、ぐいとおっぱいを持ち上げる。

「非の打ちどころがないのにねええ、大きい分おとくなのにねええ」

「ちょっ、おばさま、やめ、やめてって！　おじさまなんとかして！」

「ははは、いいじゃないか可愛いじゃないか」

ルボールは笑うばかりなので、テラは必死に伯母を押し返す。この人について不満があるとすれば、ただひとつこれで、酔うとすぐべろべろになることだ。伯父に言わせると、酔ってもやたらと人をほめるだけだから欠点じゃないということだが、そりゃ夫婦のひいき目でしかないとテラは思う。

「ふざけてる場合じゃないです。おばさま、しっかりして！」

今しがた、テラは覚悟を決めた。モラの肩を揺さぶって呼びかける。

「私、もう一度だけ行ってみます。どなたか紹介してもらえませんか？　いえ、もう時間がないから、どこかの氏族に飛びこみで行ってきても——？」

我ながらむちゃくちゃに思える考えを口にしたとき。

テーブルの横から、敢然としたひと声が飛びこんできた。

「そのお見合い、待ってもらっていいですか」

テラは伯母をテーブルに下ろして、振り向いた。

そこに、細身で小柄な人形が立っていた。

いや、人形と錯覚するような佇《たたず》まいの、少女だった。年齢は十五歳かそこらだろうか。

ヘッドカバーで押さえた銀髪、レースで縁どった銀紫のフォーマルミニドレス、ロウソクみたいにつるつるの脚。青い瞳と、背に負った、避難用みたいにうすらでかい灰色の旧式《キスリ》背嚢《ング》。

鋭く、冷たく、きらびやかで可憐な肌と衣装の中で、ただ目もとの肌にだけ、かすかな赤味が差している。そして、薄い胸の上下が示す、荒い息。

その姿は、ビアホールを占めるざっくりもっさり氏族、エンデヴァ氏の老若男女の中では、根底から異なる存在感を放っていた。

つまり異氏族に違いなかった。

であれば、問題は少女の素性とか用件ではない。時間がないということだ。今までテラたちがくつろいでいられたのはここが我が家だからで、異氏族にとってはそうではない。

彼女が言葉を続けようとするより先に、ルボールが大時計に目をやって言った。

「君は異氏族だな？　もうじきパージの時間だ。あと……二〇分もすれば船団解体だ。こんなところにいて大丈夫かね？」

誕生から七〇〇〇年たってもまだ使われている、一二時間時計の短針が、真上に近づきつつあった。

大会議《バウ・アウア》は二年に一度。ガス惑星ファット・ビーチ・ボールをバラバラに巡る十六の氏族船が、軌道要素を完全に合わせて、わざわざ一堂に会する祭典だ。百年一日の長老会が全体会議をやる最中に、若者は商売とケンカとコンサートとダンス、何よりも結婚するべく駆けずり回る。誰もがとても真剣だ。なぜなら三〇日目の深夜二四時に、全船団が解体《パージ》してしまうから。

別れた船団はまた別の軌道傾斜角を取る。理由は単純、漁場の分散のためだ。全船団がひとつのリングとなって惑星を囲んでいたら、狭い領域だけが過密状態になってしまう。さまざまに傾けたたくさんのリングで、まんべんなく星を囲むのが、賢明というものだ。

現在ひとつにつながっている十六隻の氏族船は、あと十数分で祭りの終わりを告げる星笛《スターホーン》を高々と鳴らして、ドッキングクランプを切り離す。そしてまた二年後の再会を約しつつ、直径一四万キロの広大なファット・ビーチ・ボールを別々に巡り続ける軌道へ移っていくのだ。

そうなったら、この少女はもう自分の氏族に戻れないだろう。

「大丈夫です」

大丈夫なはずはないのだが、平然とそう言うと、少女は進み出て目の前に立った。テラの結い上げた髪のてっぺんから、大型船の船首のように見事なドレスの胸先まで、ゆっくりと眺める。――テラはふと、花か木の皮を燃やしたような、甘い植物的な煙の匂いを嗅ぎ取った。

「あなたが、テラ・インターコンチネンタル・エンデヴァさんですか」

本名で呼ばれたテラは、少しだけためらってから、うなずいた。テラ・テルテのほうが通りがいいはずだが、そう呼んでこないということは礼儀をわきまえている。少しぐらいなら話してもいい。

「は、はい。……あなたは？」

「私はダイオード、DIE-Over-Dose の頭を拾ってダイオードです。よければそう呼んでください」

「ダイ？　ダイオードさん？」

「ええ」うなずいてから、早口に続ける。「十八歳です。母の名はロックと言って、ソーフィワーっていう測候船《ツナミ・サーチ》の船長をしています。測候組合には入ってないので名簿にありませんけど、二九〇年と二九九年の二度、大会議《バウ・アウア》のレスキューメダルを受けてますから、ソーフィワーで検索してもらうと発報座標が出てきます。私はその母のもとで一五年間、宙空両用船の操縦を見て、実際に手掛けてきました。九五〇〇時間の航行経験があります」

「え、ロック？　ソーフィ？」

テラは混乱して聞き返す。ダイオードの話の情報が多いだけでなく、初対面の名乗りのルールを完全に外れていた。こういう場合には、他にまず言わなければならないことがある。

「あなたの氏族はなんですか？　家族は――」

「テラ・インターコンチネンタル・エンデヴァさん！」

大声をもろにかぶせて、ダイオードが身を乗り出した。

「初対面で、紹介もないのに、突然こんなことを言ってすみません。お願いがあるんです。――私が、あなたの船を飛ばしていいですか？」

「は？」「え？」「んお？」

テラとルボールの目が点になり、テーブルに伏せていたモラまで酔眼を開けた。

続く三秒間で各種妄想が頭の中に大噴火して、テラは耳たぶまで真っ赤になった。細い指と小さく柔らかそうな唇が目に留まる。突然現れた少女が口にしたのは、非常に強い意味を持つ慣用句だったからだ。

「私の船？　を飛ばすってそれは、夜ですか？　あなたが？　女の子ですよね!?」

「はい。――あ」

うなずいた少女が、はたと口を押さえると、テラほどではないがほんのりと頬を染めて、誤解です、と手を振った。

「すみません、今のは口走っただけです、結婚してほしいって意味じゃありません。本当に文字通りの意味で、あなたの礎柱船《ピラーボート》のツイスタをやらせてほしいって言ってるんです」

「ツイスタ？」テラは耳を疑った。「やっぱり男なんじゃないですか！」

「女ですってば。女だけど、操縦をやってるんです」

「一体どういうことですか？」

わけが分からずにテラが聞き返すと、ダイオードは説明を始めた。

「昨日、六〇度帯あたりで誰かがリンゴエビに仕掛けたお見合い打ちを、サーチビューで見ました。袋網なし、袖網八本、オッター一六枚の花弁巻き。八本打ちなんて、たいてい散らかって絡まってメチャクチャになるから誰もやらないのに、その人は堂々とやらかしてました。あれ、あなたですよね？　エンデヴァ氏のテラさんだってテロップが出てました」

よりによって、テラが振られる原因となった網打ちだ。いたたまれなくなる。

「あれ、見たんですか」

「はい。それで今日の舞踏会を覗いて、あなたがいたので追っかけて来たんです」

「帰ってくださいよ」テラは悲しくなって目を伏せる。「そこまで念入りに笑いに来なくてもいいじゃないですか。どうせ私の網は変ですよ」

「なんですか、笑いに来た？　とんでもないです！」熱っぽい口調と輝く目でダイオードが迫る。「船が当たると一方向にバレる大型の昏魚《ベッシュ》と違って、エビは全方向にバレますから、船を中心に網を外へ流せば流すほど、取りこぼしが減ります。あの八本打ちは全然アリだと思いました。しかも、作図したみたいに正確な放射相称で。私、あんなにきれいな多本打ちは、ソーフィワーでも見たことがありません。すごかったです」

「……すご、かった？」

聞き慣れない言葉だった。初めてと言ってもいい。テラはおずおずと顔を上げる。

その途端に、ぎゅっと手を握られた。

「はふえ⁉」

声が出た。アイスバーみたいに冷たく細い指。どうしてこんなに冷たいんだろう。銀のまつげを翳《かざ》した瞳の奥が見えるほど、整いすぎた顔が近づく。腰かけているテラが、ほとんど見上げる必要もないていどの背丈。

「私と組んでください、デコンパのテラさん。ツイスタが必要なんですよね？」

「でも女の子なんでしょう⁉」

「そうです、女のツイスタです！」

四角い星です、と唱えるのと同じ荒唐無稽《こうとうむけい》を叫んで、ダイオードが食い下がる。

「腕には、技量だけは、絶対に自信があります。ただ、船だけがないんです。漁獲も賞もいりません、ただ、飛びたいんです！　お願いします！」

体重が半分で身長が三分の二、それぐらいしかなさそうな小さな少女が、大きなテラをぐいぐい追いこんでくる。人間と人間が儀礼と慣習でがんじがらめにされた周回者《サークス》では、ついぞ見かけることのない、レーザービームのようにまっすぐな申し出だった。呆れかえって頭が真っ白になりながら、それでもなお、自分がなんだか楽しくなってきたことに、テラは気づいた。

「ツイスタのダイオードさん……お母さまがロックさん、ですか」

「はい」

「私の母はノラ・インターコンチネンタル、父はアドン・ランプロッタ、二人ともう亡くなりました。今日、さる氏族の方と婚約不調になったデコンパです。これが初めてでもなくて、五回断られてます。それは、わかってます……？」

「わかっていませんでしたけど、今知りました。全部まったく了解です」

自分の手を握る小さな手を、握り返そうか、外そうか、テラが決めようとしたとき――。

それまで言葉も出ずにいたモラ伯母が、とうとう跳ね起きた。

「ちょおおっと待ちなさい、何を婚約の真似事みたいなことしてるの、テラ!? あなたは結婚するのよ、ツイスタの男性と！」

「はい、どこかの氏族に飛びこみに、でしたね」

ダイオードが、うっすらと笑みを浮かべて言い返す。左手の甲をコンと指で突くと、ミニセルの画面に時刻が光った。二四時。

ボーーーーーーーーーーーーーーッ

「パ」「あ」「時間ー！」

全船団解体《パージ》を告げる星笛《スターホーン》が、十六の氏族のすべての船に、高らかに響き渡った。

「次のお見合いは、二年後です」身長一四八センチの小さな少女が、昂然と胸を張って目を閉じる。「でも、私は明日から乗れます」

いさぎよく裁定を待つかのようなその姿に、テラは問いかける。

「自分から帰り道を塞いでおいて頼むのって、ずるくないですか？」

「これはただの私の決意なので、気にしないでください。もしあなたに断られたら――」

ちょっと天井など見上げてから、はにかむように微笑んだ。

「仕方ないです。二年間、この船でお皿でも洗って帰ります」

「……やっぱりずるいですよ、それ」

テラは困った笑みを浮かべて、手を握り直した。

3

夜の奥に巨人が立っている。

その向こうからうっすらと光が差し始め、巨人の正体は、地球の雲の一〇倍もある雄大な積乱雲だとわかる。五時間の夜の後に訪れた、惑星FBBの夜明けだ。

ダイオードとの初網打ちを終えたテラの礎柱船《ピラーボート》は、その朝日を背にして、夜へ戻ろうとするかのように西へと飛んでいた。

間もなく、離脱噴射の時刻だ。

惑星FBBは一〇時間ほどで自転しているので、氏族船はどの船も、高度六〇〇〇キロの傾斜した円軌道を一〇時間三三分で一周している。つまり、準同期軌道を取っている。準同期軌道がどんなもので、何のためにやっているかというのを、テラは一応イメージで理解しているが、言葉で他人に伝えられるかと言われると、はなはだおぼつかない。言えるのは、礎柱船《ピラーボート》で惑星に降りると、宇宙空間の氏族船は雲平線の向こうへ行ってしまうということだ。そして、一〇時間たつと一周して後ろからやって来るということだ。そのときを逃さず帰らなければならない。

礎柱船《ピラーボート》の腹はいくらか膨れている。網で獲った昏魚《ベッシュ》を格納したのだ。といっても八時間前に豪快な方法でごっそり捕らえたナミノリクチではない。あのあと別の漁場で、ごく無難にピラートロールを流して獲ったアマサバが五杯半、九万六〇〇〇トンあまりだ。

平均的な礎柱船《ピラーボート》の漁獲は六杯ほど。七杯獲ったら大漁を宣言できる。一杯が一万トンとか二万トンという数字だから、そういう勘定になる。

逆に五杯半というのは、六杯に近いようでいて、そうではない。数千トン足りないわけで、やりくりによっては足が出る。最悪ではないが、平凡な漁獲量だ。

平凡だということは、テラにしてみれば不満な漁獲だった。

「なーんでー、これだけなんですかぁ……」

後部ピットで膝を抱えて、テラはぶちぶち文句を言う。

「あんなにたくさん獲れたのに」

三一万五〇〇〇トンの昏魚《ベッシュ》といったら、めちゃくちゃな大漁だ。みんなに褒めちぎられて、氏族はとても潤っただろう。ツイスタとデコンパの英雄になるチャンスだったのに。

でも、ダイオードは取り合ってくれない。

「ガイドコンテナきちんと出してください。違う、推測じゃなくて実測。フルエレメントで！」

あの全量投棄のすぐあとで、帰ったら説明しますからと言われて、それっきりだった。アマサバ漁に取りかかってから今まで、ダイオードはひたすら操縦に集中している。

彼女に要求されて、テラは天空に目を走らせた。そこには、ずっと後方から追いついてくる氏族船の未来軌道が投影されている。楽をする気なら、予想に基づいて方角と仰角を決めて、大まかな速度で宇宙船をぶっ飛ばせば、船機が微調整してくれる。しかしダイオードが言っているのは、それじゃいかんということだ。

仕方なく、テラはきちんと最新の情報を航法衛星に要求することにした。数字は苦手だが、航法はデコンパの役割だ。周回天体の全要素《フルエレメント》にあたる、「アイダホ」の今日の軌道傾斜角、昇交点赤経、離心率、近点引数、平均近点角、平均運動のすべてを取得し、耳を揃えてターゲットコンテナに投影した。

「はい。これでいいですか」

「オッケーです。進路に乗せます」

ドッ、と船の後ろから濁流にぶつかられたかのような衝撃が襲った。二〇万トン以上の質量が大加速を始めて、軌道速度を目指す。同時に側方へゴッ、ゴッ、と蹴りつけるような衝撃が響く。進路修正インパルスと加速度と重力が、緩衝用体液性ジェルに浮かぶ二人の体を揺さぶる。

「いいかな……よし。ランデブー軌道取れました。ふう！」

鋭く尖らされた船首ノーズコーンが高空を切り裂いていく。前部ピットのダイオードが、バックレストにもたれてコポリと息を吐くのを、テラはとても不思議な気分で、後ろから頬杖を突いて見ていた。

——結局、この人はどういう人なんだろう。

ダイオードの船の飛ばし方は、普通のツイスタとはずいぶん違っていた。今日は初日で、無我夢中だったから、どこがどう違うかはっきりわからないが、印象でいうと、彼女はあるときは驚くほど暴れんぼうで、あるときは異様なほど慎重だった。

ちなみにここでいう普通のツイスタとは、高航一年生以降で任意に取れる、基礎的礎柱《ピラーボ》船《ート》操縦教程を受けた人間のことだ。これは男女双方がツイスタとデコンパについて学ぶためのもので、十六氏族すべて共通だから、ダイオードも受けたはずだ。でも、測候船《ツナミ・サーチ》で育ったと言っていたから、教程をいくつか飛ばしたりしたのかもしれない。

なんにしろ、情報が少ない。

彼女は三日前の初対面のあと、すぐ姿を消してしまい、次に会ったのが今朝の出漁前だった。朝ごはんがてら打ち合わせでもと誘ったのに、漁場に急ぎますと流されてしまった。

無言で準備棟から船に入って、無言で大気圏に降りた。目的地と魚種と天候に関する最小限のやり取りをしているうちに、あのナミノリクチを見つけた。

すごく、すごぉくもやもやする開幕だった。ただでさえダイオードの強引な申し込みは気になっている。そのうえ今朝は、新鮮な驚きに直面した。現れた彼女を見て、男ではなく女と漁にいくということを初めて実感したのだ。

そういうことを、とにかく話したかったのに、話せていない。

疑問やら不満やらを抱えて、テラはつぶやく。

「帰還まで手動でやるんですね。あ、再突入もだったか」

「ええ」

「……それは、やりたいからやってる、んですか？」

うちへ帰るだけなら船が勝手にやってくれるはずだ。だがダイオードは首を横に振った。

「いろいろ派手にやったから、もうあまり推進剤の余裕がないですよね。オートより精度を出したくて、手でやりました」

「そうなの……」

「逆に聞きますけど」ダイオードが振り向いた。「マニュアルでリエントリとランデブーのできないツイスタって、どう思います？」

「え」テラは面食らう。「どうって、ちょっと……急に言われても。マニュアルでやる人、ダイオードさんが初めてなぐらいですから」

「私たち周回者《サークス》の宇宙船の船機はすべて、FBBへの突入と脱出のプロセスを最初から入力されてますもんね」

「ですよ」テラはうなずく。「定期メンテとプリフライトチェックがありますから、それなしで出港することって、ないですよね……？」

「まあ、その通りですね」

「それでも、マニュアルでやる理由がある？」

ダイオードはじっとテラの目を見つめた。

当たり前のことを聞いただけのはずなのに、なぜか息苦しい。いやだなと目を逸らすと、ダイオードが言い募った。

「いろいろ納得できないのはわかります。でも、私はツイスタです。ツイスタにしかわからないことがあるんです。しばらく待ってもらえませんか」

「待ちますけど……」

テラが悶々としていると、ダイオードの口調が変わった。

「テラさん」

ピットごとぐるりと回転してこちらを向く。正面、同じ高さで顔を寄せる。眼差しよりも、首元の素肌に直接巻かれた、剣型の凛々しいネイキッドタイにテラは目を奪われた。

「私、下手でしたか」

「えっ」

「テラさんから見てどうでしたか、私の操縦。自分で言うのもなんですけど、それなりの水準に達していたと思いますが」

訴えるようにそう言ってから、多分、と付け加えて目を伏せる。やけにしおらしい様子に、テラは戸惑った。

「え、えーっと」

なんて答えればいいんだ、これは。

ダイオードの操縦は、いまだかつて見たこともないほど貪欲でハイレスポンスでぶっ飛んでいて、基礎教程の教官や、五人の婚約者未満のツイスタたちと比べても、異次元の技量だった。テラはそう感じた。

なのに、それをやった当人が、なんでこんなに唇ギュッて閉じて、お説教を待つ子供みたいな顔してる？　これ、何かかけるべき言葉か、それともかけちゃいけない言葉がある？

わからなかった。わからなかったのでこう言った。

「……それなりの水準に達していたと、思います。うん、超えてた……かな」

八倍ぐらい超えていたと思うのだが、大げさに言っても嘘くさいと思って、控えめな言い方をした。

「ですか」ダイオードは、ほっと軽く胸を押さえて、「でしたら、それに免じてお願いします」

言うだけ言って、ふんすと口を閉ざした。ペアを申しこんできたときと同じ強引さだったが、傲慢なようでいて、どこか断られることも覚悟しているような気配がした。

テラはあることに気づいて、不思議な気持ちになる。

――この子、中身は違う。

やってることは勝ち気で無鉄砲でクールだけど、多分外見だけだ。強いふりをしてる。

――私もこれぐらいのときには、大人に話しても通じないと思ってたな。

「うふ」

「はい？」

「いいえ、わかりました。あなたにお任せします、ダイオードさん」

言ってから、ダイオードさんと口の中で繰り返して、言い直した。

「ダイさん」

「ＤＩＥ？」

「って呼んでいいですか？」

たちまち少女の片眉が跳ね上がった。

「それだと、ただ死ぬんですけど」

「そのダイなんですか？」テラは驚く。そういえば、初対面の時に何かずらずらと由来を言っていたような。「ダイアナとかダイヤモンドみたいな、いいダイだと思ってました。ダイさん……だめですか？」

何気なく、こっちから顔を寄せて言ってみた。

すると、ふわっとダイオードの鼻の頭が温まった。ぐるりとピットをむこうに向けて、とげとげしい言葉を投げてくる。

「そんなに呼びたければどうぞ。しょせんはただの呼び名ですし」

「はい、ダイさん」

もう返事はなく、代わりにガツンと一段、船が加速した。

三〇分でレンガ色の空を駆け抜けて、星が瞬く暗黒の宇宙空間へ走り出る。

弾道軌道の頂点に近づくと、巨大な円盤型をした「アイダホ」が、後方から悠然と近づいてきた。遠いとドッキングできないし、近いと衝突の危険があるから、だいたい五〇〇メートルぐらいが理想的な最接近距離とされている。大気圏内での加速時に、そうなるよう狙って方向を決めるわけだが、何しろ六〇〇〇キロ上空までミサイル同然に上がってくるのだから、一〇キロぐらいずれて修正をかけるのは珍しくない。

それが今回、無修正で最接近五四五メートルの数字が出た。年間記録に載りそうな精度である。おおおとテラは感嘆する。

遠点噴射を行って、相対速度ゼロにランデブーした時点で、燃料計算はシメる慣習になっている。全行程消費推進剤は九万二五〇〇トン。漁獲が九万六〇〇〇トンなので、差し引きはプラス三五〇〇トンとなった。ささやかながら黒字である。

初回にしては上出来だと、テラはぶん投げた三一万トンのことも忘れて、満足しかけていた。「アイダホ」中心にそびえる漁獲検収塔にアプローチするまでは。

「え？　得分返上？　いやそういうことはできませんが」

映像通信で対面した漁獲係官が、そう言い出したのが、トラブルの始まりだった。

ボーナスという名札を付けた、腫れぼったいまぶたをした猫背の男性係官が、ダイオードの顔を見て尋ねる。

「あなた、どちらのデコンパさん？」

「ツイスタです」

ダイオードが無表情に答える。これは非常識な返事なので、当然、係官には理解されない。

「ツイスタ？　どこにいるの？　あれ、この礎柱船《ピラーボート》はインターコンチネンタル家の船だよね。テラちゃんは？」

「あ、ここです。こんばんは、ボーナスさん」

テラが後部ピットで片手をあげ、その前でダイオードが繰り返す。

「だから、私がツイスタで、テラさんがデコンパです」

漁船を抱えているテラと係官は、当然顔見知りなので、仕事は流れ作業的に進むはずだった。しかしそこに、ダイオードという異分子が挟まっていることに気づくと、ボーナス係官は険しい顔になった。

「こういうのはダメだよ、テラちゃん。女同士ではやらないことになってるんだ。何、この子と下へ降りたの？　わっ、獲ってきちゃった？　ああー、これはねえー」

「あのあの、五杯半です。ちょっぴりだけど、ちゃんと黒字で――」

「いや黒字とかね、そういうことじゃなくて」係官は手元のVUIプレートを閉じて、指でこめかみを掻く。「黒字なのはいいけど、いや、それもあまりよくないんだよね、互酬系違反になるから。教程で習ったでしょ？　それに中航生の授業でも」

「えーっと、そうでしたっけ。習ってないかも？」

多分習ったが、自分には関係ないと思って講習中に新種の昏魚《ベッシュ》の絵を描いていた気がするので、テラはとぼけた。

「習ったよ、忘れてるね。いいかい、よく聞くんだ」

顔をしかめながら係官が話してくれたのは、こういうことだった。

ツイスタとデコンパは夫婦であるのが常だ。夫婦の仲は、たいていの場合、嫁入りか婿入りによって、二つの氏族の男女が築き上げるものである。これは二つの要請があるために、このように営まれている。

第一の要請は血の混ぜ合い。いわゆる遺伝的多様性の確保だ。二年のあいだひとつの船で暮らす一氏族、二万人のあいだでもし同族婚姻を続けると、血統が偏ってしまう。だから、大会議《バウ・アウア》を催して、十六氏族三〇万人の中から、できるだけ広く新たな血を求めることになっている。

第二の要請は暮らしの安定。いわゆる互酬による所得の再分配だ。十六の氏族が分散して独立採算で暮らしていると、二年のあいだには富めるところと貧しいところが出てくる。漁獲は一様ではないからどうしてもそうなる。それでは対立が起きてしまうから、できるだけ獲物を分配することになっている。礎柱船《ピラーボート》の男女が漁獲を半分ずつ得るのはこのためだ。

漁獲を半分得るといっても、嫁入り婿入りしてきた側は、遠くを飛んでいる実家の氏族船に、昏魚《ベッシュ》を送りつける方法がない。だからその分は相当する貨幣の形で積み立てることになる。礎柱船《ピラーボート》の稼ぎの半分は、常に外貨の形で蓄積される。そして大会議《バウ・アウア》の年に各種取引の決済に使われる。十六氏族すべてがそのように助け合うことで、全体としての安定が保たれる仕組みになっているのだ。

「そういうことになってるのは知ってますけど……」

「テラちゃん、お見合いのベテランだもんね」

「それは言わなくていいです」

テラが顔をしかめていると、ダイオードが割りこんだ。

「この場合は、氏族外の私が自発的に得分返上を申し出ています。あなた方エンデヴァ氏の漁獲が増えるだけです。問題はないでしょう」

「うん、あのね、あなたはまだ仕組みがよくわかってないのね。ていうのは、あなたにはそういうことをする権利はないんです」

　係官が、無知な子供に言い聞かせるような口調で話す。

「うちだって自分たちが全取り出来たらいいと思うけど、でもそうすると、あなたの所属する氏族の取り分がなくなる。つまり、うちがそちらから奪っちゃうことになるのね。これはあなたがどう言ってるかに関係なく、公的にそう見なされるということです。そういう規則になっている。なぜかというと、そこで個人の裁量を許していると、必ず結託して溜めこんだり、よそから巻き上げたりする者が出てくるからね。周回者《サークス》の社会が不安定になってしまう。だから、漁をしてきたら、必ず二人で平等に分配しなければならないと厳しく決まってるの。これは大会議《バウ・アウア》の決議です」

　そもそも大会議《バウ・アウア》が開催される最大の目的が、氏族間の利益分配だった。最も貧しかった氏族に、次の二年で最も豊かだと見こまれる軌道に入る権利が与えられる。この相談が機能しているから、周回者《サークス》は三〇三年やって来られたのだ。

「だからまず、得分返上ってのが認められません。ダイオードさんは、自分の氏族に仕送りをするために、漁獲を半分得る義務があるんです。はい、本名をどうぞ」

「本名……」

「言わないと受け取れませんよ」

交渉の余地なし、という澄まし顔で係官は顎を上げる。ダイオードはうつむいて歯噛みしている。

その様子をはらはらしながら見ていたテラは、意を決して、彼女の横にピットを寄せた。

「断っていいですよ」

「――え？」

「どうしても言いたくなかったら、それでいいです。何か理由があるんでしょ？」

ダイオードがぽかんと口を開け、「そんな」と言い返した。

「言わないと、また全部投棄しなきゃいけないことに……」

「まーいいですって」テラは片手でパタパタ仰ぐ。「だって、今回は初めてですよ。初めてで利益が出るペアなんて、もともとそんなにいませんよ。練習ですよ練習。お互いのやり方が分かっただけで十分じゃないですか？」

十分ではない。本当はめちゃくちゃ漁獲がほしかったが、テラは嘘をついた。

つきたい気分になったのだ。

そうやって笑顔で済ませようとすると、今度はダイオードが顔を寄せて言った。

「どうしてそんなこと言うんですか。テラさんだって、いろいろ聞きたいんじゃないんですか？」

「え」

「この機に乗っかって、聞きたいはずじゃないですか。私の素性とか、理由とか。なのに、言わなくていいなんて……」

あ、そこは伝わっていたんだ。

テラは軽く感動しつつ、ちょっと考えて、にやっと笑ってみせた。

「私にも教えてくれないのに、ボーナスさんに先に教えちゃうなんて、悔しいから……ですかね」

それを聞くと、ダイオードのこわばっていた顔に、はっ、と笑いのような表情が浮かんだ。

それから係官に向き直ると、彼女は一息に述べた。

「通名ダイオード、本名カンナ・イシドーロ・ゲンドー、ゲンドー氏イシドーロ家の人間です。しかし『芙蓉《フヨー》』には伝えないでください。それでも差し支えないはずです」

「はい、ゲンドー氏ね」手元に再び開いたVUIの画面をつついて、そっけなく係官が言う。「でもゲンドー氏への入金情報はすぐ氏族船へ行きますよ」

「名前は隠せるでしょう」

「隠せますけどね。そういうのはたいして意味ないですよ。調べればすぐわかるから」

「ダイさんはゲンドー氏の人だったんですね」

テラは少しだけ驚く。それは、現存十六氏族のうちでもっとも他との交流が少ない、謎めいた氏族の名だった。

「これでテラさんと漁ができますか」

ダイオードは係官を睨みつけている。係官は口をとがらせて、「夫婦でなきゃダメですし、私が決めた規則でもないんですよ」とぶつぶつ言っていたが、やがて面倒くさそうに顔を上げた。

「まあ、漁はダメですけどね。もし漁じゃないっていうなら、うちの知ったことじゃないですね。単に船で昇り降りしてるだけってことで。漁管じゃなくて航管のほうの管轄になるのかな」

「漁じゃない？」

「私用。つまり遊びってことね。もちろん漁じゃなければ、氏族の衛星とかドックとかの使用に料金かかってきますし、剤類も一般価格で購入となるけど――」

「それで構いま――」

ダイオードが言いかけて中止して、心配そうに振り向いた。テラはそっとうなずいた。

「いいですよ?」

「せん!」

「該当部署で頼んでください。はい、アマサバ九万六〇〇〇トン検収!」

おれはもう知らん、という顔で係官がさらさらとVUIにサインした。

4

巨大ガス惑星の大気圏内にいる間は、二Gを越える重力がかかる。たとえばテラの体重は一四〇キログラムを超えてしまう。死にはしないが非常に苦しい。だから礎柱船《ピラーボート》の前後ピットは、呼吸可能な体液性ジェルを満たす構造になっている。ツイスタもデコンパも、浮力によって楽をする。

衛星軌道に上がってくると、ジェルに浮かぶ必要はなくなる。周回飛行中は無重力になるし、氏族船の居住区は回転して一Gを作っているからだ。惑星から戻った乗組員はジェルから這い出して来る——が、そのままではびしょびしょで町に出られないし、派手な船用盛装《デッキドレス》はあくまでも漁の間だけのものだから、到着棟で質素な街服に着替える段取りになっている。

テラも礎柱船《ピラーボート》が整備埠頭に停まると、うきうきしながら到着棟に入った。なぜならば、漁が黒字に終わった時には、宴会を開くのが通例だからだ。また、赤字のときにも豪華ではないが残念会をやることが多い。これらは過去のすべてのお見合い相手が実施していた。

八分後に、生成りのブラウスにスカート姿で、バッグ抱えて濡れ髪のまま、あわててロビーへ駆け出した。船用盛装《デッキドレス》を脱いでシャワーを浴びながら、ダイオードをどこの店へ誘おうかと考えた。

「ダイさん！」

少女を探して辺りを見回す。よく考えたら、宴会のことをダイオードに言っていなかったからだ。そして、仮に言ってあったとしても急ぐ必要があるような気がした。理由はないが、強いて言うなら、勘と前例である。初日も彼女は突然消えた。

「ダイさん、どこですか！」

思った通り、到着棟ロビーにはいなかった。シャワー室は確認済みだ。防犯・支払い兼用の天井カメラに急いでウインクして、ドアの外へ飛び出す。

雑然とした喧騒と臭気と漂うほこりに包まれた。「アイダホ」中心軸を囲む微重力の港湾環路の一セクターだ。壁は落書きと破れたポスターと飛び散った飲み物のシミに覆われており、床はそれよりも一段汚い。自然衛星で水氷を採掘してくる鉱夫たちやパイロット、船齢二〇〇年を超える氏族船を維持する外構管理士や気密保持工など、技術者と肉体労働者が行き交っている。礎柱船《ピラーボート》が停まるのでフィッシャーマンズ・ワーフと呼ばれているが、もちろん海の魚の匂いはしない。するのは仕事帰りの連中を誘う飲食店の匂いと、側溝にどぽどぽ流れ出す使用済み体液性ジェルの香料臭だ。

逃がしたか？　いや——見つけた。監視塔みたいなテラの背丈はこういうときに強い。

銀髪の小柄な人影が流れる人波をかき分けて進もうとしている。しかし例のばかでかい旧式《キス》背嚢《リング》がむやみと通行人にぶつかって、ふらついている。

「ダイさん、待って！」

大きなテラが大声で呼んだので、そこらじゅうの人が振り向いた。ダイオードもはっと振り向いたが、その拍子に背嚢でガンと壁を叩いてしまい、反動でふわりと空中へ浮かんでしまった。

自転する船の中心軸に近いので、重力が弱い。くるくる回って上昇する。しかし、重い背嚢の背負い紐をつかんで体から離し、とっさに自転速度を殺したのは、さすがツイスタというところだった。角運動量保存則が脊髄に書いてある。

そこで手間取ってくれたので、テラは追いつくことができた。

「待ってください」

ダイオードを壁の手すりに引き戻す。微重力下の体さばきは苦手だが、手すりがあればどうにでもなった。テラの長い腕に捕まったダイオードは、巣箱に手を突っ込まれた小鳥のように、壁に背中を貼り付ける。

「……着替え、早かったですね」

「急ぎましたから。ダイさんに漁師の習慣を教えに来たんです。黒字のときは宴会をやるんですよ。知ってました？」

「いえ……」

「じゃあ急いだ甲斐があったんですね。よかった」

「……」

少女は目を逸らす。彼女も、大胆極まりなかったデッキドレスから、ゆったりした長手のシャツとズボンという無難な街服に着替えているが、髪はテラよりも濡れている。やはり急いで立ち去るもりだったのだろう。

彼女が自分に失望して去るなら、テラも無理に引き留めたりしないつもりだった。

しかし、どうもそうは思えなかった。敬遠や困惑や、時として恐れの目で見てくる人はいるが、ダイオードはそういう目をしていない気がしたのだ。

「お話ししましょうよ、ごはんでも食べながら」片手を差し出す。「今日のことと、これまでのこと、明日からのこと。どうですか？」

「私、帰って寝ようかと……」

「はあ？　さすがにそれはなくないです？」怒るべきところのような気がしたが、むしろ呆れてしまった。「挨拶も何もなしですか？」

「すみません、そこは謝ります。お疲れさまでした」

なんだか小さくなりながらダイオードが言うが、この流れで今さらお疲れさまでしたは、全然ふさわしくない。テラはさらにかがみこむ。

「お疲れさまでした！　さあ、一緒に行きましょう」

「勘弁してください……」

「勘弁？　何を？」

「これ以上、やらかしてしまうのを」

ん？　とテラは眉をひそめる。何かが変だった。

「今のでまたひとつ、です。挨拶、しなきゃでした。別れ方、わからなくて」

うつむいたままのダイオードの口調が、どんどん湿ってきた。

「偉ぶって昏魚《ベッシュ》捨てたのに剤類切れかけて、帰還ギリギリだったのに玄人操縦っぽいふりをして、任せろって言ったのに揉めちゃって、通名出してたのに無様に本名バレて」

テラを責めている？　違う、自分を責めている。うつむいて肩を震わせ始めた。

「おまけにあのクソ役人に、テラさんのお見合いのことといじられたのに、ろくに言い返せなくて、残念な人みたいな扱いになって。あんなひっ、ひどくて、テラさんに顔向け、できなっ」

「わわー、ととと！」

テラはあわててハンカチを出して肩を抱いた。

「泣かないでいいから！　ごはんに行きましょう、ね？」

こくりと頭が動いた。

お洒落で素敵な半ダースの店が、ダイオードの嗚咽で候補から消えた。こういうときに入れそうな店はひとつしか知らなかったので、その古くて垢抜けないがいろいろ察してくれる族用ビアホール、「ワールド・エンド・ボード」まで円盤船放射軸を降りた。

フロアの角の大きな柱の陰で、窓の向こうがすぐ宇宙という、文字通り世界の終わりの飛びこみ台みたいな離れ席にダイオードを連れこんだ。とりあえず飲み物だけいくつか注文して、秒で印刷されたそれらをウェイターが持ってくると、少女の向かいではなく横手に椅子を寄せて、勧めた。

「ほらダイさん、酔えるのと酔わないのと甘いのと甘くないの来ましたよ。いけます？　アレルギーあります？」

「あのちょっと、待ってください！　無理です無理！」

押し付けられたハンカチで、顔を拭くというより隠しながら、ダイオードがテラを押し戻す。

「今わりとぐしゃぐしゃなんで！　飲み食いどころじゃないです！」

「ですよね」あっさりテラは身を引いて、テンションを落とす。「糸、切れちゃいました？　もう三日目だし」

「糸って」

「気持ちの糸。初日から張り詰めっぱなしでしたよね。――リュックひとつしょって、知らない氏族船に乗り換えて、初めての相手を説得して、ありえない網をひっぱってカリッカリの手動操船で戻ってきて、終わったと思ったらお役人に全部ダメにされるところでしたよね。一個間違えたら人生パーでした。糸がプッツリいっても仕方ないですよ」

ハンカチが下がってダイオードのぽかんとした顔が現れると、テラは微笑んだ。

「なんでわかるんだって顔ですね？　わかりますよ、私だって知らない船の知らない相手に何度も会いに行きましたから。あれ心細いですよねえ」

言ってから、でも、と付け加える。

「ダイさんは、まだ十八歳なんですよね。――そこは、私よりすごいです」

「ふ……ううううう」

長い睫毛が震え出し、磁器のように整った顔が、赤く染まってくしゅくしゅつぶれた。決壊を予想してテラはその肩に手を触れたが――本格的に声を上げる寸前、少女はキッと歯を食いしばって耐えた。

「んぐううう……！」

「お？」

片手をしっかり顔にかざして、べしょべしょのハンカチでやたらと目を拭うダイオードだが、声だけはかたくなに上げようとしなかった。すごい意地だ、とテラは感心した。

その背は本当に細くて震えている。髪が冷たいので、頭から肩の下までゆっくりとくり返し撫でた。昔、そうやって自分が撫でられたことがあるのを思い出す。それを思い出して真似る。

「まあね、ダイさん。いろいろありましたけど、今日は成功でしたよ。魚は獲れたし、事故もケンカもなかったし。逃げなくってもいいです。ね？」

「……ううぐん」

背中を撫でるうちに、小さな頭が鼻先に来た。頭髪からあの甘い植物性の煙香がする。すい、と脳髄をそちらへ引かれて、何も考えずに肩を抱き寄せた。それに応じてダイオードが安らいだ様子で胸にもたれ、ふーっと深く息を吐く。

溶けたように互いの重みを支え合う十数秒。――の後に、ダイオードがおずおずと身を離したので、二人の間に空気が入った。

「あ、なんか……すみません、テラさん」

「え、いえ全然」

軽く笑い流そうとしたものの、内心ちょっとうろたえた。ダイオードが小さくて手頃に思えたから、つい無警戒にもたれさせたけど、ちょっと近すぎじゃなかったか？　知り合ったばかりの相手に対して、詰めていい距離じゃなかった気がする。

大きく息を吸って頭をはっきりさせた。なんだっけ、そう、相談だ。

今日のことと、以前のこと。

「ダイさん、落ち着きましたか。大丈夫です？」

「は、はい……」

ダイオードはぎくしゃくとうなずく。顔には赤みが残っている。この人も今のは気まずかったみたいだ。

「ダイさんはどうしてそんなにがんばってるのか、聞いてもいいですか？　今日のいろいろをやろうとした理由は」

「はい――そろそろ話さなきゃですよね。きちんと」

ようやく座り直したダイオードが、テーブルのグラス類からジンジャーエールライクを取って口をつけた。テラもウェイターに料理を頼んで、ワインライクを手にした。

ダイオードは飲み物に何度か口をつけながら考えている様子だったが、やがて「氏族のことから話します」と言い出した。

「うちは、さっきバレたみたいにゲンドー氏なんですけど、あそこ、女はD転させられることになっているんです。知ってますか、D転」

「D転？」

「知らないんですね。デコンパへの適性転換です。船乗りの女そのものがほとんどいなくなっているので、乗るならデコンパやれって言われるんです。パイロットになるのは許されないんです」

「うちのエンデヴァでも女ツイスタはいませんけど」

「そうですか。でも強制的にデコンパをやらされたりはします？」

「それは……ないかな。強制はないです。女が船を飛ばしたければ、惑星間連絡艇とか真空作業艇に乗れとは、言われると思いますけど」

「乗れるんですよね、そういう船に。それならまだいいですよ。ゲンドーではとにかくD転させるんです。デコンプできなくてもです。定型の袋網ならオートで作れるからって。最悪、航法だけできればいいって……」

「それはちょっと、ひどいですね」

「はい」

「二重の意味で」

「二重？」

ダイオードが不思議そうな顔をしたところへ、チーズライクにサラダライク、サーモンライクにビーフライクといった品が運ばれてきたので、それらをダイに勧めつつ、自分は二杯目のワインライクを飲んでテラは言った。

「まず、やりたくない人にやらせるっていうのがひどいですよね。次に、やりたくてやっているデコンパの人間にも、失礼です。だってデコンパっていうのは、精神脱圧《デコンプレッション》で網や船を変形させられるから、デコンパなわけです。決してツイスタになれない人間の片付け先なんかじゃありません」言ってから、苦笑する。「……まあ、私みたいなできそこないもいますけどね。そうじゃなくて、決まった網をビシッと作れるデコンパさんに、失礼ってことです」

「できそこないって言い方、やめませんか？」

「あ、すみません……」

ダイオードが不愉快そうに言ったので、テラは謝った。

「それにしても、ゲンドー氏はどうしてそんなに女に厳しいんですか？」

「それは女は非理性的だから、だそうです」ダイオードは苦い顔で言う。「女は精神的に弱いので、もしパイロットとしてFBBの雲海に降りても、すぐパニックに陥って墜落してしまうんだそうですよ。これ、どう思いますか、テラさん」

「はあ？　パニック？」テラは呆れて口を開ける。「そんなの性別は関係ないでしょう。現に今日、ダイさんは立派に操縦してましたし」

「ですよね。私もそう思います。でも、ゲンドー氏の人間は、女はダメだって信じてるんです。それで、今から一九年前にもそういう扱いを受けた女がいて、どうしても嫌だったので、氏族船を飛び出して無所属の測候船《ツナミ・サーチ》に転がりこみました」

「一九年前……え？」一瞬テラは混乱する。「ダイさん、十八歳って言いませんでしたか？」

「いえ、一九年前に飛び出したのは、私の母です。そのときもうおなかに子供がいて、船で生まれたのが私でした」

「ああ、そういうことなんですね。そのお母さまに、ダイさんは育ててもらったと。ロックさん、でしたっけ」

「はい。もちろんロックは通名ですけど」

「いいお母さまなんですね。こんなに上手なツイスタのダイさんを育てて下さって」

テラがそう言ったとき、ダイオードはちょっとおかしな反応をした。迷惑そうに眉をひそめつつ、嬉しそうに口元を緩めたのだ。

「……母は、ほぼ単独で測候船《ツナミ・サーチ》をやってます。礎柱船《ピラーボート》のツイスタじゃないですが、両用船乗りとしては腕利きの母でした」

「え、あの、もしかしてご不幸に……？」

「いえ、しぶとく生きてます、そこはご心配なく」

「ああよかった」テラはほっと胸を撫でおろした。「それで、十五歳までお母さまにお船を習って……？」

「ええと、うちの母は家を出て夫と絶縁したわけです。それで――」なぜか一瞬、宙に目をさまよわせてから、ダイオードはややくどいことを繰り返した。「だから、ほとんどエンデヴァ氏族を助けることはできません。テラさんがもし、どこかの身元のしっかりした男性とペアになったとしたら、受けられるはずの氏族間の援助を、私は提供できません。それは……私の欠点の一つです。いま打ち明けておきます」

「はあ。あ、正直に言ってくださったのは嬉しいです、ダイさん」話がちょっと逸れたような気がしたが、テラはにっこりと笑う。「でもまあ、それは織り込み済みですよね。結婚は女同士ですることじゃないですし」

「……はい」

ダイオードがゆっくりとうなずき返した。

彼女のことがまたひとつわかると同時に、またひとつ疑問が増えて、テラはじっと見つめる。母親と一緒に測候船《ツナミ・サーチ》で暮らしてきた……測候船《ツナミ・サーチ》というのは読んで字の通りFBBの大気圏内を航行して、気象を観測し、昏魚《ベッシュ》の群れを通報する船だ。氏族船での暮らしとは大違いだっただろう。それはどんな生活だったのか？　航行時間が九五〇〇時間っていうのは、十八歳にしては異様に多い数字だけど、どうやって稼いだんだろう？

そんなふうに横顔を見つめていると、ダイオードはなぜか煙でも噴きかけられたみたいにせわしなく瞬きして、「テラさんも食べたらどうですか」と皿を押し戻してきた。「えっはい、もちろん」とテラは、オリーブライクオイルのかかったオレンジ色の薄肉を、巻いては食べ巻いては食べる。

　ん？　と首をかしげる。さっき話しかけて途切れた流れは、どんなだったか。

と思ったら、「さきの大会議《バウ・アウア》の会期中に」と再開したので、耳を傾けた。

「実は、ジャコボール・トレイズ氏族と、ポルックス氏族にも寄ってきました。どこかでツイスタとして飛べないかと」

「へえ？」テラは興味を抱く。「どうなりました？　そこでは」

「トレイズ氏では、詐欺の容疑で逮捕されかけました。ポルックス氏では、痩身障害の診断を出されて、奨妊プログラムに加入させられるところでした」

「逮捕!?」衝撃的な言葉と、もっと衝撃的な言葉に、テラは椅子から飛び上がる。「と、痩身？　プログラム？　それってなんですか？」

「詐欺のほうは航行時間詐称を疑われたんです。九五〇〇時間は多すぎるって。濡れ衣を晴らすのに苦労しました」ダイオードは苦い顔で話す。「あとのほうのやつは、若い女を二四時間監視下において、健康を維持できる上限までカロリーを取らせて、子供を産みやすい体形に仕上げようっていう公的計画です。ポルックス氏は、とにかく生物を繁殖させるのが大好きらしくて」

「うえぇ……」テラはおぞましさに鳥肌を立てる。「そんなフォアグラ用のガチョウみたいな目に遭いかけたんですか……」

「ファワ？　ノガチョ？　って何かわかりませんけど、まあそんな感じです」ちょうどダックライクスライスをフォークに刺したところだったダイオードは、顔をしかめて皿に戻した。「私の体形、病気だって判定されたんですよ。そもそも測ってくれなんて頼んでもいないのに」

「だ、大丈夫だったんですか？　その、妊娠……」

「ああ、脱気警報押して通路ダメにして逃げました。私の感覚では、人間扱いじゃなかったので」

「わかります、私の感覚でも人間扱いじゃないですよ！」強く同意を示してから、テラは我に返った。「あ、すみません……わかりますってのは、言いすぎでした」

「言いすぎ？」

「私はダイさんほどひどい目に遭ってないなと。出戻ったのは自業自得ですし」

「自業自得じゃないです、やめてください。その伝で行けば、私もトレイズ氏から出るときに賄賂使った悪人なので、やっぱり自業自得です」

また不愉快そうな目で見られた。テラは大きな体を縮めた。

「すみません、いちいち余計なこと言って」

「そういう意味では……」

言いかけたダイオードは、ため息をついて首を振った。

「まあとにかくそんな感じで、ツイスタになろうとするたびに、棒でぶたれて来ました。今日の載荷投棄《ジェッツサン》もそういうアレです」

「アレですか？」

「女のくせに獲りすぎだ、って言われるからです。いえ、実際に言われたことはまだないですけど、きっと言われますよね？　そもそも女同士で漁から帰っただけで、さっきのありさまですから」

「……そうですね」

「それが答えです。どうしてがんばるのかっていう質問の。がんばるしかないからです」

そう言うと、ダイオードは金色の泡の立つグラスを手に取って飲み干した。

時間をかけて印刷された上等なロブスターライクボイルが運ばれてくる。テラが受け取って取り分けた。ダイオードは眉根を寄せて、電子基板でも修理するみたいにフォークとナイフをつまんで、白い肉をいじり始める。まるでこういうものを食べたことがないみたいな手つきだ。

それを見ながら、なるほどなあ、とテラは考える。この人はただツイスタになりたいだけじゃなくて、他の場所ではツイスタができなくて、行き場をなくして、自分のところへ流れ着いたのだ。そのあいだ、失敗して逃げなければいけないことが何度もあった。その経験には同情するし、そのバイタリティには素直に感心する。

だから、懸命に何かを隠そうとするのだと気付いた。

そうだ、それなら筋が通る。さっきから話が微妙に不自然なのは、打ち明けているようでいて、一点だけ話していないことがあるからだ。そしてそれは、一等にやばいことに違いない。話せないぐらいなんだから。

彼女に氏族の助けがないとか、トレイズ氏やポルックス氏の不興を買ったなんていうレベルの話じゃない。それよりもやばいことだ。それはなんだろう？　ダイオードが逮捕されるよりもやばいことと言ったら。

持ち前の想像力を全開にしたテラは、結論らしきものにたどり着いた。

ダイオードだけでなく、テラも捕まるようなこと、だ。

「あの、ダイさん」

「はい？」

「ゲンドー氏の追手って、いきなり銃を撃ってきたりするんですか？」

白皙《はくせき》の美しい少女が、口の中のエビ肉をむぐっと喉に詰まらせて青くなった。

「あーごめんなさい！　そんなどっきりさせるつもりじゃないです。ほらお水飲んで…

水を飲ませて背中を叩くと、なんとか飲み込んだダイオードが、キッと目を向けた。

「なんで知ってるんですか？　調べたんですか？」

「あ、ほんとに追手が来るんですか」テラのほうが驚いて聞き返す。「想像で言ったんですけど」

「想像？　どんな想像――」

「いえ、ダイさんて、さっきから十五歳から十八歳までのことを不自然に隠してますよね。そして測候船《ツナミ・サーチ》にいたにしては、ゲンドー氏から実際にD転の強制を受けた感じですよね。お母さまの体験に混ぜ込もうとしてましたけど、あれダイさん自身のことでしょ」

テラは宙を見ながら考えていう。

「つまり、十五歳になってからは氏族船に戻ってたんじゃないかなあと。そして十八でD転なり結婚なりがイヤになって、無断で脱船してきたんじゃないかなあと。だとすれば――」

「……」

ひょいとダイオードに目を戻す。

「お母さまじゃなくて、ダイさん本人に追手がかかってる。それも、大会議《バウ・アウア》のパージを利用して撒かなければならない感じの、かなり本気のやつが来ている。――そう思ったんですけど、合ってます？」

「ビタイチ合ってますけどなんでわかるんですか⁉」

悲鳴のような声を上げてから、うあ、とダイオードは顔を押さえた。

「作り話のテラ《Tell-tale-Tera》さんって……そういうこと……」

その名で呼ばれるのは好きではないが、今だけはテラは黙っていた。

顔を覆っているダイオードの前で、ウェイターが皿を下げていく。テラは展開を予測しており、ダイオードがスッと立ち上がろうとした途端に、手首をつかんでストンと引き戻した。

「逃げなくていいです」

「なんでですか！」

「エンデヴァ氏の警備隊ってそんなに無能じゃないですよ」

顔を上げたダイオードに、テラはうなずいてみせる。

「他氏族に押し入るのは族域不可侵原則に反してますから、奪還隊は違法です。そういうのがゲンドー氏から来ても、うちの警備隊が止めてくれますよ。それにそもそも、氏族船から氏族船へ飛ぶのってものすごく推進剤を食うから、そうそう来ませんって……多分」

「だとしても、いいんですか？」

「何が？」

「私、隠してたんですよ！　無断脱船者であること」

声を上げたダイオードに、テラは、しーっと人差し指を立てた。

「それは、みんなに知らせなくてもいいです」

「……ああ、はい」

「じゃあ、明日からのことを決めましょう」

「なんでそうなるんですか？」

「私たちにとって最悪のことってなんだと思います？」

「は？」

「それは、二人で船に乗ってみたら漁ができなかった、ってことじゃないですか？」

抗うダイオードに取り合わず、わざと無理やり話を進めたテラは、そこで大きく身を引いてみせる。

「違いますか？　それより悪い事態ってあります？」

う、と息を呑んで考えたダイオードが、やがて言った。

「……確かに、乗ってはみたが船は飛ばないし網も開けない、ではペア組む意味がないですね」

「でしょう。でも私たちはすでに一回成功してます。ということはですよ」

テラは大きく手を広げる。

「これはぜんぜん、最悪の事態じゃないんですよ。ね？」

「……はあ？」

「他のすべてはおまけだってことです。奪還隊がどうとか、隠していたとかどうとか、ボーナスさんに余分なお金をふんだくられそうだとか。最後のはがっぽり獲ればいいことです」

「がっぽり獲ると目立つんですってば」

「じゃあ控えめにがっぽり」

「ものすごく適当言ってません？」

「ざっくりまとめるほうがいい場合もあるんですよ！」微笑みながらも強く言い張ってから、テラはわざとらしく、片手をダイオードに向ける。「じゃあ、ダイさんがまとめてみてください。この結団式の結論を」

「結団式？」

「ペアのですよ」

この絶妙のタイミングで、ストロベリーL&ブルーベリーL&マンゴーL&メロンLを惜しみなく盛りつけた、食後の四色フルーツライクパフェが二つ届いた。少し前の沈黙中にテラが合図しておいたものだ。グラスの中のソフトクリームは新品のプリンタヘッドで刷ったらしくて、酸化していない新鮮な乳脂肪の香りが立ち昇る。

ダイオードは極端に難しい顔になって、目の前に高輝度ライトでも置かれたかのように手でガードしながら言った。

「なんですか、これ。こんなもので私が混乱すると思ったら大間違いですよ」

「そういうものでは全然ないです。で、ダイさんはまだこのパフェをあきらめて一人でどこかへ行くほうが、いろいろな事態がよくなると思ってます？」

「……わかりました、結論を言います」

ダイオードは昂然と顔を上げると、自分の豪華デザートをテラのほうへ押しのけて言った。

「これは要りません。かつ、明日からもよろしくお願いします」

「よろしくお願いします。わあ、嬉しい！」

テラは喜んでロングスプーンを手に取り、冷たく甘いクリームを一口食べてから、隣に目をやる。

ダイオードはウェイターを呼んで「あついコーヒーライクをお願いします」と頼んでから、テラに向かって「そういうのは、要りません」と硬い顔で繰り返した。

5

周回者《サークス》がガス惑星に来るより昔のこと。海のある固体の惑星では、未明の闇の中、朝まずめと呼ばれる魚の食事時を狙って、水平線から恒星が現れる前に漁師が船を出したという。

その伝統は現代でも続いている。周回者《サークス》は夜明けに漁をする。ただし惑星ファット・ビーチ・ボールの夜明けに合わせて、だ。自転周期一〇時間の惑星に、概日周期《サーカディアン・リズム》二五時間の人間が合わせるのだから、どうしたって無理が出る。体感で午後四時に出たり、午前一時に出たりということがざらにある。苦労な生活だが、仕方がない。昔から漁師は自然に合わせるしかなかった。

ダイオードとの漁を始めて間もないある日。テラは午後五時すぎに、「アイダホ」一二〇年層にある半Gの古めかしい自邸で、もぞもぞとベッドから這い出す。洗顔の後、衣装と化粧の印刷を急いで、身支度を完成。今日の船用盛装《デッキドレス》は白金色で軽快な、三五世紀シリウス宮廷妖精風のテンプルガードル姿。普段着として見るならめちゃくちゃ恥ずかしい服装だが、漁に出るのだからこれが正しい。胸を張ってスポークエレベーターに乗りこんで、船乗りたちにすみっこへ押しやられる。宇宙中どこへ行っても、実績のない者はすみっこが居場所だ。

午後六時二二分、フィッシャーマンズ・ワーフの準備棟ロビーで、ダイオードと待ち合わせる。彼女はほっそりした銀と黒のオペラ調スキンスーツで、これもひと目で漁師だとわかる姿だ。衣装は初回と同じだが、魅力は少しも減じない。というよりもテラはまだ全然鑑賞し足りなかった。両手を広げて歩み寄った。

「ダイさん、おはようございます！　そのドレス、今日も素敵ですね！」

「テラさん、おはようございます。そのドレス、わりと素敵ですね」

「いえ私なんかドーンとでっかいだけで、ダイさんのほうが全然コンパクトで可愛くて！」

普通のツイスタ、つまり男性の場合は、あまり飾り立てることがない。だからペアの相手がお洒落をしているという状況は、それ自体がテラにとってとても新鮮だった。目をキラキラさせて見下ろしながら相手を一周する。

対照的にダイオードは、冷たい目でテラの胸のあたりを見上げながら、ぶっきらぼうに答えた。

「そのプロポーションで卑下するのはやめてください。あと二二分遅刻です」

「はうう、すみません……！　お昼寝してから来たんですけど、寝付けなくて、寝坊して」

「よく寝るタイプだろうとは思ってました」

「今日も漁ができるんだって思うと、どきどきしちゃって！　ダイさんはよく寝るほうですか？」

「わりとどこでも寝られます。時間もないし、行きましょうか」

「え、朝ご飯は？　どこかで軽く」

「その時間を使っちゃったのはテラさんです。乗ってからペミカンかじるしかないです」

「ああー……」

　ダイオードが身を翻してさっさと歩きだした。しかしすぐに立ち止まったので、後ろのテラはぶつかりかけた。

「なんですか」

「いえ、何も」

　否定されたが、テラにはわかった。朝の準備棟ロビーを行きから船乗りたちが、やたらとじろじろとこちらを見ているのだ。

　普通、漁師の女と漁師の女は、朝のおしゃべりを終えると別れる。それぞれお互いの夫に追い付くためにだ。また、美麗な船用盛装《デッキドレス》を念入りに見繕って来るのも同種の理由である。夫の目を楽しませるためだ。

　だから、夫なしで宇宙船へ向かう女二人連れは、珍奇の目で見られる。ダイオードが警戒するのも無理はなかった。

「あの、ダイさん。私が壁になるので……」

　大きなテラはさりげなく前に出て、周りの視線を遮ろうとする。

だがダイオードはすごい力でテラの肘を引いて、再び前に出た。

「無用の心配です」

昂然と胸を張って小型牽引艇みたいに進んでいくダイオードの姿に、テラは目を丸くした。

準備棟からカメラゲートを抜けて、宇宙空間へと伸びる埠頭に向かう。サプライカウンターを通りすがりに整備さんや補給さんに挨拶しつつ、ゲート番号を数えていって、自船へのボーディングチューブへ体を投げ入れる。

長い蛇腹《じゃばら》のボーディングチューブを、きらめくスーツ姿の少女がくるくる回りながら飛んでいく。他で見たことのないその光景を、テラは追いかける。

チューブの行き止まりが壁になっている。海生哺乳類の腹を思わせる滑らかなピンク色のそれが、補填された新品のＡＭＣ粘土、礎柱船《ピラーボート》の外壁だ。ダイオードが両手を強く押し付けると、手形が輝いてぱくっと裂け目が開いた。テラはとっくに、強力な権限を持つツイスタのアカウントを彼女に与えていた。

ダイオードがひらりと裂け目に飛びこむ。粘性ハッチがぐにゅりと彼女を呑みこむと、続いてテラもそこに飛びこむ。巨獣に食べられに行くような行為だが、恐怖心はまったくないし、特段の感慨もない。自分も、これまでのお見合い相手も、それに両親もが、昔から繰り返してきた手順だ。

とはいえ、今期は別格だった。あの少女の後から乗るということに、わくわくした。

とぷんと涼しい粘液に包まれる感触があって、ごぼごぼと苦しい浸呼吸が十数秒。乾式ピットでは不要な手順だが、湿式ピットなので仕方ない。肺にジェルがなじむと楽になる。テラは左右の手を前に下ろして、ガレージの鉄シャッターをガラガラと開けるみたいに、思い切りグイッとすくい上げる。

「後部ピット、リフトアップ！」

――ジェスチャーを汲んだ船機が起動、まばゆい照明が全点灯する。VUIにプリフライトチェックが明滅し、内外のセンサーの取得情報が流れ、速やかに礎柱船《ピラーボート》の機能の半分が再構成されていった。

「ん、ツイスタ席、始めてます……」

船のどこかへ移動したもう片方のピットから、うわの空な感じのつぶやきが流れてくる。ほの明るいジェルの向こうでバシバシとVUIが点灯していくので、やはり活発に起動手順を進めているのはわかるのだが、台詞がデコンパと対になっていない。「前部ピット、リフトアップ！」を宣言するのが、正式な手順なのだ。そういうことを、多分知らないダイオードの流儀が、テラはもどかしくも面白い。

内外カメラが全起動して、全周視界が投影された。右手に惑星、左手に宇宙、真下に「アイダホ」の巨大円盤と埠頭、そして目の前に、髪をまとめたダイオードの小柄な後ろ姿が映った。

「レディ・トゥ・フィッシン！　ダイさん、行けますよ！」

「はい、こっちもです」

やはりそっけない返事をすると、ダイオードがVUIのコンタクトダイアルをくるくる回して当局を呼んだ。

「アイダホ航管、こちらテラ・インターコンチネンタル・エンデヴァの遊興船。降下許可を要請します」

登録番号や識別符号のたぐいはバイナリで送られているので発声しない。口に出すのはセレモニーとして必要だからであって、実用上はほとんど意味がない。のだが、「遊興船」を口にするときのダイオードの口調は、恐ろしく不満そうだった。

「テラさんの礎柱船《ピラーボート》へ、降下を許可します。気を付けて」

返信はまずまず好意的なものだったが、それを聞いたテラはつぶやく。

「気を付けて、か……」

これが漁船なら、大漁を祈る等の一句がつくものだ。それがないのは、ちょっぴり寂しかった。

ダイオードが気にするだろうから、もちろんつぶやきはオフラインだ。

「じゃ、行きましょうか」

許可と同時にへその緒の離断が行われ、礎柱船《ピラーボート》は自由になる。ダイオードが軽い口調で言って、左右に広げた扇型仮想スロットル群に、手をかざす。

礎柱船《ピラーボート》はまだ繋留形態で、その名前の通り、長さ二二〇メートル、太さ二〇メートルのそっけない柱型だ。その船体の前と後ろに、ダイオードがポコッと小さな穴を開けた。ささやかな姿勢制御ノズルから、ホッ、ホッ、ホッと、ごく軽い噴射を三連発。埠頭から離れ、ぐるりと頭を回し、お尻を軌道前方に向けて制動する。

「出航完了。窓が来るのは？　間に合ったと思いますけど」

「ええと……はい、いいタイミングです。ウインドウまであと八分！」

「ぎりぎりじゃないですか。全然よくありません！」

「うあーんすみませんー」

「噴いたら何か食べましょう。突入形態、お願いします」

「はい！」

テラの出番だ。

深呼吸して、目を閉じる。精神脱圧《デコンプレッション》――ふねのかたちを、おもいのままに。

架空の手で粘土を丸めるように、イメージを成型する。柔らかくさわり心地のよいひんやりした円筒の、頭を三角帽子のようにきゅっとすぼめて。お尻をフレアスカートのようにわっと広げる。底面の均《なら》しは念入りに。ここを大気に押し付けて、減速してもらう。

ひそかに楽しく穏やかに、テラはそこにない形を練り上げる。それでも、人を待たせているという気持ちのせいで、わずかに面取りが粗くなった。

全質量一八万トンのAMC粘土がテラの三次元造形に感応した。するすると流れて変形する。ひょろっとした細長い円筒形から、ころりとした愛嬌のある円錐形に。由来はまったく不明ながら、古来より「アポロ型」と呼ばれる突入形態だ。底面半径が五〇メートルで、高さはそれより二割低い。

「ふう、できました！」

「了解。タイミングお願いします」

漁場は一〇時間前に決めてある。言い方を変えれば、降りるべき漁場がこのタイミングで下に来るので、それに合わせて一〇時間前に寝たのだ。

「間もなくです、三〇秒前！　二九、二八、二七」

「いいですね、はいリエントリ開始、どん」

「まだ二五〜！」

「数秒ずれても困りません」

テラのカウントダウンを無造作にぶった切って、ダイオードが再突入宣言。午後六時五八分、礎柱船《ピラーボート》は底面から太く一本、紅茶色のきれいな核燃焼炎を前方へ吐いて減速する。数秒で終了して燃焼をきっぱりカット。いったん勢いをつけて前方へ離れていった「アイダホ」が、じきに大きく上昇して頭の上を後ろへ流れる。軌道での初歩知識、「前は後ろ、後ろは前」通りだ。ボートはたっぷりした大気の中へと落ちていく。目当ての漁場はFBBの夜明けの領域、これから明るくなっていくあたりだ。

薄く広がる巻雲の浜に、積み重なった層雲の崖に、奥底でとぐろを巻く渦雲の谷に、恒星マザー・ビーチ・ボールの光が降ってくる。

「さて、朝食にしますか」

「ダイさんて、この飛行食《ペミカン》って平気です？ お風呂で食べるペットフードみたい……」

「慣れてます」

周回者《サークス》の漁師が、夜明けに船を降ろす。

五時間の昼漁と、五時間の夜漁。FBBが一〇時間で自転する以上、この移り変わりは惑星の大部分で、泣いても笑っても変えられない。

朝、降下して、目視のしやすい日中に漁をする。日が暮れたら安全な高空に昇り、巡航待機で夜を凌ぐ。漁獲が足りなければ夜間に上昇してくる魚種を月明りで獲る（FBBにだって、いくつかの月はある）。そして夜明けとともに氏族船に帰る。

――そういう行程で、多くの漁師は漁をやってきた。何百年も前からだ。

今回のテラもそれと同じことをしようとした。正確には、初回の夜に相談したように、

「控えめにがっぽり」獲ることを狙って、アマサバの群れに漁を仕掛けたのだ。そいつらはベルト領域高空のアンモニア雲から、無警戒に出たり入ったりしている。しかしこれは失敗した。はりきったテラが大きな網を編んだところ、網の目を広く取りすぎるというポカをやり、ほとんどの獲物がボロボロこぼれ落ちてしまったのだ。

網に残ったのはわずか二〇〇トン。これでは推進剤に換算しても、礎柱船《ピラーボート》を一〇〇秒浮かせるのがせいぜいだ。

反省したテラは網目を詰めて、午後の漁では赤燐性の積雲外辺崖に住む準大型種のゲンブダイを狙う。だが旗型網を広げて慎重に近づいたところ、ゲンブダイではなくまさかのイトヒキイワシの群れに出くわした。イトヒキイワシは積雲内でとてつもない大群を作る小型魚種で、思えばゲンブダイもそいつらを狙っていたに違いなかった。だが気づくのが遅すぎた。

崖からぼろぼろとなだれ落ちる糸まみれのイワシが、目を詰め過ぎた網をみるみる埋めていき、あっというまに二〇万トンを越えた。一一杯《パイ》相当の漁獲質量に、礎柱船《ピラーボート》が転覆しかける。

ナミノリクチをトロールしたときのような高速形態ではない。つまり、船体形状で揚力が稼げていない。大質量をぶら下げたまま前進速度を獲得するために、全開噴射を続けるエンジンを両手で神経質に調整しながら、ダイオードが口調だけは平板に、言った。

「テラさん、これ獲りすぎですよね？」

「あああすみません、網の目を詰め過ぎました！　ゲンブダイ狙いならこんなに詰めなくてよかったのに、つい」

「分析はいいからなんとかしないと、燃料切れの前に噴射のし過ぎで船が溶けちゃいます」

「すっ捨てますね！」もったいないけれど、これは控えめにがっぽりなんて量ではない。

「半分ぐらいでいいかな、五杯残します」

あたふたと網の一部を緩めようとすると、ダイオードが片手を上げて制止した。

「そうじゃなくてですね。形状でお願いします」

「形状で⁉」

「長時間飛んでいられる、滑空比の高い形にデコンプしてほしいです」

それは予想外の提案だった。

「漁獲、捨てないんですか？　持ち帰るってこと？」

「ええ」

「でも大漁すぎるとにらまれるって。それに重すぎると大気圏離脱が難しくなりますし」

「いいからやってください。そこらへんは私が気合と操縦で乗り切ります。もちろん、テラさんの判断で物理的に無理だと言うならやめます」

判断、自分の判断か。「高滑空比っていうと全翼とかグライダー型ですか。いえ強度が

アレかな、パラシュート型のほうがいいかな？　あっ、漁獲に圧力かけて充填剤とみなし

て翼形成型ってのはどうですか！　それならいけます！　きっといけます！」

「……それ、なんですか？　いえ、よくわかんないですけど任せます」

任せると言われたので、テラは大いに張り切った。三一万トンを捨てる羽目になった時

から、あれを持ち帰るならどうしようか考えていたのだ。

精神脱圧（デコンプレッション）――動力飛行用の細長い砲弾型だった船を、平たい横長の翼に大変形。ぶら

下げていた網を内部に引き入れて、いくつも小分けの袋詰めにする。平らに押しつぶした

袋を左右の翼内にぐいぐい押しこんで、翼をどっしり膨らませる。揚力を作る。しかし中

身が昏魚（ベッシュ）の袋なんて、もりもり動いて不安定なので、内部を補強したい。都合よく漁獲が

イトヒキイワシなので、その繊維分を使って、袋の中にストランドを張りまくった。魚の

繊維で魚を縛る。ぎゅうぎゅうに圧密した袋は成形エラストマー並みに硬くなり、狙い通

りの強度を発揮し始めた。仕上げに縦通材をゴリッと通してリブをぐりぐり並べて、全体

の位置付けを固定。

「できました！」

とテラが披露したのは、原始的な狩猟具そっくりのＶ字型。翼幅五〇〇メートルに達す

る巨大な全翼機だった。

「ど」

雄大な左右の翼を見渡したダイオードが、腹の底のどこかに穴が空いたような声で言う。

「どんなですか、これは……」

「すみません、変な形ですよね、こういう礎柱船《ピラーボート》は出たことないと思います。でもなんかできまして……あっ、別に自慢するわけじゃなくてですね！　これ、やってる最中に全然曲がらないのに気付いたんで、ヨー舵がもろ後付けでですね！」

大翼の全幅にわたって、むやみやたらとサメの背びれのような垂直翼が裏表に飛び出しまくっているのが、その痛恨の痕跡だった。航空機には絶対あったほうがいいテイルブームと縦横舵をド忘れしていたことに気づいたので、最後に無理やり辻褄を合わせたのだ。

「頭の上げ下げだけ気を付けてもらえれば！　いきなり落っこちたり、へし折れたりはしないと思うんで！　不格好ですけど、なんとかこれでお願いします……」

「……不格好っていうか、ですね」

ずいぶん長いあいだ度肝を抜かれたみたいに沈黙していたダイオードが、おそるおそるスロットル群に手を触れた。デコンプによって場所の変わったエンジンを再始動し、舵をくいくい試して各部強度が足りることを確認し、全開噴射に踏み切って合成推力が合成重心を通っていることを確かめると、ちらりと振り向いて、いじけたような顔で言った。

「なんなの」

「は？」

ぷい、と前を向いてしまう。ん？　ん？　とテラは首を傾げた。

形の変わった礎柱船《ピラーボート》は一八分の一の推力で上昇に成功し、気圧高度四万メートルで巡航に入ったところで、日暮れを迎えた。五時間の夜に覆われていきながら、ダイオードがおもむろに両手を上げる。

「降参です。詐欺みたいな低燃費。この消費率なら帰還時まで余裕で粘土が残ります」

「えへ、ふへへへ」

「一杯持って帰れますよ。なんですかもうテラさん最高ですよクソが」

「へへへ、は？」

誉められていると思って照れていたテラは、ダークブルーの瞳ににらまれて凍り付く。

「あの、何か？」

「自分が何やったかわかってるんですか」

「え、いえ……？」常日頃からのふわふわした妄想に基づいてわたしのかんがえたさいきょうのおふねを作った。「……なんかすみません！」

「言い方を変えると、昼に獲って夜に浮かんで朝に帰る普通の漁師の漁獲量が、なんで平均六杯から七杯なのか？　ってことですよ」

「は、はあ？」

「あれは夜じゅうゴーゴー噴かすからです。あそこがボトルネックなんです」

「それで私がクソなんですか？」

「そこは余計でしたので忘れて下さい」

はあとため息をつくと、ダイオードは首を振って前に向き直った。

「……デコンパって、すごいですね」

「えっはい、そうですよね。精神脱圧《デコンプレッション》って不思議です。どうして魚からとった粘土が、私たちの望む形になってくれるんでしょうね……」

「あなたがすごいって言ってんです！」

叱り付けるように言われて、はいい、とテラは首をすくめた。

夜の空を旋回し続ける船の中に、やがて規則正しい寝息が響き始めた。ダイオードが小さな体をぷかぷかとジェルに浮かべて、寝こけていた。自分で言った通り、どこででも寝られるようだった。定常旋回なら船機に任せられるので、テラもドレスに腕をしまって星空を仰いだ。

そのまま寝入って午前五時、VUIがけたたましい目覚ましベルを鳴らす。

夜の奥に立ちはだかる巨人の向こうから、炎の色の暁光がうっすらと広がり始め、新しい相棒のそっけない声がした。

「ガイドコンテナ、出してください。フルエレメントで」

礎柱船《ピラーボート》は二〇万一〇〇〇トンの漁獲を保ったまま、一三万五〇〇〇トンの推進剤消費で「アイダホ」に帰り着き、六万六〇〇〇トンの黒字を出してボーナス係官を感嘆させる。

ダイオードはテラとビアホールＷＥＢに向かい、今度は泣かずにコーヒーライクの祝杯を合わせ、ベーコンライクとフライドエッグライクとベジライクと、なぜかトーストと呼ばれている小麦粉発酵焦がし料理からなる朝食を平らげて、澄まし顔で立ち去る。

テラは通勤の人波を逆行して一二〇年層の古めかしい自宅に帰り、身支度を解いてクッションフロアに転がって、朝帰りの心地よい疲労感と達成感に浸り、しかし一日の余韻の時間が朝からいきなり始まるという慣れない事態に戸惑って、しばらくもぞもぞする。

午前八時一〇分、テラはこれまで重大なことを見過ごしていたのに気づく。

「……あの人、どこに帰ってるの？」

6

ダイオードと二度目の漁から帰った翌日、テラは「アイダホ」一〇年層にある骨董扇区に出勤した。名もなき廃城の書庫めかした古式ゆかしい媒体庫で、ＣＣ初期に破損した三

○○万本のファイルを一つずつ復元する仕事をしていると、手の甲のミニセルに着信があった。仕事中に私信を受けたくないが、見ればアイダホ長老会と表示されている。無視するわけにもいかず、手のひらを開いて受信した。
「はい、テラ・インターコンチネンタルです」

「長老会属員のサラーム・ディッシュクラッシュと申します。ごきげんようございます」

手のひらに浮かび上がった、見たことのない灰色の執事装姿《サーブドレス》の中年男が、ほほ笑みながら挨拶した。

「さっそくですが、今テラさんはお手すきでしょうか」

「いえ、仕事中ですけど」

「仕事？　あなたの礎柱船《ピラーボート》は埠頭に停まっておりますね。メンテナンス作業などですか」

「いえ、映像配信司の仕事で」

「映像配信司？　漁師になられたのではなかったのですか？」

「漁はしましたけど、割り当ての粘土を使い果たしたからしばらくお休みです。だから」

「大漁だったとうかがっております。漁獲者利益は二月収分を超えるだろうとも。それなのに閑職のお仕事を続けられる必要がおありで？」

「閑職？　閑職って。私、配信司の仕事はけっこう気に入ってるんですよ。古い面白い作品を発掘してみんなに見せるの、喜んでもらえますし、楽しいです。それを続けて悪いいんですか」

「悪くはありません、悪くはありませんが——なかなか、そういう漁師の方はいらっしゃらないかと」

「あのですね！」さすがにここらで頭に来た。「その漁師をやりたいって言ったのに、認めてもらえないから、こっちの仕事も続けてるんですよ。あなた、ディッシュクラッシュさんでしたっけ、長老会の方なんですよね。あれこれ言う前に漁師として認めていただけません？」

「まさにそのお話です」にこやかにうなずいて、ディッシュクラッシュは手を差し伸べた。

「テラ・インターコンチネンタルさんとカンナ・イシドーローさんの漁師的行為について、長老会の見解を示したく思い、ご連絡差し上げました。一〇時から面会いたしますので、ご用意ください」

「面会？」

顔は消えた。

自分の左手をぽかんと見つめてから、ひと握りして時刻を出すと、九時すぎだった。隣の席のマキアという同僚が覗きこんできた。

「テル・テール、今の、何？」

「なんでしょう。まことしやかな理屈をつけて礎柱船《ピラーボート》をだまし取ろうとする詐欺師の手口……とか？」

「妄想言ってる場合じゃないよ、今のやつはすぐ来るパターンだよ。てか、大漁だったっていうことは、結婚したの？　いつのまに？」

「ええとですね」

そのとき、書庫の戸が音高くノックされた。応対に出た事務員があわてて戻ってくる。

「テラさんテラさん、長老会の使いって人が！」

「マキア、また今度話しますね」

六年間一緒に仕事をしてきた相手だが、年が四つ上なので同僚というよりは半分上司に近くて、あまり親しいわけではなかった。結婚せずに礎柱船《ピラーボート》に乗っている、しかもツイスタは同性の女だ、などと話したら笑われそうな気がしたので、これ幸いとテラは逃げ出した。

ディッシュクラッシュ氏は姿勢のいい痩せた男性で、ふわふわしたシュークリームみたいな揉み上げと、一見笑っているように見える細い目が印象的な人物だった。テラを見上げて「ほう、これは頼もしい」と感心してから、胸を張って先を歩き出した。

ドーナツ型の「アイダホ」の内周に近い一〇年層から、シャフトを降りて外周へ。二五〇年層にある貴重なぴかぴかのクロム材を使った区画に、現代の長老会はオフィスを構えていた。

小さめの待合室らしき所へ通されると、属員に付き添われた子供がちょこんとソファに腰かけて、所在なげに爪先を打ち合わせていた。なぜか船内配管工みたいな地味な釣りズボン姿で、テラの読む古典に出てきそうな古臭い帽子をかぶってうつむいている。

つかの間、誰だかわからずにぽかんと見ていると、こちらを見たその子が「テラさん？」と声を上げた。帽子を脱いで銀髪を流し落とすと、昨日の朝に別れたばかりの顔が出てきた。

「ダ……ダイさん、何してるんですか」

変装に軽く驚いてテラが言うと、ダイオードはなぜか警戒するように眉根を寄せて、

「あなたこそ何しに来たんです」と言った。

「来たっていうか、私も連れて来られたんですよ。漁師『的』行為、なんて言われましたから」

「……ああ、そうですか」テラの後ろについているディッシュクラッシュを見て、ダイオードは大きく息を吐いた。「そりゃそうですよね。吊るされ仲間ってわけだ」

彼女がほっとしたように見えて、テラは彼女のそばに大きくかがみこんだ。

「ひょっとして、私のこと、吊るし上げる側だと思いました？」

さっとダイオードの頬が赤らんだので、当たりだとわかった。テラは微笑んだ。

「気にしないで。知ってる人がいないと、疑心暗鬼になりますよね」

「……そこまで疑ったわけじゃないです。ただ、テラさんはここの氏族ですから、私とは違う扱いなのかなと」

「大丈夫です、そんなちゃんとした立場じゃなくて、怒られるほうみたいですよ」

テラが茶化してそう言うと、ダイオードの顔に生気のこもった笑みが浮かんだ。

「じゃあ、一緒にケンカしてもらえます？」

その笑みにテラはうなずきかけたが――思い留まった。自分が礎柱船《ピラーボート》を持ったときから長老会とのやり取りはあったが、属員を出して呼びつけられたのは初めてだ。どうもよくない予感がした。

「喜んで、と言いたいところですが、ちょっと待ってもらえますか」

「え」

「ダイさんがここに居づらくなってまた飛び出してしまうようなことは、避けてほしいんです。私、あなたと漁を続けたいですから。ひとまず、しゃべるのは私に任せてもらえませんか。後で聞くので」

「はあ、まあ……テラさんがそう言うのなら」

ダイオードがしぶしぶうなずいて、片手を広げた。もっと抵抗するかと思ったが、意外にあっさり承知してくれたので、テラは安心してその手を軽く握った。

「えっ」

「え？」

　ダイオードが意外そうな顔をした。握手以外の何かだったらしく、いいえ、と目を逸らされた。

「それよりダイさん、その格好は」「あっ私も、服装の話は後でお願いします」

　そういうダイオードは生ゴミの匂いがした。あえてみすぼらしく装っているような彼女のいで立ちが気になったが、交換条件みたいに言われると、聞けなくなった。

　ティーライク一杯も出ずに四〇分待たされてから、一〇時、テラたちは別室へ通された。普通の会議室や執務室ではなく、一段高い演壇にぐるりを囲まれた法廷のような部屋だった。壇上には複数の人影がある。背後ではディッシュクラッシュが壁際に控える。テラは緊張して唾を呑み込んだ。

「テラくん」

　と声をかけられた。

「よく来てくれた。こんな高いところから申しわけない。これは五〇年前のデザイナーがこう作っちまったんでな」

　精悍で浅黒い顔を、真っ白な髪と口ひげで縁どった、すらりとした壮年の男が身を乗り出して見つめていた。テラは一応うなずいて答える。

「最初から高いものは仕方ありませんよね」

「そうだ。君のは実感がこもっていそうだな。メインストリートやWEBで何度も見かけたぞ。こうして顔を合わせるのは初めてだが、初対面の気がせんよ。きっとうちの氏族の女で一番だろうな？　うん？」

「ええ……多分そうです」

「立派だということだ。自分より背の高い女は見たことがあるかね？」

「ありません」

「じゃあ間違いない。ついでに言うと君は背丈以外のところも素晴らしい。来てもらえて光栄だよ」

男は快活に笑った。テラはこういう場合の常で愛想笑いしつつ、座りたいなあと思う。しかし椅子を勧めてくれる様子はなさそうだし、そもそもこの部屋には椅子がないようだ。相手の自己紹介もないが、これは顔が知れており不要だからである。この快活で気さくな態度の男はジーオン・ハイヘルツ・エンデヴァといって、長老の一人であり、筆頭漁師であり、族長なのだった。年齢は六十二歳。

「一」

と声がしたので横を見ると、隣のダイオードが自然体で立ったまま、何気なく人差し指で床を指さしていた。

壇上のジーオン以外の人は、はっきりと顔を見せない。それらはただの投影されたアバターで、本人は別の場所にいるのだとテラは気づく。長老会もひまではないということだろう。議論が激しくなったり応援が必要になれば口を開くのかもしれない。

　今のところは、ジーオンだけが続ける。

「さて、要件に入る前にもう一人の方にご挨拶しよう。ダイオードくん。そう名乗っているそうなので、そう呼んでいいかね。それとも本名で呼ぼうか。ずいぶんと小粒で可愛らしい方だが、自力で我が船へいらしたそうだね」

「二」

　テラは思わず二度見する。小さくつぶやいた相棒が、腿の横でピースサインを作っている。

　それから少女は正面二万キロほど先にある架空の地平線を見つめるような顔で、「ダイオードと呼んでください」と短く言った。

「よろしい。我が氏族が、個人の意思というものをとても大切にするのはわかってもらえたと思う。私は他の氏族の習慣についても多少知っているのだが、JTやポルックスに比べて、ポルックスに比べて、エンデヴァは確実に住みよい船であるはずだ。ダイオードくん、どうかね？」

「そうだろう。JTは？」

　ダイオードは地平線顔で口を閉ざす。テラがかがみこんで、「私に言ってもらえませんか？」とささやくと、ぼそぼそと答えがあった。

身を起こして、「ジャコボール・トレイズでの体験では、自分にも落ち度があったので、何か言うわけにはいかないそうです」

「ハハハハ、面白いお嬢さんだ。無鉄砲なようでいて律儀なところもある。私は君に好感を持ったよ」

「ありがとうございます」

テラは長年の間に培った習慣と忍耐力で、にっこりとうなずいてみせた。

ジーオンは機嫌がいいようだ。ひょっとするとこれはいい話なのかもしれない。

「好ましい君たちにこんな話をするのはとても残念なのだが、単刀直入に言おう。我々はみな、このファット・ビーチ・ボールでの生活を築き上げてきた初代エンデヴァの志を継いで、氏族と船団を未来に向かって受け継いでいく義務がある。そのために、君たちの礎《ピラ》柱船《ーボート》を、しかるべきペアに使わせてやってほしい」

いい話じゃなかった。軽く気落ちしつつ、予想はしていたので、笑みを保ったままテラは尋ねた。

「ええと、ハイヘルツ族長――」

「テラくん！」

「はいっ？」

「ジーオンと呼んでくれてかまわない」

「……ジーオンさん。長老会とはこれまでに何度かお話ししましたけど、私の礎柱船《ピラーボート》を陸置きしておいても、今のところ氏族の出納には大きな影響がないということだったと思います。それが変わったんですか？　まさか、誰か沈んだとか？」

「心配してくれてありがとう。エンデヴァの漁師の十一の家系は、私の家と君の家も含めてまだすべて健在だ。喜ばしいことに」

「でしたら、状況は変わってないということですよね」

「ああ、変わっていない。ただ、君も理解していると思うが、その状況が六年も続くとは誰も思っていなかった。我々エンデヴァ氏は、長いあいだ負担に耐えているんだよ」

「それは、申しわけないと思ってます。……でも、言いわけになりますけど、私もいい男性と結ばれようと努力は」

「『いい男性』？」

「はい？　あ、いえ、最近ではそういう選り好みも、ですね」

「殊勝な心掛けだ。もちろん、その点は我々みんなも聞き知っているとも。君が一人前の夫婦になってきちんと漁をしようと努力した、という点は」

「はあ、ありがとうございます……その結果、皆さんのご希望通りの結果を出せなかったのは、残念ですけれど……」

「君は努力したし、先回りして言うと、出だしはすべて好調だった。身長についての欠点

「三」補って君の容姿は魅力的だし、態度性格も大変協調的だということで、顔合わせの段階で断られたケースは一度もなかったそうだね。実に素晴らしいことだが──ダイオード君、何か？」

ひとことつぶやいたダイオードにジーオンが目をやり、しばらく待っても反応がないので「で、だ」とテラに目を戻す。

「にもかかわらず、君はすべて断られた。──お見合いでの試し漁がまずかった、ということで」

「はい……」

「君自身が、礎柱船《ピラーボート》に乗ることを切望しているという話を、再三聞かされている。にもかかわらずデコンパとしての才能に恵まれていないのは、不幸だというしかないね、テラくん」

「すみません、私が悪かったです」

その点で言いわけできることは何もない。テラはうなだれた。

いやいや、とジーオンが鷹揚に手を振る。

「誤解しないでほしいが、君を責めているわけではないよ。才能には個人差があるから、仕方のないことだ。そのうえ君は、映像配信司としてはかなり評判がいい。ついさっき聞いて調べたのだが、君はその方面でおおいに人を喜ばせることができると思う。ただ、我々が言いたいのはだね——わかるだろう？　テラくん」

「わかります」かつて、ここまで痛いところを突かれたことはなかった。「才能がないのに船を抱え続けるのは、だめだということですね」

鼻の奥が痛くなって、すすりあげそうになった。

そのとき、袖を軽く引かれた。ダイオードが目顔を向けて、テラと自分とを交互にちょんちょんと指し示した。「え？」と聞くと、顔の前でパタパタ手を振って否定のそぶりをしてから、もどかしそうにちょんちょんを繰り返す。

どうやら、才能がないわけじゃないと言いたいらしい。律儀に約束を守ろうとする仕草がユーモラスで、テラはつい、くすりと笑った。

「そうですね。——あの、ジーオンさん。おこがましいようですけど、私はまったく全然デコンパができないってわけではないんです（ここでダイオードが顔をしかめてさらに否定のそぶりをしたが、ひとまず無視した）。これまでのお相手の方々との普通の漁はできなかったんですけど、ダイオードさんとならうまくやれたんです」

「ふむ」

「だから、ですね。できるんですよ、漁獲で氏族に貢献が。どうですか？　ジーオンさん」

彼はまだ漁獲量の報告を受けていないのかもしれない。期待をこめて顔を上げたテラは、族長が一転して難しい顔であごをつまんでいるのを見た。

「テラくん、君はよく聞いていなかったようだからもう一度繰り返すが、私は、氏族と船団を未来に向かって受け継いでいく義務がある、と言ったんだ。わかるかね？」

「……はい」

「いや、君はわかっていない。未来に向かって受け継いでいく、というのは何をだね？」

「家名とか……希望？」

「血筋だよ。——漁師として夫婦となり、子供を作って漁法と船を託す。この仕組みこそが我々の社会の中核だ。そうじゃないかね？」

テラは一瞬、言葉に詰まった。これも痛いところだった。しかし、自分たちがしていることを思えば、この指摘もまたあらかじめ予想はできていた。

「あのう、ジーオンさん」

「何かね？」

「ちゃんとした夫婦でも子供のいない人はいますよね？　それは仕方のないことですよね？　個人差ですから」

「うむ——無論だ。仕方のないことだ」

「そういう夫婦が、たまたま漁師だったときに備えて、漁法と船を受け継ぐ仕組みがありますよね。私たちには」

「あるとも、養子の制度だ。伝統ある漁師の家系を担うにふさわしい若者を選び出して、船を継がせるのだ」

「でしたら」

「待ちたまえ、テラくん」強くさえぎって、ジーオンが演壇から身を乗り出した。「君はまさか、こう言いたいのか？――貴重な漁師の家系を他者の家系に接ぎ替える、特別な養子の儀式を、楽しみのために気軽に礎柱船《ピラーボート》を飛ばしている自分たちにもやらせてほしい、と？」

「えっ……いえ」思いがけない深刻さで迫られて、テラはすっと血の気が引いた。「そういうことができたら、私たちの問題も解決するんじゃないかなと、思っただけで……」

「それは本当に思っただけで済ませるべきだよ、テラくん！」

　ジーオンが断定的に言い、テラは肩をすくめた。

「君は自分が何を言っているかわかってるのかね？　本当に困っている人のための救済制度を使って、道に外れた行いを正当化したいということだよ。君の言うとおりにするなら、誰でも礎柱船《ピラーボート》に乗っていいし、誰にでも礎柱船《ピラーボート》を渡せることになってしまう。そうなったら伝統とか継承はどうなる？　すっかり壊れてしまうだろう！　君はそれでいいのかね？」

「いえ、よくないです。そういうつもりで言ったんじゃないんです」

「そうかね？　本当にそう思っているかね？　では、なぜ女がツイスタをやってはいけないのか、説明できるかね？」

テラは一瞬頭が真っ白になった。

「それは――」

「テラくん？」

「それは――その――」

「実例をありがとう、テラくん。そういうことだ」

「え？　はい？」

話についていけずにさらに混乱するテラに、ジーオンは深々とうなずいてみせた。

「それが答えだ。女性は、想定外の状況での反射的対処能力が低い。これがFBBの気圧高度八〇〇〇で一〇Kものバチコンドウと格闘している最中に、突然ダウンバーストが襲いかかってきたという状況だったらどうなる？　何もできず、真っ逆さまだろう。そんな危険に身をさらすのは、相応の者でなければならない」

「それは……そうですけど……でも、ダイさんは決して下手なんかじゃ」

「下手でないように見せかける方法はいくらでもある。いや、話が逸れているね。肝心な点は、ツイスタとデコンパは強い絆で結ばれていなければならないということだ。ツイスタが無慈悲で厳しいFBBの自然と戦うためには、デコンパの支援が欠かせず、デコンパに的確に網を作らせるためには、ツィスタの指示が欠かせない。そういうことができる間柄というのは、何か？　血統を残すためという以上に、生き残るために、二人の形はどうあらねばならないか？　さあ、テラくん――」

「でも、でも私たちは――」

「君たちは？」

テラはまた、言葉に詰まった。

ひどく奇妙で不思議な気持ちになっていた。この世界はとても広くて、自分のすぐそばにも知らないことがある。何かを否定されようとしており、それは自分のまだ知らないことなのだが、知りもしないそれが素敵なものだというくっきりとした予感だけはあった。口に出せば壊れるという確信も。

「私、は――」

「今までの全部が四、これで五です。テラさんにそれを聞くな」

きっぱりとした声が上がった。テラが横を見ると、ダイオードが五本の指をひらひらさせていた。

「五回がまんしましたからね」

「それ、そういう意味だったんですか？」

少年めいた配管工の姿の少女は、ひとつうなずくと、テラの前に進み出て、壇上に視線を刺した。

「ハイヘルツ族長」

「ああ、ダイオードくん――」

「ジーオンと呼ばせていただきます。ジーオン、あなたはなんかいけしゃあしゃあと屁理屈をこいていらっしゃいましたが、そこまでこじつけと決めつけとおためごかしばっかり並べ立ててると自分で自分が恥ずかしくなりませんか？」

「なんだと？」

ジーオンが眉をはねあげて口を閉ざし、「ダイさん！」とテラが裾をひっぱる。

「まあジーオンあなたぐらいのお歳ですとやらかしたりごまかしたりが重なりすぎて、恥ずかしいとか情けないとかのお気持ちも劣化して摩耗して減価償却も終わりまくりなのかもしれませんけど、そのボロボロの自尊心だか雑巾だかでよそ者の私をあてこするだけならまだしも身内のテラさんまでもちもちこすり回していじめ立ててるのは見てて気持ち悪いとかドン引きするとかいう次元を超えて許しがたいものを覚えてしまったので、いちいちお話しする手間をかけるのもめんどくさいんですけどこうしてきちんとお叱りしてさし上げようっていうんですから感謝してくださっていいですよ。じゃあ順番に行きますけれどまず人の身長をいじるな。人の体型をいじるな。というか女であると見た瞬間にいじっていいと判断するなということですけどまさかこの程度のこともわからないはずがありませんよねジーオン？」

「ダイオードくん、ダイオードくん！」

ジーオンが顔を真っ赤にしてわめき立て、二人の背後に靴音がした。ディッシュクラッシュがそばに来ていた。

「口をお慎み下さい」

「あなたまで彼を侮辱するんですか？」

振り向きざまにダイオードが口にしたのは、テラにとっても意味の取りかねる言葉で、当然属員も「は？」と返事に詰まった。すかさずダイオードが押し流す。

「本来偉大で気高い人であるはずの氏族長の位にある方が、ふさわしくないことを口にされるのを見逃すのが侮辱でなくてなんなんです？　彼がおっしゃるようにあなた方が先祖の残した遺産を継ぐ者であるならば、あなた方もまた後代に遺すに値する力と徳を示すべきでしょう。エンデヴァ氏族の志とやらは人間に実際に何ができるかを確かめもせずに劣等だと決めつけて、わざわざ除け者にしてから心配してやるようなダメな性情を指すんですか。いいんですかそれで？」

ディッシュクラッシュは驚いた顔で、「ほほう――その理屈だと」と何か言いかけたが、演壇をこぶしで叩く大きな音にかき消された。

「ダイオードくん！」

ダイオードがゆっくりと振り返る。初老の族長は目をぎらぎらさせて、歯ぎしりしそうな顔で言った。

「黙って聞いていれば言いたい放題言ってくれたな。私への侮辱だけでも君を捕らえることができるのだぞ。どういうつもりだ？」

「繰り返しますけど私はむしろ、あなた自身があなたを侮辱していることから救済――」

「やかましい、屁理屈はやめろ！」

「ですから屁理屈をこねているのはどっちですか？」男のくしゃみひとつでも吹き飛んでしまいそうな小柄な少女が、演壇に向かって胸を張る。「あなたが言っているのは煎じ詰めれば、漁の上手いやつが勝って名を遺せってことじゃないんですか。それなのにどうして家系がどうとか女はダメとか、余計な話をあれこれ付け加えるんですか」

「そういう話ではない！」

「じゃあどういう話なんです？」

「話を実力勝負にしたいのか？　これでは議論で済まなくなるぞ！」

「まるで議論で済ませたいみたいなおっしゃりようですね、ハイヘルツ族長。あなたの想定外の状況での高い反射的対処能力を活かして、ＦＢＢの大気圏内でバチコンドウを外したりくるくる回してみてもいいんですよ。もし女より上手ければ」

「深淵を踏め、小娘！」

「そこで生まれましたけど?」

古い言い方をするなら地獄へ落ちろと言うのと同等であるジーオンの罵声と、冷ややかなダイオードの切り返しが、空中でぶつかって見えない爆発を起こした。

二人の激突をテラは口を開けてぽかんと見ていた。ジーオンは小さいとはいえ二万人の集団の長であって、テラは口論はおろか異論をひとつ唱えるのでも一大事だった。その彼に向かって、ダイオードはサンダルでゴミ箱のゴミでも押しこむみたいに無造作に、盛大にタンカを切っている。信じられなかった。破滅的暴挙だ。

でも、歴史的快挙だ。

これまで暗い影しか見当たらなかった周囲の演壇上に、ひとつまたひとつと人の顔が現れ始めた。長老会の面々の興味を引いたらしい。衆人環視の中でジーオンが言い放った。

「そこまで言われたら看過するわけにはいかない。こちらは君の実力がどの程度なのか厳正に審査することができるが、本当にそんなことになっていいのだな?」

「あなたこそ、後になって都合だの立場だので取り消したらケツまくりのチキンだってワーフの真ん中で言いふらしてやりますから覚悟なさったほうがいいです」

「ちょっとお待ちください、お待ちを!」ディッシュクラッシュが両手を広げて割って入った。「族長閣下、僭越《せんえつ》ながら申し上げますが、お話が逸れております。本件の要旨はテラ嬢が礎柱船《ピラーボート》に相応しいかどうかであって、ダイオード嬢の技量云々ではありません」

「あの！」テラは反射的に叫んでいた。「だったらやっぱり同じことだと思います、私、ダイさんとしか漁ができないので！　ダイさんがだめだったら私もダメってことです！」

「危険です」

「え？」

ディッシュクラッシュがささやいた。テラは戸惑ったが、ここぞとばかりにジーオンが「聞いたからな、テラくん！」と叫んだ。

「これで話はさらに簡単になった。長老会は今回、テラくんとダイオードくんに対してバチコンドウの漁獲審査を行い、優秀な成績が認められなかった場合、インターコンチネンタル家の礎柱船《ピラーボート》を没収する。さあどうだダイオードくん。これは君が招いた事態だぞ？」

「上等ですよかまいませんよそこまで言うからにはこっちだって勝ったら漁師やりますからねいいですよね？」

「ああかまわんとも漁師でも剣士でもなんでもやるがいいただし勝ったらただ君らが勝ったらだからな！」

わめき合う二人を、いまや長老会の全員が見ていた。

7

「って感じで、うまいこと彼を乗せてタイマンに持ち込んだわけですが」

朝の雲海を見降ろす礎柱船《ピラーボート》。ダイオードの言葉を後部ピットで聞いたテラは、両手で顔を覆う。

「乗せたってダイさん、乗せたって……あれ演技だったんですか⁉」

「演技？　いえ全然」ダイオードが不思議そうに振り向く。今日の船用盛装《デッキドレス》は金のチェーンステッチで体側線を縁どった真紅のキャミワンピ＆タイツ。さらにルージュの大迫力。

「そんな必要はどこにも。あれはナチュラルに怒れました」

「あの一とか二とかですか」

「個人的許せないポイントが溜まり切らなかったらキレるつもりはなかったんですけど、途中から完全に振り切ったので、あとはひたすら精神力で耐えてました」

「そんなに？」

ダイオードの本気度の高い衣装とは反対に、テラの船用盛装《デッキドレス》はブラウンのチェストとグリーンのロングスカートで、袖や腰のリボンを盛り盛りにしてせいぜいシックかつ甘めに作ったつもりだが、体液性ジェルの中ではリボンが空気中ほどひらひらしなくて、ぺったりしてしまうことを忘れていた。

そんなテラをすがめた目でしばらく見つめてから、ダイオードは背を向けてため息をつく。

「そんなにですっていうか、あんな高いところから見降ろしたがるやつがろくでもないのは、わかりそうなもんじゃないですか……」

「高いと悪いんですか？」

「あなたのこと言ってないですけど。なんでそこつっかかるんですか」

「なんでって。族長めちゃくちゃ怒ってたじゃないですか！」

なんとなくダイオードの態度にとげとげしいものを感じて、テラも強い口調になる。

「ダイさんは他人だからいいんでしょうけど、あんなに怒らせるとあとあと困ります」

「へー」

「へーって」

「あんなのでもテラさんには他人じゃないんだなーって」

「好きで身内なわけじゃないです！」

「ふーん」

「また……。乗せたってことは作戦だったたってことでしょうけど、何もあそこまで煽らなくもよかったんじゃないです？　ディッシュクラッシュさんだって後で謝ってましたよ。あれは閣下も言い過ぎでしたって」

「は？　誰？」

「サラーム・ディッシュクラッシュさん。属員の」

「知りません」そう言えばダイオードについていた属員は別の人だった。「終わってから煽りの加減がどうこうとか言わないでください。族長との勝負なんて無茶が成立したほうが奇跡なんです。失敗したら単に船を取りあげられて私は送還、テラさんはお婿さん探しに逆戻りでした。それに大体あなただって――」

「なんですか？」

ぼそぼそ言っていたダイオードが、「別に」と答えた。

前後のピットを沈黙が満たす。テラは今のやり取りを思い返して、残念になる。族長を怒らせたことをつい責めてしまったけど、彼女があの部屋で突然しゃべり始めたときに感じたのは、まるっきり反対のことだった。それが言いたかったのに。

それに聞きたいこともあった。あの談判の後、彼女がどこへ消えたのか、なぜあんなみすぼらしい格好だったのか。

いや、だいたい想像はつく――想像だけならいくらでもついたが、それを実際に確かめる踏ん切りがつかなかった。

それが、今から九日前のことである。八日前に長老会から速攻でバチゴンドウ漁獲審査会実施要目が送られてきた。ダイオードはずっと音沙汰がなくて、出漁日前の昨夜、時間通り行きますとミニセルで言ってきた。

つまり、例によって情報交換不足だ。

こんな状況で、獲れるんだろうか、バチゴンドウ。

というか、あれだけタンカ切っておきながらこんな有様って。

「……なんで組んでるんですかね、私たち」

ぐらっと一度船が揺れた。しかし、今の高度に雲はない。

「そんなことより戦術、お願いしていいですか」

「あ、はい」

無感情な物言いに、かえってほっとした。すでに船は星に降り、漁は始まっているのだ。無駄話より先にやることがある。

「魚探です！」

右手に光学パターン走査、左手に電波走査、正面にレーザー走査。テラは三枚の映像を出した。各種魚群探知機による多周波走査だ。水上船の場合は主として音響を用いるが、FBBでの漁は獲物との距離が数十から数百キロに及ぶので、電磁波を用いることになる。電磁波を反射する金属結晶構造を持つ、昏魚《ベッシュ》が相手だからこそ、使える手法だ。が、もちろん大気圏というものは、電磁波をなんでもかんでも通すような、親切な構造をしていない。

「現状で半径三〇〇キロ圏内に昏魚《ベッシュ》らしき反応は四二件です。うち四〇件はナミノリクチ、アマサバ、カサワラ、トッカイワリなどの表層性回遊魚に疑似」

「他二件のでかいのは、前のあれですか」

「はい。大積雲の中なので、イワシかニシンじゃないですかね」

「今日は用なしですね」

うなずきあう。ちょっとしたことだが、同意が嬉しい。

「バチゴンドウらしいものはいませんね」

「……今さらですけど、テラさんはバチゴンドウのこと知ってます？」

「基礎的なことなら」

テラは教科書を思い出す。バチゴンドウ。大型の昬魚《ベッシュ》である。名前は過去の海生哺乳類から取られたそうだが、形態と動きは似ているものの、異なる点も多いとされる。一度に数千匹、数万匹という単位で捕獲する他の昬魚《ベッシュ》とは違い、一頭単位で獲る。全長は数十メートルから一〇〇メートル以上で、最大級のものは一万トンを越え、一〇Kものと呼ばれる。多量の資源が得られるので獲物としての価値は高いが、黒字の出る頭数を出漁ごとに捕らえるのは難しく、漁業効率の面からは最良の獲物とは見なされない。どちらかと言えば腕試しや運試しの対象である。

ダイオードが言う。

「動きは知ってますか」

「なんですかそれ」

「ダイさんほんと基本知りませんよね」

「いいから実際見た時の動きで言ってください」

「遊動性垂直動っていうのは、横方向へも走りながらも激しく浮いたり潜ったりすることで、いわゆるドルフィンジャンプのことです！」

「バチがどんずうをやるのは、二万メートル付近まで積みあがったビタビタに濃い雑巾雲のてっぺんです。ヒドラジンと赤燐と焦粉《ベイク》の混じったクッソ汚い厚雲から出てくるんで、魚探はだいたい通りません。しぶきを頼りに追っかけるんですけど、大体三ハネか四ハネで潜っちまいますし、それも右左左か左右右かの順で跛行《はこう》します。一ハネで見当付けないと獲れません。測候船《ツナミ・サーチ》のころに見当外して雲突っこむ素人をよく見ました。そういう昏《ベツ》魚《シュ》なので、出てくるまでは見えないです」

「……」

「テラさんみたいに詳しくなくてすみません」

「どういたしまして……」

テラは冷や汗をかいて身を縮めたが、ふと思いついて言う。

「てことは、魚探が通らない平らな雲を探して、居座ればいいってことですね」

振り向いたダイオードが、小さく笑った。

「正解」

細長い砲弾型になった礎柱船《ピラーボート》は、おまけ程度のちっちゃな操縦翼面で水素大気を切り裂きながら、時速三〇〇〇キロで低い雲海の上を飛んでいく。ガス惑星の暗色の帯に当たるベルト領域だ。向かって右手遠くに、大城壁のような真っ白な雲層が連なっている。あれが明色の帯であるゾーン領域で、ベルトよりも一万メートルは高い。成分は主にきれいなアンモニア氷なので、今回は用なしだ。

高度を下げるにつれて、ベルトの暗い雲が形作る、さまざまなパターンが近づいて来る。整った流れを作っている部分もあれば、正面から流れがぶつかって荒れた前線を作っているところもあり、反行する二つの流れがうまくすれ違って渦を作っているところもある。そんなところは、びっくりするほど綺麗な螺旋模様ができている——元より、この星の雲はテラの好きな眺めだ。

「候補、ないです？」

「あっすみません。つい見惚れちゃって」

「何に。雲に？」

「はい……」

叱られるかと思ったが、ツイスタの少女は何も言わなかった。

弧を描いて一時間ほど飛び続けたが、これだと思うような雲がない。ダイオードが一応という感じで訊く。

「今さらですけど、この辺が棲息空域ですよね？」

周回者《サークス》は過去に無数のドローンを投下して、惑星全域のおおまかな昏魚《ベッシュ》分布をつかんでいる。普段の漁はそれをもとに行うし、今日もそうしているはずだ。

「間違いないです。族長も同時に降りましたし」

「あの人、今どこらへんに？」

「衛星によれば七時方向二五〇〇キロ。ベクトルは全然違いますが」

その程度なら、直径一五万キロの惑星上では誤差の範囲内だ。

テラが周りに開いている仮想入出力《VUI》パネルの中には、ジーオンの礎柱船《ピラーボート》だけでなく、周辺の他の船も映っていた。「アイダㇹ」から同時に降りて来た長老会の審判船や救助船やただの野次馬など、一〇隻以上いる。盛況だ。

それだけではなく、アイダㇹ長老会は通信衛星の帯域を豪勢に使って、この「審査会」の様子を放送までしていた。

「族長はけっこう離れてますし、見物人も大勢います。これならちょっかい出される心配はないんじゃないかな」

「漁の最中にちょっかい出してくるような人なんですか？　彼」

「いえ、もちろんやらないと思いますけど」

族長は信頼できる人なんだろうか。――そう考えてから、自分が彼の人柄を疑っているのに気づいて、テラは驚く。今までそんなことは考えもしなかった。

いやいや、と頭を振る。人を疑ってる場合じゃない。自分たちが漁を成功させなかったら、彼が手を出してこようが来まいが、関係ないじゃないか。

テラは魚探に命じて、電波走査にドップラー検出の味付けを加えた。バチゴンドウは電磁波を通さない積みあがった平らな雲にいるらしいが、そういうものがあるとしたら、渦や乱れのない一様な平面を形成しているだろう。だったら対象の相対速度を計測するドップラーレーダーを使えば、単色の面積体として見えるはずだ。

しばらくすると、それらしき領域が見えてきた。

「ダイさん、二時方向三五〇キロ！　あそこどうですふわっ」

言い終わらないうちにグイと右へ振られた。ダイオードも神経を張り詰めていた。

一七万トンがエルロンロールで降下する。

五分ほどで、茶褐色の高原のような眺めが見えてきた。一方向へ向かう流れがたまたま三本、四本と合流してできた平らな台地だ。ところどころに走っている雲の裂け目の奥には、微妙に黒さの異なる複雑な層構造の断面が見えた。

「なるほど……これが雑巾雲」

と、その一隅に涙滴型の小さなドームが現れた。まだ少し先なので大きさはよくわからない。みるみる盛り上がったかと思うとその頂上が割れて、なめらかな魚体が飛び出した。遮るもののない水素の大気中をぐんぐんと滑空していく。透明感のある暗赤色の背中がうねり、反射光がチカチカと輝く。

じきに横に傾いて落下し、整った王冠型の飛沫をまき散らした。テラは映像にスケールを挿入してみる。小指の先ほどに見えたその水跳ねは、実際には直径五〇メートル近い盛大な泥しぶきだった。

続いて二度の中ジャンプを繰り返し、そいつは雲底へ姿を消した。

「バチだ。テラさん当たりです、えらい！」

ダイオードの声がはずんだ。

「デコンプお願いします。〝追い網は丸坊主〟だそうですけど、これは追うしかない。そういう網を、速度優先で」

「あっはい」

あいつ、見た感じ一キロメートル近い距離を飛んでいた。どうして飛ぶんだろう？

じゃなくて、どうやって獲ろう。

「網の口は広く、目はごく粗くして、空気抵抗の少なさそうな袋網……かな？」

「微調整のために網自体にあるていどの変針能力がほしいですね。私が、いえ、テラさん制御してもらえます？」

「ボードで曲がるかな。やってみます！」

精神脱圧《デコンプレッション》――今回は砲弾型の本体はほとんどいじらない。むしろ速度と機動性は最優先。船の下からうすく、ほそく、繊維をほどき出して網を編む。船より二回りほど大きな筒の形に。口の周囲には抵抗板《オッターボード》を花弁型に並べて、開閉と方向転換ができるように。

目を閉じて想念を伝えていくにつれ、船の下に大きく軽い邪魔物ができて、ぐんとひっぱられる感覚があった。

「……ふう、こんな感じですか？」

「そうですね」船を左右に振ったり、網をバサバサはたいたりして、ダイオードが確認する。「こんな感じです。テラさんにしてはすごくまとも」

「普段まともじゃなくて悪かったですね！」

「それが売りじゃないですか。――行きます」

網のせいで船足が音速以下に落ちていた。パワーをかけつつ、ダイオードが船体を沈ませた。

テラはレーダーの解像度を上げて、雲面の微細な凹凸を見極める。その一部が盛り上がり始めるとただちに注意喚起する。

「出ました！　あっでも、真横向き――」

「曲げます！」

前方を左から右へ横切る形で出現しつつある獲物に向かって、ダイオードは側方噴射で回りこもうとした。白網を曳航した巨大な砲弾が、泥色の雲しぶきを蹴立ててＳ字の航跡を描く。

奇妙なほど古代地球のクジラに似て、ただ色だけは光沢のある重赤色を帯びている美しい生物が浮かび上がってきた。力強い尾で雲を蹴って、長い跳躍に入る――が、まだダイオードは手を出さない。

「右？　ううん……多分右！」

昏魚《ベッシュ》は減速し、一度、着雲。続いて四〇〇メートルの浅い助走の後で、もう一度浮いて来る。

「今！」

どん、と尾で雲を蹴る衝撃が感じ取れそうなほど勢いよく跳び出した瞬間、ダイオードがほぼ真後ろからぴったりと船を押しかぶせた。同時にスロットルを全開にして、大きく力強い生き物をすくい取ろうとする。

真下に広く視界を取ったテラが、網の口を大きく開いて流線型の昏魚《ベッシュ》を呑みこもうとしたとき――そいつがまるで挨拶するみたいに右手を上げた。

「え？」

体側に貼り付けていた大きな胸びれの片方を広げたのだ、と理解するより早く事態がぶっ散らかった。左横転したバチゴンドウの右胸びれを通過しざまの網がひっかけて、つんのめったバチゴンドウが縦回転しながら、長く強い尾びれで礎柱船《ピラーボート》の腹を打った。

これまでつかみづらかったそいつの物理的なスケール感が、突然判明した。下半身の質量だけで二〇〇〇トンに達する、空飛ぶ極太カーボン筋肉の束、だ。

もとより、時速一〇〇〇キロ近くで飛んでいる。そいつに噴射口のひとつを叩き潰された礎柱船《ピラーボート》は、秒でひっくり返って雲面にのめりこみ、その先十数キロも不様にゴロゴロ転がっていった。

「おああああ！」「ぴぃぃぃぃ！」

高度な船機の働きで、ピット内は衝撃を緩衝されていたが、自分の周りで船がぐるぐるとすごい三次元宙返りをするのはどうしようもなかった。むちゃくちゃな転倒に目を回し、たっぷり五分は体を丸めて頭を抱えてしまった。

「……ダイさん、大丈夫ですかぁ……」「生きてはいますけど」

テラが目を開けると、表示灯だけになった暗がりで、ダイオードがしかめ面をしてVUIをいじり回していた。

「船は失火しちゃいましたね。網もちぎれてる。真っ二つにならなかっただけましか……よし、再始動っと」

船は古綿のような雲の中へと沈みつつあったが、元より礎柱船《ピラーボート》は船体のほとんどが可塑性のＡＭＣ粘土でできているので、中枢のピットと乗員さえ無事なら、割れてもちぎれても復活できる。ダイオードの操作とテラの簡単なデコンプで航行能力を取り戻して、上昇に移った。

再び雲から出たが、当然、先ほどのバチゴンドウの個体はどこにも見当たらなかった。テラはがっかりする。

「逃げられちゃいましたね」

「跛行って、ああいうのことなんですね」

「見たことあるんじゃなかったんですか？」

「測候船《ツナミ・サーチ》ですよ。見ただけで、漁をしたのは初めてです」

「初めてなのに余裕ぶっこいてケンカ売ったんですか⁉」

「テラさんだって楽勝だと思ってたでしょう？」

言っているそばから、ＶＵＩ上で星のアイコンがくるくる回り、無機質な音声が着信する。

『審判船より、テラ・インターコンチネンタルとダイオードへ。ジーオン・ハイヘルツが一頭目のバチゴンドウを捕獲したことを伝えます。魚体は八一メートル、慣性質量五六〇〇トンでした』

二人は黙りこんだ。

『あなた方の優良判定の条件は、ジーオンの漁獲質量を上回ることです。審査終了時刻は審判船の日没までです。——先ほど、あなたがたの船がクラッシュするところを観測しましたが、救助を要請しますか』

テラは、最後の部分に少しだけ感情がにじんでいるように思ったが、たぶん気のせいだろう。定型の文句に過ぎない。

「不要です。漁を続行します。ダイオードより」

『了解』

通信が切れると、ダイオードが両手を開いて、スロットルを押し上げた。

「網の口を二倍広くしてください。瞬間負荷が一〇万トンを越えたら自動で載荷投棄《ジェッサン》する設定で」

「は、はい」

どんな網の形が最適なんだろう——そう思ったテラは突然、ジーオンが距離を取ったわけを理解した。

四時間、獲れなかった。

バチゴンドウは跛行する。つまり、右・左・左の三回ジャンプか、左・右・右の三回ジャンプのどちらかを行う性質があるとされるが、初めて実際に挑んだ二人は厳しい現実を思い知った。

その最初が右なのか左なのか全然わからない。

なぜわからないのかも、わからなかった。二人は何度となくバチゴンドウを見つけて突撃し、頭のてっぺんからΨ字型のしっぽ（その形をどこかの古語でバチというらしい）の先まで至近距離で観察したが、見つけたいかなる兆候も、直後の跳躍方向とは結び付かなかった。

「測候船《ツナミ・サーチ》のころに、素人以外の人は見なかったんですか？」

「見ましたけど、その人がどうやって判断していたかなんて知りませんよ」

「知ってそうなお知り合いはいないんですか」

「そんな知り合いがいたら、エンデヴァ氏まで流れて来なかったです」

「すみませんね、こじつけと決めつけでこんな無茶をやらせる氏族で！」

「そういうこと言ってませんけど？」

ギスギスしながらの漁が成功するわけもなく、不十分な構えからパワー任せで無理やりかぶせた網は、ことごとく外れるか、初回のように不意の横転でちぎられた。右と左しかないのだからあてずっぽうでも半分は成功しそうなものだが、なぜか一度も成功しなかった。

『ジーオン・ハイヘルッが五頭目のバチゴンドウを捕獲したことを伝えます。魚体は六九メートル――』

審判船が数十分おきに送ってくるありがたくない知らせが、二人の焦りを強めた。インチキやハッタリならいいのだが、一般放送の周波数で映像を受信できるのだから、フェイクではないだろう。

「ダイさん、中継見てみません？」

「戦闘中に敵の手口を盗もうっていうんですか!?」

「いつから戦闘になったんですか。大っぴらに見せてるってことは、見ていいやつだと思うんですよ」

「見ていい程度のやつなら、見る意味なんかないでしょう！」

ダイオードは偵察の誘いにしぶとく抵抗したが、ジーオンが七頭目を獲ったあたりで、あきらめたのか思うところがあったのか、見ましょう、と折れた。

見たら一分でわかった。

放送船が高高度から望遠撮影している映像には、ジーオンの礎柱船《ピラーボート》と獲物が雲面に残した、ゆるやかなカーブを描く航跡が映っていた。「これまでの七頭」のダイジェストが入ったとたんに、そのカーブに右曲がりと左曲がりがあるとわかったのだ。

「航跡か……！」

「私たち、接近しすぎてたんですよ。もっと上に引いて見てたら一発でわかったんです！」

「測候船《ツナミ・サーチ》からは、こんなの見えませんでした。これも多分、基礎知識ですね。隠すまでもないやつです。こういう航跡が残るってことは、バチが方向転換に使っているのは——」ダイオードが苦い顔で天を仰ぐ。「腹びれか。上から見えないわけです」

「クジラに腹びれなんかありませんけど⁉」

「クジラってなんですか？」

その通りだった。バチゴンドウは昏魚《ベッシュ》だ。テラが図鑑で親しんできた、地球から移植された汎銀河往来圏《ギャラクティブ・インタラクティブ》の各所で見られるという、哺乳類のクジラではない。

『ジーオン・ハイヘルツが八頭目のバチゴンドウを——』

通達が響く。低速滞空中の礎柱船《ピラーボート》の中で、テラは疲労してぐったりと仰向けに浮かんだ。

ベテランが当たり前に見せびらかしているようなことを、自分たちは知らずにやっていた。とんだ思い上がりだ。それに比べてジーオンは七頭も八頭も獲っている。あちらの大言壮語は本物だったということだろう。見ただけではわからないような、細かいノウハウがあるに違いない。

それにしても、昏魚《ベッシュ》がクジラではないことまで忘れていたなんて。これは自分が気づくべきだった。ダイオードを責められない。

考えを進める。中継を見た限りでは、ジーオンは操縦が抜群にうまいわけではなかった。もちろん下手ではないが、必要なことを必要なだけやる、大人の飛ばし方だった。それに比べれば、ダイオードのほうが躍動的で、挑戦的で、テラにとってずっといい——なんというか、わくわくさせてくれる——飛ばし方だった。

彼女のあの腕前を、無駄にしたくない。

「ダイさん」

「なんですか」

「なんで獲れないんですか?」

「ケンカ売ってます?」

「売ってません——いえ、やめましょう」テラはため息をついて顔を上げる。「言い方が悪くてごめんなさい。私、ダイさんは天才だと思うんです。それなのに獲れないのは、きっとまだ私も気づいていない理由があると思って」

ダイオードはピット内のアームに体を預けて、遠くの空を眺めている風情だったが、やはりため息をついて言った。

「私もすみません。イライラしてました」

「いいですよ」

「獲れないのは……そうですね、あいつら、どんずうの前に避けるんですよね」

「避ける」

ダイオードが体ごと振り向いた。テラは顔を寄せる。

「雑魚と違って、単に逃げるというよりこっちの動きを先読みするんです」

「こっち見てるんじゃないですか？」

「っぽいです。エルロン曲げたりサイド噴いたりすると、反応するんです。目があるのかもしれない。でも、こっちだってやらないわけにはいきません。曲がれませんから」

「それ、今の船型だと曲がれないって話ですよね。だったら、下から見えないところに舵を付けたら、ごまかせるんじゃないですか？　船体貫通型のサイドスラスターをつけるとか、それこそバチをパクッって背びれを立てるとか」

ダイオードは、じっとテラを見て、「いいですね」と言った。

「だけど、それがうまくいっても、もう彼には勝てません」

横を見る。分厚い大気のかなたで日が傾いていた。FBBの短い昼が終わろうとしている。

「彼と同じことをやってもダメです。根本的に違うことをしないと。ノズルを増やして倍の加速で追う？　ううん、燃料が尽きて獲物を抱えられなくなる。正面から突っこんですれ違いざまにぶつける？　ううん、衝撃が大きすぎて船がバラバラになる……」

必死に考えるダイオードの姿に、テラはビアホールで見た、硬いが脆い彼女の素顔を思い出していた。場数を踏んでいるように見えても、まだ十八歳なのだ。

自分がなんでこの子と組んでるのかって？　——それは、こういう一生懸命な姿が気に入ったからだった。そうだ、忘れてた。漁に出るより前、出会った時からそうだった。

「テラさん何にこにこしてるんですか⁉　一緒に考えて下さいよ！」

振り向いたダイオードに食って掛かられて、テラは思わず噴き出してしまった。

「ダイさん、必死」

「はあ⁉　何言ってるんですか。何言ってるんですか⁉」

「あなたのそういうとこ、いいなと思って」

「なに言ってるんですかぁ……」

呆れたのか気が抜けたのか、間延びした叫びをあげて肩を落とすダイオードに「ごめんなさい、つい」と謝って、テラは考えを戻そうとした。

「何かヒントはないかって話ですよね。ヒントになるかどうかわからないですけど……私ずっと気になってることがあるんです」

「なんですか、もう……」

「バチゴンドウがなんで跳ぶのかってこと」

「エサ追っかけてるんじゃないですか？」

「彼らがエサ食べてる様子がありましたか？」

「そういえば……」

ダイオードがふるふると首を横に振った。テラはうなずく。

「ないですよね。地球産のイルカは、特になんの理由もなく楽しいから跳んだりしていたらしいので、私、それと一緒だろうと思いこんでました。でもですね、バチはイルカとかクジラじゃないんですよね」

「そうですよ」

「で、昏魚《ベッシュ》って共食いをしますよね」

ダイオードがぴくりと片眉を上げた。

「しますね」

「彼らが餌を食べている様子はない。でも、その逆だとしたら？」

目が合っている。テラはダークブルーの瞳を見つめて息を殺す。やがて少女が長い睫毛を見開いて、「じゃあ、バチの後ろに？」と言った。

「いるんじゃないですかね？　それをどう利用するかはともかく――」

「利用もクソも、それ獲りましょう？」

ドストレートなダイオードの提案に、今度はテラのほうが固まった。

「そ……そう来ますか」

「来ますかって、獲る以外に何の意味があってそんなこと言ったんです？」

「いえ、なんとなく、ふわっと……」

「それ獲りましょう」ダイオードは決断的に背を向けた。VUIパネルを再び広げて船を加速させる。「私は、それに船を当てます。テラさんは、それを獲ってください」

「ど、どうやって？」

「そこを考えるのがあなたの仕事です。いえ、そこを想像するのが」

振り向いたダイオードが、今日一番の笑みを浮かべていた。

「何やってもいいです。絶対に飛ばしてみせるので、思い切りデコンプしてください」

『日没まで一〇秒――五秒、四、三、二、一、日が沈みました。審査会を終了します』

「ふう！　終わりか」

ツイスタのジーオン・ハイヘルツ・エンデヴァは、夕闇の空へと礎柱船《ピラーボート》を反転させる。最後の一頭を追っているところだったが、アプローチポイントにつく前に時間切れとなった。それでも、漁獲は十分のはずだった。

「ポヒ、俺はいくつ取った？」

「一一頭ね、結局。総質量六万九一〇〇トン」

彼のデコンパ、つまり妻のポヒ・ヌートカがそっけなく答える。

「ずいぶん張りきったこと。ここまで本気を出さなくてもいいのに」

「ああいう生意気な子供には、力の差を思い知らせてやる必要があるからな。それに、全然本気じゃないぞ。まだまだ七割というところだ」

「大人げないんだから」

ポヒはそっぽを向くが、そう言うわりには、きちんとデコンパとしての務めを果たしていた。それでいい、とジーオンは思う。あの二人もこのポヒのように、言われた通りにしていればいいのだ。悪いようにはしないのに。

『族長閣下、首尾はいかがですか』

「悪くないぞ、サラーム」

審判船の属員から連絡が来たので、ジーオンは成果を報告した。それが終わらないうちに、ポヒが横から口を挟む。

「サラーム、あの子たちはどうだったの？」

『漁獲は一頭でした』

「そう……」

「あれだけ大見得を切っておきながら、結果はそれか！」

ポヒは口を閉ざし、ジーオンは大笑いした。

「俺も中継を見ていたが、途中で何やらいろいろ工夫していたようだな。やつらはバチがどうやってこっちを見ているか、気づいていたか？」

『そういう様子はありませんでした。閣下はご存じなのですね』

「もちろんだ。それも知らずにバチが取れるか」

バチゴンドウは赤外視覚を持っている――これが、ジーオンが長年の経験からたどり着いた結論だった。いわゆる汚い雑巾雲はレーダー電波を通さないが、一部の熱線は透過する。その波長でこちらを見ているので、礎柱船《ピラーボート》下面を冷却して熱的に欺瞞すれば、ギリギリまで接近しても気づかれず、網打ちの成功率が跳ね上がるのだ。

これればかりは、新入りにも腹心にも教えたことのない秘訣だった。

「やつらの船は没収だ。終わってみればあっけない幕切れだったな」

『そういう取り決めでございましたね。ただ……閣下、一点だけ、よろしいでしょうか』

「なんだ」

『彼女らが獲った、その一頭のバチゴンドウですが、概算で質量五万八〇〇〇トンであるそうです』

ジーオンは絶句した。「へえ……！」とポヒが身を乗り出す。

「五万八〇〇ですって？　五八〇〇の間違いでなく？　あらまあ。それって去年の個体最重記録より上よね？　たぶん一昨年よりも？」

『史上最重でございます、奥様。これまでの記録は一万四六〇〇トンでした』

「あら、あらあらあら！　どうしましょう、ねえあなた？」

なぜか浮かれた様子の妻を手で追い払って、ジーオンは属員に言った。

「総質量では俺の勝ち、頭数でも俺の勝ちだ。違うか？」

「おっしゃる通りでございます、閣下」

「では問題あるまい」

『もちろんそうなのですが――彼女らが五万八〇〇〇トンのバチゴンドウを捕らえた様子は、閣下のご指示で、全周回者《サークス》へ放送してしまいました。すでにして現在、ジャコボール・トレイズ氏やラデンヴィジャーヤ氏長老会から、賞賛のコメントが寄せられております。また逆にゲンドー氏からは、同氏族の貞淑な女子をかどわかしてツイスタに仕立て上げんとする悪辣なエンデヴァ氏から、手段を選ばず奪回するとの声明が出されました』

「ゲンドーなど知ったことか！」

ジーオンは罵ったが、事態が面倒になったことは認めるしかなかった。他氏族から公式に誉められた漁師をエンデヴァ氏が処罰したとあれば、こちらの器が問われてしまう。そのような目的で余計な賞賛だの非難だのを交わし合うのが、周回者《サークス》の日常茶飯事であるといっても、無視するのは賢くない。

ゲンドーのほうは、それこそ根も葉もない誤解に基づいた言いがかりだが、それゆえにかえって従うわけにはいかなかった。ここでダイオードという娘を手放したら、向こうの脅迫に屈した形になってしまう。

「だからといって、ここで手の平を返してあの小娘どもをほめちぎるような真似ができるか？　そんなことは俺は絶対にせんぞ！」

『いかにも、さようでございますね。ですので、ひとまず当初の方針通りの処分は実行なさるべきかと存じます』

属員ディッシュクラッシュの言葉の含みに気づいて、ジーオンは苦虫を嚙み潰したような顔になる。

「おまえが何を存じるかなどどうでもいい――それに他の長老連の思惑もだ――しかし、より望ましい落としどころがあるというなら、俺も無下に差し止めるつもりはない」

「よきにはからえ、という意味ね、それは」

「うるさい！」

口を出したポヒを怒鳴りつけてから、ジーオンは目顔で合図する。では失礼をば、とディッシュクラッシュが通話を終える。

属員がしなかったことについて、族長はついに興味を持たなかった。

「ねえダイさん、さっきのアレ、なんだったと思います？　ねえ、ねえ！」

「さあなんでしょうね、知らない老人の知らない合図なんか知りませんけど」

「アイダホ」到着棟の出口ロビーで、わくわく顔をしたでかい女が、げっそり顔のちんまい女を引き留めて、しきりに話しかけている。ズボンにジャンパーという近所から散歩に出てきたような格好だが、話の内容はそんなおとなしいものではない。

『規定によりひとまず没収といたしますが、しかし』って言いましたよ、ディッシュクラッシュさん。『しかし――』って。ウインクまでして！　あれ絶対そういうことですよね？　なんかいいことありますよね？」

「知りませんって」

「そうですって！　てかダイさん、なんでそんなにぶっすりなんですか？　五万八〇〇〇トンの個体ですよ五万八〇〇〇トン。検収のボーナスさんも収魚口に入らんってぶったまげてましたよ？　大勝利じゃないですか！　あれめちゃくちゃ怖かったですよ私、バチの後ろにバチよりでかい怪物がほんとにいるんですもん！　それをダイさんがずぁーって！がばーって！　ぐぃーって！」

「人前でアホさらすのやめてくれませんマジで⁉」

両手を広げて喚き立てるテラに、小さな牙をむいて喚き返すと、ダイオードはロビーを飛び出した。事実、到着棟のロビーには人がたくさんいた。放送を見て、史上最重のバチコンドウが資源化される前にひと目見ようと、押し寄せたのだろう。

「ダイさん！」

テラも今度こそ、逃がすつもりはなかった。大きな体を縮めて追いすがり、狩りをする狼のようにダイオードの真後ろをついていく。

「すみません、宣伝効果考えて騒いじゃいました」

「それはわかりましたけど……」

「でもディッシュさん、ほんとに期待できると思います。私たちがバチ捕まえたやり方は、私たちのものだから、他では言わない、って約束してくれてましたから」

フィッシャーマンズワーフの外れまで微重力の空中を吹っ飛んだところで、ダイオードが配管に捉まって振り返った。「あのですね！」と言う。

「はい」

「さっきからディッシュクラッシュディッシュクラッシュってうるさいんですよ！」

「お皿パリンパリン割ってるみたいですよね」

「それはどうでもよくて、あれですけど、ほんとにすごいのはテラさんでしょ⁉」

「は？」

「一四〇メートルの昏魚《ベッシュ》がずぁーって目の前に来た瞬間に、がばーってデコンプして、ぐいーって丸ごと本船で呑み込むなんて、見たことないですよ。聞いたことないです！　それ緊張と解放で正反対じゃないですか？　アドレナリンとオキシトシン同時に出る人か！」

「わかんない罵倒ですね－」

「とにかく！」ぐっと唾を呑みこんで、また表情を押し殺してダイオードが言う。「私は、あのお化けを抱えたままもう一頭いく度胸、ありませんでした。結果としては負けになりました。私のせいです」

「それが悔しくてすねてるんですか？」

「私が売ったケンカですから」

「違いますよ」テラはふわりと微笑んで、手を伸ばす。「私たちのケンカです。あのとき、いっぱい言ってくれて、嬉しかったんですよ、私」

「テラさん……」差し出された手を見て、ダイオードが顔を歪める。「早く言ってくださいよ、それ！　族長を怒らせたからどうこうって……」

「ごめんなさい、素直じゃなかったですよね。年上なんだからきちんと言わなきゃいけませんでした。ありがとうございます」

「うう……」

うつむいたダイオードは、テラが手を取り上げても、もう逃げようとしなかった。

――ちっちゃな手。

テラは感じる。ダイオードの指は小さくて細い。でも古代のピアニストみたいに速く正確に動いて船を操る。可愛くて強くてすごい手だ。最初の晩、この人から握りしめてきたときには、アイスバーみたいに冷たかった。今も――ううん。

今は、温かい。ほんのりと血が通って、どんどん熱くなって、あの燻《いぶ》した薬草のような煙たい香りが小柄な体からかすかに立ち昇って、うつむいていた顔が横を向いた。銀髪から覗く、耳。

目にした途端に、胸の中のお湯のコックが開いたみたいに、ほおっと温かくなった。

——んん？

「あのダイさん」

「——はい？」

返事はかすれて小さい。テラも顔を寄せて小声になる。

「うち来ません？　うち。泊まりに」

「なん——で？」

「なんでって」理由理由。あった、理由。「ダイさん、野宿してますよね」

ぴくりと細い肩が動いて、ばつの悪そうな赤面がこちらを見た。

「……バレてたんですか」

「勘ですけど。長老会で男の子みたいな格好してましたよね。あれ、どこか女の子が寝泊まりしちゃいけないところにいたんでしょう」

「……」

「大会議《バウ・アウア》の終わった氏族船で、ホテルなんかやってるわけがないって、もっと早く気付くべきでした」そして探しに行くべきだった。変な隔意なんか抱かずに。「どこで寝てたんです、浄気槽下？　食材合成所？　それとも——」

「まあ……大会議《バウ・アウア》やってようがやってまいがJTだろうがエンデヴァだろうが、その気になれば泊まれる場所はそれなりにあるんですよ」ダイオードは気まずそうな顔のままでぼそぼそと言う。「テラさんの想像の範囲外でしょうし、そもそも想像しないでほしいですけど」

「それ、どういう意味ですか？」

「ロクな場所じゃないってことです」

「じゃあダメじゃないですか！　来てください！　うち！」

「退去命令、来ますけど。長老会の」

「来ないかもしれません。いえ、来ても断りますから！」

「無理でしょ……」言ってから、ダイオードはこれまでずっと握られっぱなしだった手を、思い出したように、そっとほどいた。「あのですね。聞きますけど、テラさん」

「はい？」

「あなた、いつもそんなに簡単に他人を泊めるんですか」

「まさか」ぶんぶんと首を振ってから、「ダイさんは他人じゃないでしょう？」

言うと伏し目がちに聞き返された。

「じゃあ、なんですか？」

ずしっ、と荷物が来た。

他人じゃなかったら……なんなんだろう。同僚？　友達？　共犯者？　パートナー？

そのどれにも、ちょっとずつしか当てはまらない。そこに当てはまらない部分が……今ひどくやっかいで、すごく大事だ、とテラは感じた。

「……ひとまずは、運命共同体ですよね」慎重に、荷物を棚に上げる。「私もあなたも、相手が必要。目の届く距離で暮らしたほうが、いいと思いません？」

ふっ、と数秒ダイオードの目が泳いだ。

「そうですね」うなずく。一度、二度。そして三度。「かもしれません。テラさんが突然さらわれるかもしれませんし」

「逆でしょう？」

「そう思います？」

目を合わせて、意を汲み取ろうとする。これでいい、と書いてある――気がする。多分。

「そうじゃない、かもしれませんね」

「ええ」

「もちろんダイさんのほうがやばいでしょうけど」

「ええ、もちろん」

「そういうの踏まえつつ――戦略としてですね――一緒に、住んでもらえませんか」

ダイオードが、表情を隠したとわかる顔で、ゆっくりうなずいた。

「はい。――仕方ないですからね」

8

「客間です！」

「辞退します」

一二〇年層の自邸に帰ってテラが披露した、リビングに近くて暖かくてきれいなツインベッドの部屋は、あっさり拒否された。ダイオードは猜疑と警戒の眼差しで部屋から部屋へと偵察して回り、古くて広くて部屋ばかり多いコロニー内邸宅の屋根裏部屋のさらに奥に、上層との隙間に当たる配管スペースを発見して旧式背嚢《キスリング》を下ろした。

「ここで寝ます」

「なんでですか！　狭くて暗くて埃まみれじゃないですか！　ていうか、うちにこんなところがあったんですね？」

「家主すら知らなかった余剰スペース、アジトに最適です」

「アジトって。お客様なのに……」

「客扱いとかやめてくださいよ重荷になるから」

ダイオードは冷ややかな目をして不愉快そうに言う。

「路頭に迷った宿なしのツイスタが、やむを得ず転がり込んだだけですよ。屋根壁あてがって水だけ出してくれればいいんですよ」

「そんなひどいことできません！　野良猫か！」

「ノルネカってなんですか」

「昔はそういう生物がいたんです、あとで図鑑見せてあげますね」

「あ、はい。それはぜひ」

「とにかく、ごはんは三食出しますし、服も刷りますしシャワーも貸します！　そうそう、そういえばゲンドー氏って――」あることを思い出して、テラは緊張する。「なんか、個室でなく、大勢で裸で？　お湯のプール？　に入る習慣があるって聞きましたけど。ひょっとしてダイさんもそうなんですか。私と一緒じゃないとダメ……？」

他人と裸でプールに入る。そんな経験はもちろんテラにはない。エンデヴァ氏は誰もない。同性とも異性とも親子ともだ。

そんなこと本当にするんだろうか？

「お気遣いありがとうございます、誤解です」その話は嫌なのか、苦い顔でダイオードが答える。「あそこに共浴の習慣はありますけど、他人がいないと入れないって意味じゃなくて、建物の都合上、仕方なく入るってだけです。よそではやりませんからご心配なく」

「あ、そうですか」

テラはほっとしたものの、本当にするんだ、本当にするんだ、と不穏な想像が頭の中でリフレインしてしまった。

ダイオードはさらに冷たく言う。

「そもそも、可能な限り接触は避けますので。寝泊まり以外の食事も着替えも町のほうのコインプリンタでやれますし、この奥たぶん、通路に出る排気口があるでしょうから、本当にいないと思ってくれていいですよ」

「なんでですかあ！　あいたっ」

とうとう叫んで詰め寄ろうとした拍子に、屋根裏の低い天井にごつんと頭をぶつけて、テラはしゃがみこんだ。

「っつー……たた」

「何してるんですか……」

「どうして避けるんですか」頭を抱えてしゃがんだまま、ぽつりとテラは言う。「私がでっかいから？」

「え？」

「でっかいから怖がられてます?」天井を見上げて、天井よりもだいぶ低いダイオードを見る。「そりゃそうですよね、こんな狭いところでこんなでっかいのにグイグイ寄られたら、普通は怖いですよね。捕獲か捕食ですよねこれ」

「いえ、そんな」

「考えてみれば、この成り行きもよくないですよね。無理やり連れ帰って、部屋とかごはん押し付けて、裸がどうこう言って。あ、ダメですこれ、誘拐です。拉致監禁」

「誘拐って、そんな」

戸惑うダイオードを尻目に、テラはおでこを押さえながら、後ずさりして階下への梯子を下り始めた。

「ちょっと頭冷やしてきます。ダイさんは好きにしてください……」

「テラさんちょっと待って! 一人で想像して納得しないでください、ステイ!」

「ステイ?」

テラは梯子口から顔だけひょっこり出して止まる。

「なんですか?」

「いえ。あのですね、ええと」

少し困った様子で指先をこねくり回したりしてから、ダイオードはため息がちに言った。

「ないですから」

「は？」

「怖がってないですから。テラさんが大きいのは怖くないです。むしろおっきくて柔らかそうなのは好……」

「はい？」

「いえ別に。引け目に思わないでくださいってことです。連れてこられたのも別に誘拐と思ってないですし……」

「そうなんですか⁉　じゃあ下に泊まってくれます？」

ぱっと顔を輝かせてテラが梯子をよじ登ろうとすると、途端にダイオードがかっと牙を剝いて両手で頭を押さえつけた。

「距離！　距ー離ー！　突然ガッと詰めてくるなっつってんですよ！」

「あいたたダイさんそこいたた痛いです」

一二〇年層というのは、CC一二〇年に増設されたということである。つまり今から一八〇年前の施設なので、だいぶ古い。回転するドーナツ型の「アイダホ」は、時代とともに増設されて外側へ太ってきた。それにつれて重力が一Gになるフロアは下方へと下げられ、繁華街も外周へ遠ざかったので、一二〇年層の一帯は半G以下になり、人が減って静かになった。テラ自身も家族がおらず、ひっそりと暮らしている。

「テラさん、一人暮らしなんですか？　この大きな家に？」

リビングダイニングのソファに腰かけたダイオードが、飲み物のカップを手にして調度を見回している。近所のもっと立派な家を知るテラにしてみれば、別にどうということもないのだが、ダイオードはこういうところに不慣れらしくて、落ち着かない様子だ。

テーブルの向かいに座ったテラはうなずく。

「ええ、そうですよ。誰も追っ払ったりしません」

「そういう心配はしてませんでしたけど、ご両親、亡くなったんですよね」ちょっと口ごもる。「お邪魔にならなければいいってことです」

「気を遣ってくれてます？　大丈夫ですよ、もう五年、いえ六年も経ちましたから」

「テラさんこそ、そこで気を遣わないでください」

言われてダイオードの顔を見つめ直し、テラは静かにうなずいた。

「じゃあ……素直に話してみます。うちの親は、私たちみたいなツイスタとデコンパでした。記憶にある限り怒られたことはあっても、ぶたれたり罵られたりってことはなくて、いい親でした。それがなんで亡くなったかって言うと、私が巡航生卒業試験と配信師試験で一週間カンヅメになったときに、夫婦でFBBの水衛星トヴァにある、リゾートへ遊びに行ったからです。帰ってくるときにたまたま近くで氷火山が『噴氷』して、でかい氷玉を食らって死んじゃいました」

「子供の大事な時に遊びに行くなんて――」「あ、そこは怒るポイントじゃないんです」

立ち上がりかけたダイオードに、テラは急いで手を振る。

「一人で静かに勉強させてくれって、私が勧めたの」

「はあ」

「漁師なんだから礎柱船《ピラーボート》で行くと思うじゃないですか。それなら氷玉の一〇個や二〇個食らったって、ビクともしないんだから。でも二人は豪華だけど外板ペラペラの観光船で行っちゃってたんですね、サービスがいいから」

「まあ、漁船でリゾート行くのって風情がないですしね……」

「そしたらドーン、ってなって」

「お悔やみします」

「そんな成り行きだったので、後悔のしようがないって感じですね。ダイさんの言う通り、漁船で行ってなんていうのは無理だったし。噴氷は予測できませんし。しょうがないかー……としか」

言葉を切って、テラは、自分よりしんみりしてしまった様子のダイオードに微笑みかけた。

「人が増えるっていうのは、単純に嬉しいです。本当に遠慮しないで、ね？」

「わかりました」とダイオードも顔を上げた。「それはそれとして、ヘルパーとかロボットとか男の人とか、テラさんが頼っている人がいるのかなと思っていたので」

「男の人はないですよ、嫁入り前なんですから」

テラがぱたぱた手を振って笑うと、ダイオードは妙な目で見つめた。

「今はそうじゃないんですか」

「は？　今も嫁入り前ですけど？」

「それはそうですけど」ずず、とホットココアライクをすすって、ダイオードはぼそっと言う。「お嫁に、行くつもりなんですか」

「どうでしょうねーえ」テラは大きく右に首をひねる。「あっ、今気づいたんですけど、今回審査会で有名になったから、お相手の候補者は増えそうですね？」

「それで来るのって、あのジーオン族長みたいなおっさんどもなんじゃないですか？」

「うっ」テラは思わず顔を引きつらせる。「そう……なりますかね」

「なります」すかさず断言された。「今まであなたがお相手に不自由してきたのは、使えないデコンパだと思われていたからでしょう。ところがそうじゃないことを明らかにしてしまった。となれば、有力な男性ツイスタが興味を持つはずです。有力なツイスタってどんな人だと思いますか？　経験豊かなベテランですよ。――つまりおっさん」

「んうう－う」テラはさらに大きく左に首をひねる。「族長さんみたい、ですか。族長さんみたいなのは……ちょっと……できればあんまり歳が離れていないほうが……」

「あの、テラさん」ダイオードが膝を揃えて背筋を伸ばした。「泊めてもらうことになったわけですし、ここらでひとつはっきりさせておきたいんですけど」

「はい？」

「テラさんは男の人のこと、そんなに好きじゃないんじゃないですか？」

「あー」テラは曖昧に笑いながら、また右に首をひねる。「ああーあ……それ聞きます？　やっぱりそう見えちゃいます？」

「見え……たとしたら、どうなんですか。実は違う、と？」

「ううーん」

テラはまた左に首をひねりかけてから、やおら立ち上がって、テーブルを回りこんだ。

「横、いいですか」と見降ろす。

「え、ええ」

ダイオードが面食らったようにうなずいて、カップを両手で包んだまま、ソファの片側にきゅっと縮む。その隣に、たぶんと大きなお尻を落ち着けてから、テラは話した。

「学生時代にだいぶ触られちゃいまして」

「…………は？」

「男の子に。胸とかお尻とか。ポンポーンと」

テラはざっくりしたシャツとタイトパンツの上から、パタパタと自分の胸や腰に手を当てた。

「私、割と子供のころから体をあちこち叩かれてたんですよね。周りよりでかいから邪魔だ、みたいな感じで。それでまあ、子供のうちはよかったんですけど、中航、高航生になってからも惰性でやられることがあって。それで苦手になったとこありますね。まあ細かいことなんですけどね」

そう、苦笑気味に言った。こういう話をすると、意図に反して自慢していると受け取られることがあるので、なるべく軽い口調で流したつもりだった。

すると、カン！　と音高くカップがテーブルに置かれたので、思わずのけぞった。

「うわ」

ダイオードがさっと立ち上がり、鋭く目を配りながら部屋を一周した。それから元の場所に戻って、そっとテラの両手を握った。

「テラさん……今なんでここに座ったんですか？」

「……え？」

「他の誰かに見られたり聞かれたりが嫌だからじゃないですか」

テラは瞬きし、その通りだと気付く。

「今の話、細かくないんですよ。テラさん、あなたそれ、すごく嫌だったんですよ。ほんとに嫌だったの。わかりますか」

先月のことを覚えているかと尋ねるときのような、穏やかな、だが心配を含んだ目つきで、ダイオードが見つめた。あまり考えたことがなかったので、テラは目を閉じて思い出してみた。あれは船内季節が暖期だったか、暑期だったか。

薄手のシャツ一枚だった時期に何人かで歩いていた記憶がある。女の子は二人で、男の子のほうが多く、はしゃぎながら左右から挟んできた。汗でべたついた異性の肌の感触、濃すぎる汗の臭い。

そして何よりも、それらを口に出すのは好ましくない、という形のない重みと圧力が、当時の自分を包んでいたことをじんわりと思い出した。

「……ああ」

ぞわぞわと肩と首筋に鳥肌が立って、テラは笑顔を歪めた。

「そういえば、そうかも。嬉しくなかったかも。耐えられないほどじゃなかったですけど——」

「——なかったけれど、もっとそういう目に遭いたい、とは思わなかったんでしょう？」

「当たり前じゃないですか！」

「当たり前じゃないですよ」

テラは瞬きする。ダイオードの切れ長の青い目がまっすぐに見ていた。

「男の人とどんどん関わりたいと思う女はたくさんいますし、そういう人にとっては接触は別に嫌なことじゃないです。それは別にいいんです。ただ、本当は違うのに自分のことをそうだと思いこんでいる女もいて、そういう人は、自分が男の人を苦手だと思ってることに、気付いてもいいんですよ」

ダークブルーの瞳に映る自分の緑の目が、大きく見開かれている。

「テラさんはそういう話を聞かれたくない人がいるのかもしれませんけど、私にはそういうことを言っていいんです」

「……」

「ピンと来ません?」

「いえ……つまり、こうですか。結婚、あまりしたくは……」

「はっきり?」

「結婚したくないです」

言ってから、あまりきっぱり言葉が出たので、驚いて周りを見回した。二四年間、頭の中にすら思い浮かべないようにしていた言葉だった。

が、一度出すとそれは活字を並べたみたいにくっきりと頭の中に並んでしまった。

「結婚したくない……いえあの、これは、つい」

「はい、テラさん」ダイオードが、自分の膝をぽんぽんと手で叩いた。「顔、こっちへどうぞ?」

「え?」戸惑ってから、おずおずと大きな背を丸めて、ちっちゃな膝に屈みこむ。「こ、こうですか?」

「そう」むぎゅ、と腹に顔を押し付けられた。「はい、そこでもう一度」

「結婚したくないぃ……」

薄い腹にぎゅっと抱き締められながら言うと、それが自分の本音なんだと、なんだかしみじみわかってしまった。

「よくわかりました。テラさん、よしよし――」

小さな体が肩にかぶさった。軽くて細くて温かく、少しだけ柔らかい。いつもダイオードの体の近くに漂っている、知らない地方の草を燻したような、甘く煙たい匂いが鼻腔を満たした。

それはとても心地よく、突然の新しい認識に戸惑って揺れているテラの心に、ふんわりと寄り添ってくれた。

――深呼吸する。

一度、もう一度。

そこで、大きく吐いて、力を抜いた。

「……ダイふぁん」

「はい」

「変なお願いなんですけど……これ、もうちょっとだけ、続けていいですか」

ちょうどテラの頬が当たっているダイオードの腹筋に、ひくっと力が入った。続いてすぐ、ゆるゆると横隔膜が上がって、抑えた低い声が漏れてきた。

「ええ、好きなだけ」

テラはよいしょとお尻をずらして、ダイオードの膝に頭が落ち着くようにして、しばらくそこに顔を埋め続けた。

やがてのっそりと身を起こして、くしゃくしゃになった髪をかき上げて、顔を背けた。なんだか頭がぼうっとして困惑に包まれていると、ダイオードのほうが言った。

「ひとつ、わかったと思っていいですか」

「……はい？」

振り向くと、ダイオードはテラと同じように銀髪を手で撫でつけていたが、それは表情をごまかすためのようだった。目が合うと静かに言った。

「私に触るのは、不快じゃないんですね。テラさん」

「あ。——は、はい。そうみたい。ダイさんには触れます」

「よかった」

そう言ってこちらを向いたダイオードの顔は、いつもの磁器めいた神経質そうな美しさではなく、透明な晴れやかな笑みを浮かべていた。

「よかったです、テラさん」

「は、はい。ありがとう……ございます……？」

テラはほっとして感謝しつつ、まだ戸惑っていた。

──今、なんだろう、私？　まるで──まるで、何をしてたの？

「そういうことなら、私も遠慮なくやれます」

ダイオードは自分の手のひらをくりくりと指でついてから、テラの手の甲をまた引き寄せて、コンと打ち合わせた。チリン、と涼しい金属音が上がる。

それはミニセルの入金音だったので、あれっと手のひらを覗いたテラは、ぎょっとした。

「は、なんですかこれ!?　え？　何桁？」

「まあ泊めていただいてもいいかなという気持ちになってきたので、家賃を」

「家賃ってか、これ今日の全額、ってかそんなの払わなくても、ってか今、そういう流れでした!?」

「はい。私にとっては」

うなずくと、ソファにあったクッションを二つ両脇に抱えて、「これ、もらっていきますね。おやすみなさい」と出ていった。

「おやすみ……なさい？」

ぽかんとしたまま取り残されたテラは、やがて夢から覚めたような気持ちになる。

同居にまつわる暮らしの相談が、何もできなかった。相談どころか、いやに踏み込んだひと時を唐突に過ごしてしまった。

にもかかわらず――なぜかよくわかった。必要なのは、相談ではなくて今のようなひと時だったと。

じんわりと頬が、耳たぶが、熱くなる。

「え、ええ……？」

テラは、両手で顔を隠す。

当初、気が進まないままお持ち帰りされてきた銀髪の少女は、しかしクッション二つを略奪して屋根裏に引き揚げて以来、方針を変えたようだった。どこかの通気口から出入りしつつも、じわじわと階下に進出してくるようになった。

侵略は日中が多かった。テラが昼間に出勤しているあいだに、ミニセルに報告があった。人間と物理機器の間を仲立ちしてくれる船機というものが船にあるように、どこのご家庭にも住機というものがある。だから無人のはずの自宅で誰かがドアを開けたり、廊下を歩いたり、電気や酸素を使えば逐一わかる。

ミニセルに表示される新規居住者01の行動記録は、興味深い変遷を見せた。

まずは脱衣所のほうのプリンタで、ナイロン糸一〇〇メートルと両面テープ一〇〇メートルと避妊具一ダースが印刷された。それでダイオードが何をしたのかわからないままに、次はパイル地の古布、一五リットル凹型容器、水、エタノールが印刷された。それらがなんなのかわからないままに、さらに家じゅうのあちこちからクッション一五個が盗まれた。ほかに靴だの額縁だのペンだの非常ボンベだの骨董品の筋密服だのも盗まれた。

古布だの凹型容器だのの使い道は、ほどなくわかった。ダイオードは容器に溜めた水に布を浸し、両手でひねって水分を減らしてから、屋根裏部屋をこすって回っていた。それはテラが図鑑でしか見たことのない、バケツを利用した雑巾がけと称する、古い古い掃除のやり方だった。屋根裏には階下の掃除機たちが這い登ってこないので、仕方なく手動で掃除をすることにしたのだろう。しかし彼女が自発的にそんなことを身に着けたとも思えないから、おそらくどこかで無理に仕込まれたに違いなかった。

避妊具というものがわからなくて書庫で検索したテラは、普通その用途に使われる精管閉塞機や減数分裂阻害剤ではなく、原始的なゴム製品があるのだと知って動揺した。ろくでもないところへも出入りしているというダイオードが、それを持ち歩いている。持ち歩いてどうしようが彼女の勝手ではあるのだが、用途を想像すると、わけのわからない感情で胸の中がざわついた。

――いや、きっと工作か何かに使ったんだ！　他にもそれっぽいものを持ってってるし。

テラは全力で自分にそう言い聞かせた。

そして次は、テラが勤務日にキッチンで朝食を作っていると、隣に出た。

「それ加熱してるんですか？」

「うわっ」

腰の横を見下ろすとダイオードが手元を覗きこんでいた。テラを見上げて「おはようございます」と神妙に一礼する。

灰色のスウェット姿で髪を縛っており、全体的にどさっとした生活感の濃い姿だ。そんな格好もするんだ、とテラがつい観察してしまうあいだに相手は別のところを見ている。

「なんか独特の道具使ってますね」

言われて手元に目を戻す。蝶番で留めた二枚の四角い金属板に、プリンタで出したフラワーペーストを挟んである。金属板にはわざわざこのために配線した電線がつないであり、高熱を帯びてじゅうじゅうと香ばしい煙が上がっている。

「これはニクロム盤と言いまして、電気で発熱します。父が精錬したもので」

「ニクロム？　それってニッケルクロム貴合金ですか？　うわ」

「はは、道楽ですよね」

引いた顔をするダイオードに、テラは笑ってみせるしかない。ニッケルもクロムもガス惑星周辺軌道では希少で、昏魚《ベッシュ》から微量が抽出されるに過ぎない。「アイダホ」では長老会の壁に使われている他は、博物資料室にしかないはずだ。

要するに、金塊で料理をしているのに近い。

「なんでそんなこと……」

「レストランは法律でオーブン使えますよね。だけどご家庭は防火のためにプリンタ料理だけじゃないですか。そこで中間を狙ったこれです」

焼きあがったカリカリでほかほかのスポンジを、AMC陶器の皿二枚に載せる。ダイオードが不意の出現なので半分こだ。立ち昇る匂いで食べる前から唾液が増している様子の彼女に勧めて、一口さくりと齧らせると、ふはふはしながらうなずいた。

「……んは、レふトはン並みべふね……」

「このサクふわ感ですよ」

しかもチーズライクとベーコンライクが挟んであってとろけている。

常に摂氏七五度で微粒子感のある食品しか刷れないプリンタ料理では、及ぶべくもない味わいで、テラは彼女の胃袋をつかむことに成功した。

やがてダイオードは高確率で食事時に現れるようになった。

彼女の段階的な接近を喜びつつ、テラはたまにふと、見慣れた街で道に迷ったような軽い不安と困惑に襲われることもあった。

——「これ」は、「なに」をやってるんだろう？

自分の持ち船のパイロットが行き場をなくしたから、軒を貸している。他人に説明でもするつもりなら、そういうことになる。隠してもどうせバレるので、長老会には現にそう伝えてある。

が、そうだとすると、他に部屋が取れたり、礎柱船《ピラーボート》が完全に自分の手を離れたら、泊める必要はなくなるはずだ。

でも、そうしたくはなかった。

テラが一人暮らしをしているといっても、まったく孤立しているわけではない。学生時代の友人や近所の人などもいるので、出て行って会ったり、招待したりすることはある。審査会から四日後の休日には、伯父伯母もじかにやってきた。大物を捕らえた二人の健闘を称え、インターコンチネンタル家の礎柱船《ピラーボート》が没収されたことを嘆き、しかしまだ望みはあると励まして（伯父のルボールは長老会書記という立場上、そういうことが言えるようだった）、帰っていった。

ダイオードも優等生めいた澄まし顔で、そうですねと相槌を打ちつつ同席していた。そして伯母たちの帰りには主通路まで見送ってから、戻ってきてしれっと言うのだった。

「お客様の対応、あんな感じでよかったですか」

そういう自分は何様なのか。

思わずそう聞きたくなるような落ち着きっぷりだった。彼女はテラの家での居場所と身分と振る舞い方を、すでに迷いもなく体得しているようだった。

テラの家に限ったことではなかった。

職場で仕事中に来客があり、応対した同僚のマキアが戻ってきて言った。

「テル・テール、あんたにだよ」

「またですか？　ディッシュクラッシュさん？」

「いや、ダイオードくん、じゃない、ダイオードさん？」

「わえ？」

テラは戸惑っておかしな声を上げた。マキアも戸惑っておかしな顔をしていた。

「審査会の放送で紹介されてた、あんたの相方。なんか、女の子の格好してる」

「女の子ですから……」

「え？　ツイスタじゃないの？」

「ツイスタですよ」

「ツイスタなんでしょ？　じゃあ、いや、結婚したんじゃないの？」

「ええとですね。ダイさんは女で、ツイスタです。結婚はしてないです」

「なんでそうなったの、その人」マキアは苦笑いになる。「何もそんなややこしいことにならなくてもいいのに」

「なったとかじゃなくて、いえなったんですけどね――」ジーオンと話した時に似た疲れを覚えたが、あのときうまく言えなかったことを、今はちょっと言ってやろうと思った。

「あの人は自力で居場所にたどり着く人なんですよ」

「みんなそうじゃない？　私もあんたも、この仕事を無理強いさせられてない」

マキアが肩をすくめたので、そうですねと答えてテラは書庫の入口に向かった。

薄く開いたドアの外にダイオードがいて、「来てみました、テラさん」と片手を上げた。

「はい、いらっしゃい。なんでまた？」

「テラさんのお仕事に興味が湧きまして。映像配信司、ですか。昔のコンテンツをたくさん見られて、お金を払うどころか、もらえるって聞いたんですけど。ほんとですか」

「まあほんとですけど、多分誤解してると思います。マキア！　この人、中に入れますね」

「通行証、通しといてね」

すでに自分のデスクに戻ったマキアが背中で答えた。

ミニセルを入構機にかけてダイオードとオフィスに入り、オフィスからさらに奥のストレージへテラは入った。「アイダホ」一〇年層、骨董扇区の媒体庫。古い輸送船の古い大倉庫内に、柱や門、高い胸壁を思わせる形で積まれた、切石の山だ。

石は削れて、崩れている。くぼみには草が生え、土には木が茂っている。暗い面には湿った苔がこびりつく。ぶるるん、と生物的な野太い息遣いを耳にして振り向くと、なんとたてがみを持つ四足の大きな生き物が、金色のしっぽをゆらゆらと降りながら佇んでいる。

「動物!?」と驚いたダイオードの耳元で、テラは面白そうにささやいた。

「ロボットの馬ですよ。触ってみて」

「触るんですか？」

「しっ、静かに。騒ぐと逃げちゃいます。あの子に触るといいことがあるそうですよ」

言われたダイオードが後ろからおそるおそる近づく。テラはにやにやしながら見ている。

やがて筋肉質のたくましい臀部に、ダイオードが背伸びしてぺたりと触れると――。

くるりと振り向いた馬が、長い舌でべろんと頬を舐めた。

「んぐ……！」

ダイオードが震えあがって後ずさった。テラは笑ってハンカチで顔を拭いてやる。

「あは、気に入られたみたいですね。当たりです」

「なんでこれが当たりなんですか！」

「外れだと触れないし、鼻息をぶしゅーっとやられるんですよ。私がそうでした。他の人もたいていそうです。当たりはめったにないです」

「めったになくても嬉しくないですよ……」

テラも触ろうとしたが、気まぐれな動物ロボットはひょいと身をかわして、とことこと石垣と木立の奥へ去って行ってしまった。ダイオードがつぶやく。

「なんであんなのがいるんですか」

「さあ？　ご先祖の誰かが趣味で置いといたのか、教育のための模型なのか、それとも固体惑星にたどり着いたら、乗り物として使うつもりだったのか。わかりませんけど、どっちにしろ昔の貴重な資料のひとつですから、ほっとかれてます。あの子、自分で自分をメンテするんですよ」

「ああ……あれもコンテンツとか本のひとつなんですね」

ダイオードはうなずいたものの、まだ納得した様子ではなく、じきに辺りを見回して

「それで、歩かないほうの本は？」と言った。

「これですよ。全部、素子石《ストーン・ステート・ストレージ》です」

テラは城壁に触れた。ダイオードが「へえ」と目を丸くしたので、尋ねる。

「そう訊くっていうことは、ゲンドー氏の『芙蓉《フヨー》』にこういうところはないんですね」

「まあ、実質ないみたいなものですね」

微妙なうなずき方をしたダイオードを促して、テラは手近な低い石柵に腰を下ろし、説明した。

自分たち周回者《サークス》の先祖が汎銀河往来圏《ギャラクティブ・インタラクティブ》を出発するときには、学問と娯楽のために膨大なコンテンツを持参した。その数は三〇〇〇万本とも五〇〇〇万本とも言われている。ところが、惑星FBBに到着して間もないころに起きた失政と反乱の騒ぎで、多数が破壊と略奪と転売と隠匿に遭ってしまった。

騒乱の後、回収と修復が始まった。二九〇〇年かけて集まったのが、ここにある三〇〇〇万

本だ。しかしその多くは摘発を逃れるための改変と経年劣化で、インデックスが壊れてしまっており、中身が図鑑なのか映画なのか童話なのかいかがわしいものなのか、わからない。そこで、人力で中を見てラベルを作り直している。

「で、それをやっているのが」

「テラさん」

「公的映像配信司です。六年で五〇〇〇本直しましたよ、私」

テラが石の上で胸を張り、おお、とダイオードが拍手した。

「やっぱり映像見てお金もらえる仕事なんですね」

「そうですけど、まだ誤解です！　試しにこれ、未処理のやつ、いっこ見て下さいよ」

「どうやって」

「普通に。……って、ああ、はい」

自分がつけているミニセルのレーザーヘッド機能も、ダイオードは知らないようだったので、テラはその方法を教えた。

「こうですか」

教わったやり方でダイオードが爪で石をなぞると、手のひらに人の姿が出た。立体映像だったらしい。頭にかぶった布の両端を鼻の下で結んだ半裸の男性が、古代の皿か何かと思しき植物性の円形器具を手に持って、左右の地面をすくうような動作をリズミカルに繰り返した。

「なんですか？　これ」

「それを解釈してテロップを入れるのが仕事です」

「……ご立派です」

「でしょう？　でしょう？」

テラが石の上で胸を張り、ダイオードが拍手した。

「まあドジョウすくいの話は置いといて、私が来た目的なんですけど」

「は？　今なんて？　その原始舞踊を知ってるんですか？」

「多分うちに伝わる系のやつです。それはともかく目的なんですけど、まさにその騒乱期の記録が見たくて来たんです。テラさん、最初のころ、CC一〇年前後の記録ってありますか？」

「多分ありますけど、先にその、ダイさんち系のやつを教えてください！」

「はいはい」

取引は成立し、テラは船がまだ飛ばずに海水に浮いていたころの島国の舟歌について知り、ダイオードは航行記録《ログブック》の閲覧を許された。

「ログブックって私たち周回者《サークス》にとって公文書の中の公文書なんで、確実ですけど味気はないです。ダイさん、そういうのでいいです？」

「むしろそういうのがいいですね。マギリが実際に書いたやつが」

「ていうか、公開データベースにつなげば、うちからでも見られますけど？」

「私のアカウントだとつなげないんですよ。ゲンドー氏だから」

ダイオードが自分の手をかざして何気なく言う。テラはいぶかしむ。

「ゲンドー氏だろうと何氏だろうと、エンデヴァ氏のDBは閲覧制限してないはずですけど」

「違うんです。ゲンドー氏が、氏族の女のミニセルに制限をかけてるんです」

「え？　それはどういう」

「女に精選されてない雑多な知識を与えると馬鹿で淫らになるからだそうですよ」

「……はあ？　え、知識を与えないと、ではなく？」

「与えるほうは施設でやるんです。しとやかで従順な女を育てるために氏族首脳部が選び抜いたカリキュラムを授けてくれるありがたいところです。女学校っていうんですけど。私が大会議《バウ・アウア》の前まで——十六歳から二年間入れられていたのが、そのクソうんこシットメルドダービェン施設でした」

口をあんぐり開けているテラの前で、ダイオードはさばさばした顔で、石材の横に転がっていた軽石の棒みたいなものを取り上げ、大きく振りかぶって木立へ投げる。

カツン、と乾いた小気味のいい音がした。

「幸い私はそこじゃなくて、テラさんのいるここに来られました。ここならじかにファイル開けるので、いろいろ見られるっぽいんですけど、いいですか？」

「ええ、ええ！　好きなだけどうぞ！」

一も二もなくテラはうなずいた。

ダイオードは一日の三分の一をテラの家で休み、三分の一をテラの職場で費やすパターンを築いた。残り三分の一はわからない。住機の報告によって家の中にいないことはわかっていたが、行先は不明だし、ダイオードからは言ってこなかった。テラも、あるていど想像はついたが、尋ねなかった。

一度だけ、こまごました手作り品が並ぶ二四〇年層の商店街をテラが見て回っている時に、建物の屋根から屋根へ走り渡っていく、黒衣覆面の小さな人影を見たことがあった。出窓へ飛び降りて飾りびさしをよじ登って、手すりを回り越えて外廊下に転がり込んで、こちらの建物からあちらの建物まで、地上の道を無視して駆けていく。

周りの通行人がそれを見上げて騒いだので、テラも気づいたのだ。人影は、特殊な道具や能力を使っているわけではなく、ただ握力と脚力と体さばきと、二四〇年層の〇・八Gという重力の弱さだけを頼りにして、人を驚かすためというよりは人目を無視して、冒険的なアクロバットに挑戦しているように見えた。

テラは店で予定と違うものを購入し、その日の夕食後にダイオードを呼び止めた。

「ダイさん、これを受け取ってもらえませんか」

「なんですか」袋を開けると、青く輝く七宝飾りのピンチが出てくる。

「……バレッタ？」

テラは立って彼女の後ろに回り、銀髪を集めてひねって、後頭部斜め上で留めた。

「ターバンにマスクだけだと後ろ髪がはみ出ちゃいますから、これでもって隠すといいです」

「……ありがとうございます」

ダイオードはそれだけ言って部屋に下がった。

その後も何度か、町にあの黒衣の人影が出たらしいことは、氏族報のコラムで知ったが、残念ながらテラ自身がそれを目撃する機会は二度となかった。

それとは別に、書庫にいるときのダイオードは、積極的に話しかけてきたし、答えてくれた。話題はもっぱら古いコンテンツに関することで、ダイオードはエンデヴァ氏が絶対に持ちえない異氏族の視点を持ち込んで（ここに出てくるスノーマンは首が太くて裾も広いから、たぶん原型の「ダルマ」に近い時代の作品です、等）不明作の同定に貢献した。それはテラの同僚たちにとっても助けになることだったので、すぐに彼女の滞在は公認されるようになった。

「聞く限り、ダイさんの行ってた女学校って、けっこういろいろなこと教えてくれてたみたいなんですけど、そんなにク……ひどいところだったんですか？」

書庫の草庭の一角に腰を下ろしてテラが話す。ダイオードが答える。

「私がここでべらべら話してる、いまいちな知識のあれこれは、学校さぼって見まくっていたアングラコンテンツと、その前の測候船《ツナミ・サーチ》時代に親と見ていたやつから得たものです」

「はあ、アングラ。……あの、悪口とか、ケンカとか、えっちなこととか、出てくるやつです？」

「SとかDとかVとか、あとAとかGとか、ほか一万年続いている地下的ないろいろですね。――テラさんって、そういうの苦手ですか」

「えっ、苦手というか……よく知らないです」

「ふーん。まあ知らないなら、話すのやめます」

「あっ、嫌いじゃないと思います！　ただ、あんまり触れる機会がなかっただけで……」

自分のほうが六つも年上なのに、さっぱり世間ずれしていない気がしてテラは赤くなる。

「長老会ご禁制のやつが脈々と出回ってまして」

言いかけてダイオードは言葉を切り、オフィスのほうをちょっと振り返った。テラは笑う。

「ここでは何を言ってもご禁制になったりしないから大丈夫です」

「マギリとエダの話も？」

「マギリ？　前もちらっと言ってましたね。誰ですか？」

　何気なくテラが尋ねると、ダイオードはかすかにため息をついた。

「少なくとも名前は教わってない、と」

「……教わるような人なんですか？」

「んー」ダイオードは腕組みをして、珍しく真剣に悩んでから、「まあここの長老会が私を捕まえるつもりなら、とっくに捕まえてますよね」とつぶやいた。

「弦道間切《ゲンドー・マギリ》は、周回者《サークス》の初代船団長《グレート・チーフ》です。在位CC三年から一八年」

「初代……初代って、C・B・エンデヴァじゃないんですか？」

「シービー・エンデヴァを初代だと書いてる資料はありません。初期の、って言い方をしているはずです。一八年から船団長《グレート・チーフ》をやりましたから。ほら、ここにも」

　ダイオードが素子石のひとつをこすって、CC一〇年八月一日の航行記録を手のひらに呼び出し、その左下の空白部分を見せた。

「消されてますよね。一八年からはここにシービー・エンデヴァが記名しますけど、それ以前はこうです。抹消されたんです。――抹消してあるログを大っぴらに公開してるってことは、エンデヴァ氏はまだオープンなほうなのか」

「ゲンドー氏では資料そのものも非公開？」

「です。もしくは行方不明」

「へえ……」テラは驚いたものの、まだその意味がよくわからない。「なんでですかね。この人もアングラ的なことをした？」

「アングラ方面で事実だと信じられている伝説が、ひとつありまして」

「どんな？」

「CC三年にマギリが反乱を起こして当時の指導部を一掃し、政権を奪った際に、ひとりの相棒がいました。ニックネームは爆才エダ、フルネームは不明なんですが、天才的な科学者だったらしいです。彼女は惑星FBBに漂う焦粉《ベイク》の成分と性質を分析し、その資源化に成功して、船団が自給自足でやっていく道筋をつけました」

「そういうことをやった人がいた、ってのはうちの氏族でも習いますよ。エダって名前は初耳ですけど」

「はい、業績が巨大すぎて抹消しようがなかったからですね。それをやったのはエダです。この人はCC八年に亡くなってます」

「病気？」

「船の事故です。FBBに落ちました。人を助けたとか、逆に自分だけ助かろうとして失敗したとか、そこらへんは諸説ありますが、伝説はここからです。この爆才エダが昏魚《ベッシュ》を生んだ」

「……昏魚《ベッシュ》を？」

「はい」

「どうやって？　文字通り、じゃないですよね」

「自分のおなかから産んだわけじゃないでしょうけど、科学者的な意味で、でしょうね」

「試験管で育てて、軌道からばらまきでもしたんですか」

「さあ？　方法はわかりません。エダの死がCC八年、昏魚《ベッシュ》が初めて出現したのがCC一六年です。エダが死ぬときに仕掛けていった何かが、八年かけて惑星中に広まって、魚の形で私たちに水揚げされるようになったのが、昏魚《ベッシュ》なんだ、っていうのがその伝説です」

「えっと、昏魚《ベッシュ》って確か、汎銀河往来圏《ギャラクティブ・インタラクティブ》のどこでも見つかっていない、FBB固有の生物ですよね。だからこそ、大巡鳥《ターシンニャオ》でAMC粘土を輸出してもらっても、儲けが出るわけで。ということは、これは辻褄の合う話じゃないですか」テラはにわかに興奮し始めた。

「凄いじゃないですか。私たちのご先祖が昏魚《ベッシュ》を作り出したなんて！　おかげで現代の私たちまで、昏魚《ベッシュ》を漁獲して暮らしていられるわけですね！」

「まあそうなんですけど、学問的には、未知のはずの生物が全部人造だったっていうのは、つまんない仮説みたいですね」ダイオードは素子石のコンテンツをぱらぱらと流し見していく。「ここで今まで調べた限りでも、この説をまともに取り上げている各氏族の学者は見当たりません」

「そうなんですか……私、昏魚《ベッシュ》の姿って、地球産の生物に似ているようでいて、どれもこれもどこか一味違ってて、そこが好きなんですけど……あれ？　でも、変じゃないですか？」

「何がですか」

「その爆才エダがそういうことを成し遂げたなら、偉人じゃないですか。どうして名前が伝わってないんですか？」言ってから、付け加える。「それに、マギリも。今の話と関係あるんですか」

「エダとマギリは夫婦だったんですよ」

「夫婦？」テラは目を細める。「エダを、彼女って言いましたよね。マギリが男か」

「女です」

「あれ？」

言いつつ、もう理解していた。

ダイオードが淡々と言った。

「女同士の夫婦でした。女同士の夫婦が、初代のリーダーとなって船団をがっちりと統率し、暮らしの礎《いしずえ》である昏魚《ベッシュ》まで生み出した。そんなことがあったと周回者《サークス》が認めることができなくなって、男女の夫婦しかいなくなった時に、二人の記録を抹消したのだ、って唱えるのがこの伝説です」

息を呑むテラの前で、ダイオードは、素子石のコンテンツを消して、角地を見回す。

「私はその証拠を見つけたくて、ログを見せてもらうことにしたんです」

一〇日が過ぎ、二〇日が過ぎ、三〇日が過ぎた。「アイダホ」ほか一六隻の氏族船はFBBを回り続け、水鉱夫たちは氷衛星を巡って掘り、船外工員たちはそれぞれの氏族船の外壁を黙々と修繕し、ツイスタは礎柱船《ピラーボート》を飛ばし、デコンパは網を広げた。ダイオードは依然としていなくなり、食事のたびにテラのダイニングに現れ、食べて少し話すと屋根裏に帰った。

土に植えた種に水が撒かれるような、時限爆弾のタイマーが刻々と回るような日々が過ぎていった。テラは待っており、待っていなかった。礎柱船《ピラーボート》が戻ってくるのを待っており、ダイオードとの奇妙だが心安らぐ停滞が、今のこのまま、続くよう願っていた。

ダイオードも待っており、待っていなかったが、それはテラのものとはまったく違った。

びー、びー、びーと、窓ガラスが粉々になりそうな甲高いアラーム音が聞こえたかと思うと、ずどん、とベッドが揺れた。常夜灯が点滅して、フッと消えた。

「えっ、えっ？」

自室で寝入りばなだったテラは、身を起こした。幼いころから叩きこまれた周回者《サークス》の習慣で、何か考える前にベッドの下へ手を突っ込んで、ファストマスクを取り出す。

――いいかい？　テラ。脱気警報が鳴ったり、どかんっていう音が聞こえたり、突風を感じたら、まずマスク。誰かを助けたりクッションに抱き着くよりも先に、まずマスクをつけるんだ。そして本当に気密破壊だったら、急いでレスキューボールか、プリンタポッドに入ること。

ほとんど人生の最初に父から習ったことを思い出しながら、頭部をすっぽり覆う酸素マスクをかけ、ミニセルを起動して、手のひらから周囲に光を放った。室内には――柔らかな草色のカーテン、父母の照像、雷竜やモルフォ蝶や猫やグルギュリのミニチュア（惑星モックの三本足のやつではなく、惑星コービンガーの赤いやつ）が並ぶ小物棚が静かにたたずむ。まだ何も異常はない。

もっとも、「アイダホ」最深部に近い住民居住区に被害が及ぶような非常事態は、外宇宙からよほど高速の隕石でも突っこんでこない限り、ありえない。それに最初の警報音は脱気警報のブザーとは違っていた。他の何かが起こったと思うべきだった。

マスクをかぶって次にやったのは、親から習っていないことだった。

「ダイさん！　今何か聞こえましたよね、大丈夫ですか？」

ミニセルに叫ぶ。何か胸騒ぎがして、ひょっとして返事がないかもしれないと思ったが、

それは意外にすぐあった。

あったが、とんでもないものだった。

『テラさん逃げて下さい、氏族の警備所へ逃げて！』

「は？　どうして――」

『きっと奪還隊です！　上のハッチに仕掛けておいた侵入者避けが鳴りました！　ゲンドーの奪還隊が』ばん！　と乾いた破裂音がして、くぅっ……と、うめき声が続いた。

テラの背中を冷たいものが滑った。

次の瞬間にはアドレナリンの洪水が起きた。再びベッドの下に手を突っ込んで、人生の最初に母から渡された、硬化ＡＭＣ粘土製の道具を引きずり出す。ドアをぶち開けて廊下へ駆け出して、屋根裏に続く梯子に手をかけてから、ちょっとだけ冷静にマスクを調節して、改めてよじ登って跳ね上げ戸を開けた。

「ダイさん！」

ほぼ予想通りの光景があった。

壁際のサイドランプ。ダイオードが階下から持っていったものの一つ。それに照らされた狭い通路状の屋根裏に、体にぴったりした灰色のスーツ姿の人間が二人、ぬっと立っていた。宇宙服だ。ということは、どこかの外壁から侵入したのだ。二人のあいだで少女が腕をつかまれて、ぱちぱちとせわしなく瞬く両目から涙がこぼれている。

――ダイさんがやられてる！

テラの声に反応して一人が振り向き、小さな動作で、コップのようなものを床にコトンと投げてきた。

ばん！　とそれが爆発して猛烈な閃光でテラの目をくらませた隙に、侵入者どもは逃げるつもりだったのだろう。だが、テラはファストマスクを対恒星の調光モードにしていた。ほとばしる閃光の中でも、人影はくっきり見えた。そいつらに向かって、テラは毎週手入れしている必殺武器を構えて、撃ちまくった。

鼓膜が破れそうな爆音が一つ、二つ、三つと続き、ダイオードの右側のやつは向こうへ吹っ飛んで床に転がった。左側のやつは立ったまま二発耐えたが、三発続けて顔面に叩きこんだら宇宙服のバイザーが割れてしまい、「ごめんなさい！」とテラが謝りつつもそのままもう一発撃ったので、顔中血まみれになってその場にくずおれた。

「ダイさん！」

テラは屋根裏へ飛び込む。まず何よりも心配だったので、「大丈夫ですか？　いま、弾が当たりませんでした？」と抱き上げた。

ダイオードが一瞬もがいて抵抗してから、「うぁ、テ、テラさんですか？」と訊いてきた。目がだめで、耳も今の爆音でやられたのだとわかり、「そうですよ……！」と思い切り胸に抱き締めた。

「あ……これは」もぞもぞとテラのでかいおっぱいを両手で撫でたダイオードが、ふっと力を抜く。「テラさんですね。これはテラさんです……」

「そうですって。聞こえます？　痛いところは？」

「あ……はい、ちょっとずつ、聞こえます」テラがおでこに手を当て、目をそっと拭うと、ダークブルーの瞳が開いた。「テラさんこそ、大丈夫なんですか？　一体何を」

「こいつでやっつけました」

テラが片手で持ち上げたスマートで凶悪な形の長物に、ダイオードが目を見張る。

「じ、銃!?　銃ですよね、それ？」

「ええ、母のショットガンです」

「なんで銃なんか持ってるんですか？」

「なんでって、あるでしょう、どこのご家庭にも」言ってからテラは、またひとつ自分たちの違いに気づいた。「ゲンドー氏って、もしかして銃も禁止なんですか!?」

「当たり前じゃないですかぁ……」

ダイオードがけらけらとひきつった泣き笑いをこぼした。

少女を自分の腕に取り戻すと、テラはしっかり抱えて階下に降り、氏族警備隊に通報した。長老会とケンカ中なので助けてもらえるかどうか危ぶんだが、それは無用な心配で、わずか二分半後に武装した警備隊が駆けつけてくれた。

「上です、屋根裏に変な人たちが！　ダイさんをさらおうと！」

隊員たちは警戒しながら上がっていったが、やがて手ぶらで降りて来た。

「侵入者は確認できなかった。誰もいない」

「そんな！　いたんですよ、タイトスーツの二人組が！　光るやつを投げてきたから、私、高航で習った通りに反撃しました！」

「落ち着いて、嘘だと言ってるわけじゃない。戦闘の形跡や血痕はわれわれも確認した」隊員は、他の戸口や家の周囲を調べている仲間たちを示す。「だが、そいつらは逃げていったようだ。道具もきっちり回収している。侵入のプロだな」

「逃げた？」テラは愕然とする。「あんなに撃ったのに？　一人なんか、顔にもろに当たったと思いますけど……」

「といっても樹脂弾だろう？　それじゃあプロは片付かない。あんた、テラ・インターコンチネンタルさん、例のデカブツを揚げた漁師だよな」男性の隊員がゴーグルを上げて笑った。「女だてらによくやった、肝っ玉だ。しかし、無理はやめな。命拾いしたんだぜ」

「はあ……どうも」

釈然としなくて、テラは鈍い返事をしてしまった。

自分はダイオードが危なかったから必死になっただけだ。そういう場面なら、男でも女でも同じことをしたと思う。それに……それに、他の何かだ。うまく言えないけれど。

じきに救急隊も到着したので、ダイオードを診てもらっていると、意外な人物が訪れた。

「お二方、大丈夫ですか。襲撃があったと聞きましたが」

「ディッシュクラッシュさん……！」

「ご無事のようですね、何よりです」

ふわふわのもみ上げをほっぺたの左右に添えている長老会の属員は、相変わらず笑っているような目で二人を等分に見下ろす。さっきのもやもやもあって、テラは思わず言い返してしまった。

「全然無事じゃないです。ダイさんは実際に痛い目にあわされて、さらわれかけたんですよ。私も自分の家に入られてぞっとしてます。ほんとにもう……」

「お気の毒さまです」一礼してディッシュクラッシュが言う。「つい今しがた、作業港から工作艇が無許可で出港して、アイダホ管制圏外へと出て行きました。これに乗りこんだ二人の外構作業員ですが、さきの大会議《バウ・アウア》の際に、氏族船『フョー』から移住していた者だとわかりました。その時点では正式な手続きを済ませていましたが、おそらくもう戻っては来ないでしょう。こういうときのために送り込んでおいた切り札を、ゲンドー氏が今夜使ったのだと思われます」

そう言って、ディッシュクラッシュはテラをじっと見た。

「——おわかりですか。本件は、あなたが勝手にダイオードさんをかくまったために起きたのです」

「それが悪いみたいに！　言わないで……ください」

テラは叫びかけたが、尻すぼみになってしまった。事実まったく、そうなる恐れもあると思いながら、自宅に二人きりで無警戒に暮らしていたのだ。本当にそれを予想していたなら、あらかじめ隠れるとか警備隊に頼むとか、やれることはあっただろう。

「賊の身柄を確保できていれば今後の交渉に役立ったでしょうが、それも取り逃がしてしまった。残念でしたね」

その指摘は、ことのほか堪えた。テラはさっきからのもやもやの正体に気づいた。助かったことだけに喜びたくなかったのだ。本当は、襲ってきた連中をみんなに晒して、誰の目にも明らかな正しさを示したかった。

「ひょっとして、捕まえていたら……礎柱船《ピラーボート》も返してもらえました？」

テラが尋ねると、ディッシュクラッシュはわからない、というように無言で首を振った。ひょっとしてこの人はいい人ではないか、と思ったこともあっただけに、テラは悲しくなってきた。

「言わせてもらいますけど、ディッシュクラッシュさん」

そのとき、目の手当てを終えたダイオードが言った。立ち去る救急医にちょっと目礼してから、振り向く。

「あなた方こそ、こうなるのを予想しながら黙ってましたよね。そこの責任はどうなんですか」

「なぜ、予想していたと思われるんです？」

「なぜ、市民からあわてた通報があっただけで、完全武装した一個小隊のガードが飛んでくるんですか？　エンデヴァ氏はいつもそうなんですか？」

　ダイオードが静かに睨むと、ディッシュクラッシュは涼しい顔で受け流す。

「そういうときも、あります」

「ありますじゃないですよ。予想していたなら、予防するのが当局の責務でしょう。でもあなた方は、私たちに黙っていたうえ、彼らにも好きにさせていたんじゃないですか。決行してほしかったから。事件が起きてから私たちごと奪還隊を取り押さえて、ゲンドーとの交渉の材料に使う。そういう狙いだったでしょう？」

「ほうほう。何か証拠がありますか？」

「私、こういうものを、ここの家中の窓と戸口に張っておいたんですけど」

　とダイオードが取り出したのは、小さな束にまとめた細い糸だ。あ、とテラは気づく。プリンタのログにあったものだろう。

「一部に、切ってから張り直したあとがありました。奪還隊の仕業じゃないです、彼らは今夜引っかかってアラームを鳴らしましたから、気づいていなかったはずです。それ以前に他の誰かが来てたんです。それで――」

　ダイオードは、引き揚げ支度を始めている警備隊をちらりと見た。

「彼ら、今日初めて来たはずなのに、一人も引っかかってないんですよね。これに」

テラは息を呑んだ。

「うちにずっとうろうろしてたってことですか？　あの人たちが？」

「テラさんちょっと、顔こっちへ」

「はい？」

何の気なしに近づくと、鼻をぶきゅっとつまれたので「はが!?」とテラは跳びのいた。

「すみません、いま騒いでほしくないので。――ディッシュクラッシュさん、お互いに細かい得点稼ぎをしても仕方ないですよね。肝心なことをお話ししませんか」

「というと？」

「あなた方はテラさんが大事なはず、ということです。そうでしょう？　氏族の優秀なデコンパなんですから」

「それはそうです、元よりそうです」

「そして私もテラさんが大事です。一生分のメイディに賭けて誓いますけど、出てきたゲンドー氏より今いるテラさんが大事です。で、これって両立することでしょう」

「ふうむ、なるほどなるほど――」

ディッシュクラッシュは目を閉じてあごをつまんだが、やがてしかつめらしく言った。

「得点稼ぎは仕方ないとおっしゃいますが、ここ半月ほど市街地で古代市街地疾走競技の練習らしきことをやっている怪人の詮索は、やはり外せません。また、その者が二五年層の陋巷に出没して、ドラッグとクラックの専門家を熱心に探している点についても看過しかねます――」

「ダイさ」

叫びかけて、テラは力いっぱい両手で口を塞いだ。属員の細い目と、少女の冷ややかな目が左右から突き刺さった。

「……しかねますが」ディッシュクラッシュがダイオードに目を戻す。「これらは要するに、一環の事象ですな。こちらをしかるべく差配すれば、あちらもしかるべく是正されると、そう思われるのですか？　ダイオードさん」

「同じことを言っているといいんですけど、おそらく」

「継承、ということについては」

「いずれにせよ二年後でしょう？」

「暫定でかまわない、と」

「欲は張りません」

「ふうむ、なるほど、ふむ」

ディッシュクラッシュは右の頬のふわふわをひねくり回したかと思うと、唐突にほがらかに言った。

「ところで、まだ私の用件をお話ししていませんでしたが」

「え？」「あ、はい」

「長老会の要請をお伝えに伺いました。超大型バチゴンドウの捕獲法を重要と認めて、インターコンチネンタル家のテラと、ゲンドー氏の自称ダイオードに上記の確立を命じる。実例一〇件を併せて報告せよとのことです。お二人とも、右手を」

言われて右手を少し出したとたんに手の甲でノックされて、ミニセルが受信してしまった。同内容の文書だろう。ダイオードが舌打ちしたが、遅かった。

「対面送信でお伝えしました。ただいまのコードで礎柱船《ピラーボート》のロックが解除されます。ではご健闘を。条件をお忘れなく。族長閣下は次の大会議《バウ・アウア》まで楽しみに待たれることでしょう」

そっけなく一礼して、ディッシュクラッシュは去った。

「はー……はっ？」

話がどう流れてなぜ終わったのかよくわからずに、ぽかんとしていたテラは、ダイオードが手近の椅子をガンと蹴って、あっ痛っくそっと足を押さえたのでびっくりした。おそるおそる尋ねる。

「ど、どうしたんですか、ダイさん……」

「やられましたちくしょう。あいつ最初っからそれ言いに来て、こっちが無駄に譲るのを内心ニコニコしながら待ってたんです」

「それって？」

「船、返してくれるんですよ！」

「ほんとですか⁉」

ダイオードが怒りの声を上げたが、テラの喜びの声の大きさが上回った。目を輝かせて立ち上がる。

「じゃあ、じゃあまたダイさんと漁できるんですね？」

「できるけどお化けのバチ一〇頭取ってこいって話ですよ聞いてました⁉」

「それほぼ好きにやっていいってことじゃないですか！　えっ、いいんですか⁉」

最高にキラキラし始めたテラに手を握られて、ダイオードは唖然としていたが、やがてふっとため息をついて「ですね」とそっけなく言った。

「え、なんですかそのリアクション。ここは一緒に喜んでくれるところでは？」

「分担です。喜ぶのは任せます。私は悔しがるほうに忙しいので」

「悔しいって何が……ああ、何か見逃せないって言われてましたね」さっきのやり取りを思い出して、テラはちょっと興味を抱く。「あれですよね。街を走り回っていたやつと、何かの専門家を探していたっていうやつ。……何してたか聞いていいですか？」

「走り回ってたのは、ただのトレーニングですよ。家でだらだらしてたら運動神経が鈍るいっぽうだから」

「じゃあドラッグとクラックっていうのは？」

「人をいい気持ちにするものと、機械をいい気持ちにさせるものですよ」

「それを手に入れようとしてたんですか？　なんのために？」

「礎柱船《ピラーボート》を奪還するため」

「うえ、奪還⁉」テラは本気で驚いた。「長老会の許可を得ずに船を出そうとしてたってことですか？　無理でしょう！」

「時間をかければ無理じゃないんですけど、今回はその時間がなかったですね。実行する前に船が戻っちゃいましたから、人探しが無駄になりました」

「ダイさんが犯罪に手を染めないように、船、返してくれたのかもしれませんよ？」

ダイオードは鼻でトーストを食べる人を見たような顔をして、「まさか」と言った。

「向こうも後ろ暗いことがあるからバーターにしてくれただけですよ。別にこっちの得じゃないです。第一、この期に及んでまだ『漁師とする』の一言がないんですよ？」

「いいじゃないですか、一緒に乗れれば」

ダイオードは頰杖をついてため息をつき、「じゃあもうそれでいいです」と言った。

属員に続いて、警備隊と救急隊も引き揚げていく。ダイオードは悩んでうなだれている。

騒がしい雰囲気が消散していくのと引き換えに、また静けさが戻ってくるのをテラは待ったが、それは来なかった。

待機は終わったのだ。船に乗れると決まった以上は、また漁師としての日々が始まる。

家の表から最後の人声が消える前に、テラは隣へ少し体を傾けて、ささやいた。

「聞いていいですか」

「はあ」

「『一生分のメイディに賭けて誓う』って初めて聞く表現ですけど、どの程度の意味なんです?」

「おやすみなさい」

ダイオードは唐突に立ち上がって出ていく。

9

テラの家の襲撃事件は、市民とエンデヴァ氏警備隊が侵入者を的確に追い払った手柄話として、相手の正体は不明のままで公表された。実際に追い払ったのはテラだけで、警備隊はあまり活躍しなかったのだが、その点が侵入者側から公表されることはありえない。またテラも、再び侵入がないよう警備を強化すると約束させたうえで、口をつぐむことに同意した。

秘密の保持と引き替えに、テラのもとには礎柱船《ピラーボート》が戻ってきた。

テラがげんなりしたのは、ログを参照したところ、複数の他の漁師が勝手にこの船を飛ばした形跡があったことだ。どうも長老会はテラとダイオード以外の人間にも同じ成果が出せるか、試したらしい。つまり、二人がすごいのではなく、船がすごいのかもしれないと思われたのだろう。

あいにく、そんなことはない。船は周回者《サークス》の他の礎柱船《ピラーボート》と何も変わらないので、当然ながら他の連中も、特に優れた成績は出していなかった。要するに船が戻ってきたのは、そのせいらしかった。平凡な船だから、テラとダイオードに預けておくのが一番だ、と判断されたのだ。その結論が出るまでこんなにかかったことにはうんざりしたが、まあ戻っただけよかった、とテラは無理やり自分を納得させた。

異色の新人二人が操る礎柱船《ピラーボート》が、再びFBBに降りるようになった。華々しい式典も公的な告知もなく、ひっそりとした船出だった。

が、その二人の行いはひっそりなどというものではなかった。夜間に礎柱船《ピラーボート》から強烈な光を放って大量の昏魚《ベッシュ》をおびき寄せたり、船体を大小二つにわけて、大型のほうに乗ったデコンパが上空待機し、小型のほうに乗ったツイスタが高機動して昏魚《ベッシュ》を捕獲してくるなど、実験的な漁法を次々に編み出した。

横幅五〇メートルの高滑空比形態と、高度な操縦技能の二本柱によって支えられたそれらの漁法は、わずか二ヵ月で一五二万五〇〇〇トンというおよそ新人らしからぬ漁獲量に結びつき、テラとダイオードの名を三〇四年度第一四半期優良漁師の三位タイとして、十六氏族に知らしめた。

漁業界は非漁業者である二人組の乱脈な操業に苦言を呈しつつ新式漁法の詳細を探り、経済界は在庫過剰による値崩れを警戒して自制を要請し、科学界はいまだに謎の多い昏魚《ベッシュ》の生態系を解き明かす機会に沸き立ち、長老会は二人がすみやかに十頭の巨大バチゴンドウを捕まえないことに遺憾の意を示しつつ（それはやはり、とても難しかった）、二人の華々しい成績を無視することもできずに、これを称えて配偶者を斡旋した。

「称えてこれっていうのが、困りますよねえ」

自宅のテーブルに長老会選り抜きの求婚者プロフィールを広げて、テラはため息をつく。

「厚意になってないんですけど。それともほんとに厚意じゃないのか」

「テラさん、素敵な男性を探していたのでは」

天井に取り付けた雲梯《うんてい》を、スリムなフィットウェア姿で端から端までひょいひょい渡りながら、ダイオードが指摘する。ちなみに彼女にも同種の斡旋はあったが、一言の感想もなく捨てていた。

テラは首を横に振る。

「素敵でもなんでも、もう気が乗らなくなっちゃいました。結婚は」

「すみません、テラさん」

「なんですか？」

「私が余計なことを言ったからじゃないんですか」

「余計じゃなかったですよ。ダイさんは気づかせてくれただけ」

テラは雲梯を見上げる。ダイオードが、両手でぶら下がって見ている。件《くだん》の不審人物は市街地疾走ができなくなったために、室内にそういうものを作った。三次元運動感覚の涵養と称して、気が向くと猿になっている。

爪先を上に引っかけ、ぶらりと逆さまに垂れて言った。

「お見合い、断ったら次から多分来なくなりますよね」

「そこなんですよ。一度の決心で断っていいものか」

「……迷うぐらいなら受けとけばいいんじゃないですか？　会ってからも断ることもできますし」

銀髪をテラの鼻先まで垂らした逆さダイオードが、物分かりの良さそうな台詞を、彗星みたいに冷たく口にした。

ぎょっとする眺めだ。落ちたら首の骨を折りそう。半Gだから見かけほど危険じゃないんですよと本人が以前言っていたが、打ちどころによるだろうとテラは思う。

「ほんとに受けていいんですか？」

立ち上がって、ダイオードの頭のてっぺんを両手で支えた。ぱちくりと瞬きしたダイオードが、次の瞬間にはあっさり雲梯から爪先を外した。彼女の全体重が、意外に勁《つよ》いらしい首の筋肉と頭骨を介して、ぐっとテラの手にかかる。――が、たいしたことはない、本当に椅子二脚ていどにしか感じない。

ダイオードは両手両脚を開いてバランスを取り、突然の逆立ちを続けようとする。ばね細工みたいに細くしなやかな四肢がゆらゆらとはためく。が、特に経験があるわけではないらしく、ほんの数秒でテラの手首に捉まって、ぐるりと足を下に着地した。ほっはー、と感心したように息を吐く。

「降りられた」

「なんですか、今の」

テラはくすくす笑う。精密な細工物みたいな少女の顔に、汗がにじんでいた。たまたまちょうどいい高さに脳天があったから、撫でたくなっただけだ。まさかノータイムで乗って来られるとは思わなかった。こっちが落としたらどうするつもりだったんだろう。

決して落とさないと思われたのか。

「ダイさん、まるで樹上生物ですね」

「樹ってなんですか? ああ、木ですか。するとテラさんが木ってことですね」

「木は失礼じゃないですか?」

運動して温まった小作りな手に、手首をつかまれている。

それをつかみ返そうとすると、ひょいとかわされた。お湯浴びてきますとダイオードは立ち去る。例の植物性の煙臭さと汗の香りが混じった、独特の透明な甘い尾がしばらくあとに残った。

この香りは、ダイオードの母親から受け継いだ芳香物質を焚いたものだそうだ。そういうことをする以上は絶縁したわけでもないのだろうが、ガス惑星の嵐の縁を回遊する、測《ツナ》候船《ミ・サーチ》に住むというその人の顔も、テラはいまだに知らない。そこを飛び出したわけも、女学校とやらにいたわけも知らない(捕まって無理やりぶちこまれたらしいのというのは、言葉の端々から窺えるのだが)。

それに、書庫で地道に過去の記録を漁っている理由も知らない。

テラのほうは、何しろもう家の中を好き勝手に歩かせていることだし、月々のプリンタカートリッジ代から両親の葬送番号まで、知り尽くされてしまった。当初ダイオードは詳しく知ることを避けていたようだったが、船が戻ってからは方針を変えたらしく、積極的に訊いてくるようになった。テラは隠していない。すべて見せている。これがある種の念入りな詐欺で、すべてを手に入れたときにダイオードが突然消える可能性がまだあるのかもしれないが、そういう疑いはもうきれいさっぱり忘れることにした。

ただ、まだダイオードは線を引いている。——今しがたもテラとのあいだにさり気なく引いていった、分水嶺のような見えない線を。

テラも、もうわかっている。

その嶺の向こうは、きっととても広い。

そしてダイオードは多分そちらを知っている。

そしてテラの態度を見極めているのだ。手を引いてもいい相手かどうか。

引かれるのをテラはすでに待っていた。ダイオードに触れられるのは心地よい。それどころか、ダイオードは自分から触れたくなるような相手だ。家に住ませているのは、単に許しているのでなく、楽しんでいる、味わっている。触れる範囲にいてもらいたい、初めての人だからだ。

それはダイオードも同じに違いなかった。

——いや？　それとも全部が思いこみかもしれない。

テラにはわからなかった。わからないことに胸が沸き立っていた。

脱衣所に押しかけて叫ぶ。

「ダイさん、お見合いほんとに受けていいんですか！」

「テラさんにその覚悟があるならいつでもどうぞ。あと外に陣取るのやめてもらえます？

共浴と一方的に覗かれるのとは違うんですよ、見たけりゃ自分も入って来いってんですよ、その覚悟あんのか！」

「どっちもないでーす、ごめんなさい！」

リビングに戻ったテラは、テーブルを埋める釣書ファイルを、フリックひとつでまとめてごみ箱へ送った。

家の外の状況は家の中ほどには好転しておらず、伯父伯母夫妻からも、漁港で出会う誰彼からも、女二人で漁をするという奇行がいつまで続くのかと心配されたが、テラは聞かれるたびに、大丈夫です、と答えていた。それは最初のうち、自分が大きな体で言うことによって事実が後からついてくるのを、祈るような「大丈夫」だったが、続けるうちにある日ふと気づいた。

ダイオードとの暮らしには安心感がある。すべてが揃ったというよりは、なくても別に困らないのだということに気づいたための安心感だった。具体的に何がどうとは言えないのだが、それはこれまで感じたことのない確かな感覚で、その日からテラの「大丈夫」には、しっかりした実が入るようになった。

そのまま半年、一年と続けていければ、きっと「大丈夫」が本当になりそうな予感がし始めたころ、しかし嵐が来た。出会ってからまだ、九三日目だった。

10

　水のように暗く濃い深みから傲然とせりあがってきたものが、どう！　と大気を押し割ったので、分厚い突風が吹いて、礎柱船《ピラーボート》は砂粒のようにくるくると吹っ飛ばされた。七、八〇キロメートルも流されてから、ようやくテラは意味のある台詞を吐いた。

「おぅぅ、目が回った……ダイさん大丈夫ですか？」

「こちらは、まあまあ」最近の鍛錬の賜物か、ピット内でまだゆらゆら回りながら、ダイオードが平然と答える。「下手に風に逆らうほうがダメージ大きそうだったので、黙って流されました。すみません、テラさんのほうがやばそうですね」

「なんだったんですか、今のガツンは」

「噴出物《イジェクタ》だと思います。レーダーに出てません？」

「噴出物《イジェクタ》！　あれが……？」

　VUIを調節したテラは、レーダー画面の半分を占めるノイズがただの雲によるものではなく、直径二〇〇キロ近い巨大な岩塊なのだと気付いて身震いした。大気圏深部の爆発か擾乱《じょうらん》によって飛び出してくる、内部天体アイアンボールの破片、とされるもの。

「本物、初めて見ました。大きい……」

「私もです。こればっかりは運が良くないと見られませんからね」

「運が悪くないと、の間違いじゃないですか？」

「悪かったら直撃されてぐしゃぐしゃですよ。んしょ」

ダイオードによるトリムスライダのひと撫でで、姿勢を立て直した礎柱船《ピラーボート》は、緩い旋回で岩塊を巻いていく。よく見れば噴出物《イジェクタ》はすでに上昇力をなくし、落下に移っているようだった。深層から引きずってきた水やメタンの雲を幾重ものヴェールのようにまとわりつかせて、ゆっくりと沈んでいく。

テラはちょっと色気を出す。

「サンプルなんか取ったりしたら、科学界に喜ばれませんかね」

「喜ばれるでしょうけど、あれゆっくりに見えても、音速近くで沈んでるんじゃないですか？　近づくだけで衝撃波がやばそう」

「あ、そうですか……」

珍しい光景だったので、そのまましばらく眺めていたのが間違いだった。ＶＵＩが再び警告を発したのでテラは目をやる。

「焦粉《ベイク》濃度警告……逆転層？」

下ではなかった。上だ。はっと頭上を見上げたテラは、かすれた悲鳴を上げた。

「ああ、しまった！　ダイさん、噴出物嵐《イジェクタストーム》！」

ダイオードも頭上を見てから、舌打ちしてエンジンを噴かし始めた。

「確かにEストームです。忘れてましたね」

二人の駆る礎柱船《ピラーボート》の上空を、濁った泥の渦巻きのようなものが覆いつつあった。Eストームは噴出物《イジェクタ》出現に伴って起こることのある、局地性の嵐だ。噴出物《イジェクタ》は中層以下の重い大気を、表層まで大量に引きずってくる。それが噴出物《イジェクタ》の再落下とともにすみやかに落ちてくれればいいのだが、惑星深部に由来する熱を持っているために、膨張ドームを作って対流圏の圏界面で広範囲に広がってしまう。これも広がったままでいてくれればいいのだが、時間がたつと冷却して、やはり落ちる。その際、大量の成分が液化して一気に降りそそぐ。

テラたちが目撃した上空の渦巻きは、この膨張ドームだった。それがどういうもので、なぜ発生して、何をやらかすか、知識としては巡航生のころに習っていたが、逃げ遅れた二人は本物をたっぷり味わうことになった。

「たわーっ、ダイさんダメです、無理無理無理無理！　つっこまないで！」

退避しようと上昇した礎柱船《ピラーボート》を迎えたのは、濃密な焦粉《ベイク》を含む雲だった。普段つっきっている表層の雲とは比べ物にならず、入ったとたんに機関銃の弾幕でも食らったみたいな轟音が上がった。粉やすりの中に自分から入っていったようなもので、ＶＵＩにでかでかと船体損傷図が現れて、秒単位で危険を示す赤に染まっていった。

「チッ……突破は無理か」

「ていうか降りてください、早く！」

これも遅かった。高度五〇キロの冷たい圏界面に触れた重い大気が、黒く濁ったおどろおどろしい雨を、もの凄まじく降らせ始めた。視界がほとんど失われ、その状況で噴出物《イジェクタ》のミニ破片らしい、家ぐらいある岩石がちらほら降って来た。危なくてろくに加速できない。

テラは泣き声を上げる。

「すーみーまーせーん！　噴出物《イジェクタ》のィを聞いた瞬間に、退避してなきゃでした。私が感心してたばっかりに！」

「それを言うなら私もです。さっさと載荷投棄《ジェッサン》すればよかったですね」

ダイオードがしぶしぶ反省する。礎柱船《ピラーボート》は余計な荷物を抱えっぱなしだった。この日の朝から漁獲した大型の昏魚《ベッシュ》、クロスジイカが八〇〇〇トンほどである。例の構造材代わりの魚袋を作るために、デコンプでギチギチに縛ってあるので、船を溶かさなければ捨てられない。

「まあ、八〇〇〇トンぐらいなら、持ちっぱなしでもたいして変わらないと思いますけど……」

「そうです、重さはあまり問題じゃないです。それよりこの嵐、いつまで続くと思います？」

「テラさんが正規の課程で習った通りだと思いますよ」

「ダイさんの経験だと？」

「この手のは一瞬で終わります。たかだか数百キロメートルの岩っころがしぶきを散らしただけなので」四秒おいて忌々しそうに、「せいぜい丸一日」

「ですよねー！」

ガス惑星の気象の教科書で「すぐ」と言ったら、「一年以内」を表したりすることもしょっちゅうだ。「長引く嵐」が一世紀ぐらいを表す世界だから、仕方がない。

しかし、惑星にとっては一瞬でも、漁師にとって一日の嵐は長い。商売のための推進剤のほとんどが、風待ちで無為に消費されてしまう。あまり嬉しい事態ではない。

「ダイさん、どうしたいです？　選択肢を挙げると、船首をカッチカチに固めて、膨張ドームをぶち破って逃げるやつから、この場で風船になって朝まで待つとか、ひらひらの形になって嵐の外まで噴き流してもらうとか、いろいろ出来ますけど」

「いつもながらどこから出てくるんですか、そのめちゃくちゃないろいろ」

「えへへへ、脳みそから」

「でもそれ全部、粘土を大量に使いそうですから、漁はあきらめることになりますよね」

「仕方ないです、命を大事にしなきゃ」

「それはそうなんですが」ダイオードが悔しそうに考えこむ。「測候船《ツナミ・サーチ》の娘がEストームにしてやられるってのもかっこ悪い話です。なんかいい手はないですかね……」

「そっ、それだ！」

ダイオードが何の気なしに言った言葉に、テラは食いついた。後部ピットから身を乗り出して叫ぶ。

「測候船《ツナミ・サーチ》！　そこに退避しましょう！　粘土を節約できますよね？」

「まじですか」

「まじまじ。船機、最寄りの測候船《ツナミ・サーチ》は！」

ＶＵＩの検索リストが勢いよく流れていって、惑星のあちこちを漂っているはずの、測候船《ツナミ・サーチ》の分布図が呼び出された。しましま模様のファット・ビーチ・ボールの上半分に、ずっと昔から居座っている、デフォルメされた人間の目のような二つの巨大な円が大映しになる。

ＦＢＢ北熱帯ベルト北端の超巨大高気圧、「左の目玉」――いわゆる「長引く嵐」の代表格――その目もとにできた、小さなにきびのような濃色の点が、自分たちを閉じ込めているＥストームだ。

ストームのすぐそばに、別の光点が輝くのを見て、テラは歓声を上げた。

「あったー！　ありました！　測候船《ツナミ・サーチ》、ＴＥ５０８Ｑ！」

「TE508Q……聞いたことのない船ですね」

「なんでもいいです、目と鼻の先ですよ！　この広いFBBで避難場所にたどり着けるなんてほぼ奇跡なんですから、ぜひ転がり込みましょう！」

『左の目玉』の測候船《ツナミ・サーチ》か……うー」

「なんですか？　ダイさん。このまま土砂崩れみたいなこの嵐の中を、迷子の野良猫みたいに朝まで逃げ回るつもりですか？」

「こないだ見せてもらったあの軟体動物ですか。いくらなんでも、礎柱船《ピラーボート》があそこまでグニャグニャに溶けることはないと思いますけど……いえ、わかりました。行きましょう」

気が進まない様子でダイオードは舳先《へさき》を巡らせ、エンジンを噴かした。めまぐるしく風の方向が変わる吹き返しが多くてろくに速度を出せない中、自分でも手元で検索しながらぶつぶつ言う。

「まあ測候船《ツナミ・サーチ》なんて惑星中に何十隻もいるんですし、その中でも優良なものしか長期航行はできないんですから、多分……」

そんな期待が打ち砕かれるまで、二時間もかからなかった。

「多分違うだろう、違ってほしいって思ってたのに、なんで当たりなんですかっ！」

右へ流れていく雲の壁の向こうの、左へ流れていく雲の壁の向こうから、一段分厚い雲の壁が現れてギラリと何かが光る。その雲が夢のように薄れて消えると、しずしずと塔がやってきた。

荒々しい黒い風に逆らって巍然《ぎぜん》とそびえる、歳月を経た自然岩のように見える塔だ。周囲には浮力を作るための真空フロートを、大きな花びらのように放射状に広げている。

上部に掲げた原始宗教の法塔のようなゴタゴタした部分は観測マスト兼灯台らしく、望遠鏡とレーダーアンテナと通信アンテナの間で、高カンデラの閃光灯がゆっくりと回っている。斜めに突き出したポールに布製の吹き流しがはためいているのは風向計の類なのかもしれないが、その吹き流しに明らかに昏魚《ベッシュ》を模した塗装が施されているのがいかにも奇妙だ。ポールの下にはカタパルトが備わっており、小さな単葉航空機がちょこんと乗っている。

下を見れば雲の底を突き抜けていそうな深みに、黒曜石のような不透明な艶を帯びた基礎部分が見え隠れする。おそらくは塔を垂直に浮かばせておくための、焼結焦粉《ベイク》のバラストだ。

塔の中央、上階と下階の境目に当たりそうな部分に、柔らかな毛筆で書いたかのような古い文字が、縦に三つ並んでいた。

――孀　婦　岩

『ハイ、そこ行くアスファルトで泳いだみたいなイカしたなりの礎柱船《ピラーボート》、おうちへ帰る前にたまには海の家「ソーフィワー」で一泊二食していかない？　お代は粘土一万トンでいいよ。──ってあれ、この識別票、寛和《カンナ》？』

無線の声を聞いて、テラはまじまじと自分のツイスタを見る。少女は見たことがないほど真っ赤になって顔を押さえる。

「母です」

ＦＢＢ大気上層部での重力はおよそ二・一Ｇであり、普段体重五〇キロをキープしている美女でもここでは一〇〇キロを越えて打ちのめされる。それで礎柱船《ピラーボート》の漁師はピットの中にジェルを満たして液体の浮力で体を支えているのだが、事情は地上施設でも同じである。測候船《ツナミ・サーチ》に滞在するためには、たとえ短期でも、生活ピットの使用が不可欠だった。

テラとダイオードは、貸与されたその自走する大きな透明の泡に入った。その時点でもう、ダイオードからいつも薫るあの甘苦さが鼻腔に流れ込んで、どこに来たのかを実感した。泡ごと滑って、礎柱船《ピラーボート》から測候船《ツナミ・サーチ》に乗り移った。

向こうの要求する粘土一万トンはおとなしく支払いに同意し、すでに自動で施設側に塗布を始めている。だが顧客以前に身内である。母娘の久しぶりの再会がどのような感動のドラマに彩られるか、テラはひそかに期待していた。「ソーフィワー」居住区ラウンジで戦争が起こるまでは。

「ＤＩＥ－ＯＤ」

測候船一時退避願への、ダイオードの自署を見て説明を聞いたとたんに、ロックは笑い崩れた。

「あっはっは、オーバードーズ？　ドラッグのオーバードーズで死にかけたから？　ははは最高じゃんカンナ、そういうのカッコいいと思えるの若いうちだけだよ、やっときなよ。かわいいよ」

「うるっせえよ引きこもり変態ババア黙れ笑うな静かにしろ」

「ていうかうち出たあと『フョー』に捕まったって聞いてたけど、よく逃げ出したよな、それで彼女まで連れて帰ってきやがって、さすがオレの娘」

「そういうのやめろマジで！」

顔を真っ赤にして聞くに堪えない罵声をわめき立てる、ダイヤと黒鉛をちりばめたシャドウ・スタイルの船用盛装《デッキドレス》姿のダイオードの前で、彼女にそっくりの小柄な黒髪の女性が、人形めいた精緻な顔でゲラゲラ笑う。どちらも生活ピットに入っているから手で触れることもできないが、もしできたら親子の抱擁どころか、つかみ合いの大ゲンカになるのは間違いない。テラは残念な思いで、マルチョンの空虚な顔になって眺めるしかなかった。

「お母さま……そういう……アレな方なんだ……ダイさんも……あんな……」

「ああいうカンナさんをご存知ない？」

隣に並んで訊いてきたのは、モノトーンのスカート状の執事装《サーブドレス》を身につけた、二十歳ぐらいの美貌の女だ。リニア・新星《シンチン》と名乗り、ソーフィワーに常住するロックの属員だと話した。

テラはうなずく。

「ええ。たまーにちらっとスラングが出ることはあるんですけど。基本的にはいつもテラさんダイさん、あなたとわたし、で……」

「ずいぶん水くさいんですね」

無造作なひとことはぐさりとテラの胸に刺さった。

「やあ、あんたがデコンパのテラさんね。歓迎するよ」ロックが振り向いて挨拶する。

「ひょっとしてわざわざカンナを連れて来てくれた？」

「いえ、完全に偶然です。ていうか、そちらがこちらを見つけてくださったということは……？」

「それもないなあ、測候船《ツナミ・サーチ》は完全に風まかせだもの。これはとても貴重な出会いだってことだ。うちのカンナを連れたデコンパさんが流れ着いてくれるなんて」

「どちらかといえば私が連れ歩いてもらってます、はい。ダイさんにはいつもお世話になってまして」

「あ、そう？　世話できてる？　あんな性格破綻娘があんたみたいなきちんとしてそうなお嬢さんを？」

「クッッッッソババアーそういうのやめろ！　岩魚！　てめーだってサカナのくせに何がロックだ！」

社交的なセリフを滑らかに続けようとするロックに、ダイオードがぶち切れる。テラは、見たことのない過激さに圧倒されて逃げ腰になりつつ、ロックに尋ねる。

「いわな？」

するとロックは小娘みたいに頬を染めて笑った。

「本名は岩魚石灯籠弦道《イワナイシドーローゲンドー》ってんだ。長いだろ？　イワナは石の魚って意味だから、ロックって言ってるだけ」そうして、娘のほうにいたずらっぽい流し目を送る。「オレのはチューニ病じゃねんだよー、言ってみりゃミソジ病かな、あはっ」

「あーあああ、鳥肌立つ！」

「えっと、その」

テラは遠慮がちに、だがきっぱりと二人の間に割って入った。

「あんまり、ダイさんをからかわないであげてください。私、ダイさんのああいうところは素敵だと思ってます。名前も含めて」

「あら」

ロックが瞬きする。テラは一礼する。

「無線でも名乗りましたけど、改めて。テラ・インターコンチネンタル・エンデヴァです。

避泊を許可してくださってありがとうございます。一晩お世話になります……えと、イシドーローっていうのも、長くないし素敵な響きだと思いますよ？」

仲裁のつもりでそう言ったのだが、ロックは首をかしげて答えた。

「んっ、インターコンチネンタルってと、『大陸間』だね？」

「はい？」

「それ確か、大陸の間って意味だよ、エンデヴァの古語で」ロックが面白そうに説明する。

「大陸っていうのは、固体惑星の冠水していない部分の、大きいやつだ。その陸から陸へと渡っていった、旅人っていう意味じゃないかな。テラさんの家」

「そうなんですか？　意味は知りませんでした。へー」テラは素直に感心して、ダイオードに笑顔を向ける。「だそうですよ。ダイさんのお母さま、物知りですね」

「そのっ……そいつは……テラさん……」

するとダイオードは、母親への反抗心とテラへのなんらかの気持ちが相互拘束を起こしたのか、グーにした両手を何度か振り下ろすと、急にラウンジから出て行ってしまった。

「あ、ダイさん……！」

失敗だった。ここは二度でも三度でもダイオードの肩を持たねばならないところだった。テラは追いかけようとしたが、ロックに引き留められた。

「おっと待ちな、テラさん。せっかくの偶然だから少し話そう。あの子は部屋に行ったみたいだから、心配しなくていい。お気にの枕に顔つっこんで一晩わめいたら落ち着くよ」

「ピットの中にいるのにどうやって枕に顔をつっこむんですか？」

「ただの言い回しだよ。あいつ可愛いから、ついいじっちゃった。可愛いだろ？」

「そこにはすっごく同意します」

「あんた、面白いね。ところで……噂はこんなド辺境まで流れて来てる」

ロックはテラの姿をしげしげと見上げた。今日のテラの船用盛装《デッキドレス》は草色と山吹色のふんわりしたヴィクトリアンスタイル。狭いので伝統の尻盛り《バッスル》は省略しているが、ウエストは思い切り絞ってあるからおっぱいも骨盤もくっきりだ。「ま、座ってくれ」

ロックは属員のリニアに合図してから、テラをテーブルに誘った。立ち並ぶ飲み物のチューブの中からちょうどいいアルコール分のものをテラに選ばせ、リニアが持ってきた籠に山盛りの封密食のパッケージを勧めて、ここの胸の前のファスナーから取りこむんだ、とやってみせた。

「ご覧の通りの不便な場所でね。今はリニアがいるけど、昔はオレとあの子の二人きり、娯楽と言ったらカヤックだけ、客や滞在者はせいぜい年に数人、しかも二Gで寝起きも大変っていう、偏った環境で育てちまった」

ジェルの中に広がるロックの髪は黒い扇のようで、眼差しは五〇〇〇年代の伝説にある生物宝石・シンジュのように艶っぽい。年齢は三〇代以上のはずだが、小柄なこともあって、「不詳」だとしか言いようのない年ごろに見える。その端正で清雅な容貌から、あけすけで野性的な言葉がぽんぽん飛び出してくるのは、食い違いの度が過ぎて、逆に爽快の域に達していた。

「まあわかるよね。初潮のころからゴタゴタしだして、結局大げんかして逃げられた。そこで普通のやつなら考えるだろうな、『どうしてそうなった』って。だからちょっと言っておきたいんだが——」

「お母さまが、ゲンドー氏の古いおうちなんですよね？　ひょっとして、初代マギリから続く」

ロックが初めて、目を丸くした。静かな口調で言う。

「……それは誰の考え？　ハイヘルッ？」

「え？　ああ、うちの族長さんは関係ないです。関係あるのはエンデヴァの書庫ですね。古い資料がたくさんあって、ダイさんがそこに何度も来るうちに、いろいろなことを突き止めて教えてくれたんです」

「へえ。どんなこと？」

そこでテラは話した。周回者《サークス》の初期に抹消された事実がいくつかあったこと。マギリとエダという変わった二人が活躍したらしいこと。昏魚《ベッシュ》の誕生にも関わっているかもしれないということ。

「で、過去のマギリがゲンドー氏で、今のダイさんもゲンドー氏で、今のゲンドー氏が奪還隊まで送ってきたぐらいですから、わかりませんけどダイさんのおうちに何かが脈々とあるのかなと思って。ってお母さま!?」

話の途中でピット内のロックが、ごばっとカクテルを噴き出してむせたので、介抱しようとして手が伸ばせなくて、テラはおろおろした。リニアがすかさずロックの側面ファスナーに手をかけたものの、大事ないと見たかすぐに下がった。

「げっほげほ、何、奪還隊!? 来たの？ あんたらに」

「来ましたよ。でも追っ払っちゃいましたけどね」

「どうやって!!」

「バンバーンって。こう」

テラが笑顔でポンプアクションの仕草をすると、ロックは唖然と、リニアは感心した様子で、顔を見合わせた。

「よその氏族ってみんなこうなのか？」「いえ、よそでも普通は怖がります。この方が特別なのでは」

「エンデヴァじゃ普通ですよ」言ってから、少し心配になる。「あの、奪還隊ってそんなにすごい人たちなんですか」

「すごいというか、しぶとい。やつらとガーガーやり合ってるうちに、こっちもこんなにやさぐれちまった」

「ロックさんのは半分は地《じ》でしょう」

リニアが口をはさみ、ロックが答える。

「そんなことはねーよ八割はやつらのせいだよ」

「だとしたらカンナさんにあんなに濃厚に受け継がれませんよ」

「あれはほら、オレがやつらとやりあってるのを横で聞いて育ったから」

「私も横で聞いてますけど、別に移ってません」

リニアは澄ました顔でやりこめる。彼女はテラほどではないが背丈のある美人で、やや近寄りがたい雰囲気はあるが、ロックと親しいようだ。しかし、属員だというが、普通の人間がこんなところに勤めに来るわけがない。

あの、と聞いてみる。

「失礼ですけど、リニアさんはどういう……？」

「ああ、この子はカンナと逆。新星氏《シンチン》から『フヨー』に入って、そこで幻滅してこっちへ来たんだ。ここが気に入ってんだって。あんまり怖がらないでやってくれ、ちょっと愛想がないだけなんだ」

ロックの説明に、リニアは特に付け加えることもなく目礼した。彼女は彼女で、また入り組んだ身の上があるのだろう。

「でまあ、話を戻すと、だ」ロックは髪を長々と手で梳くと、にわかに真面目な顔になった。「テラさん。感謝するよ」ピット越しにテーブルに手をつく。

「は？　何がですか？」

「あのへそ曲がりを好いてくれてるみたいだっていうことと、もうひとつ、こっちのほうが大事だな。カンナにずっとカヤックをやらせてたのは、あの子がいつか出ていくだろうってわかってたからよ」

「カヤックっていうのは、あれですか。上の塔にくっついてた小さな飛行機？」

テラが頭上を指さすと、ロックはうなずいた。

「そうそう」

「あっ、ダイさんがあの歳で、航行時間九五〇〇時間なんていうベテラン並みの記録持ってるのは、もしかして……？」

「そう、あれでガキのころから一日に何時間も飛び回ってた。時にはここから出てってまる三日以上も」

「危ないじゃないですか！」

「何を言うかね」形のいい白い鼻を、ふふん、とロックは突き出す。「危ないことはやめましょうねなんて言って、あいつ、聞く？　テラさん」

「……聞きませんね」渋い顔でテラはうなずく。「『は？』で終わりですね。私にも言います」

「まあ、危ないのを放置してたわけじゃないよ。あのカヤック、構造材にマイクロ真空球が埋め込んである絶対浮上機だから。一センチ刻みに分解しても落ちない。むしろ、上の圏界面に貼りついちゃって、降りられなくなるのがしょっちゅうだった。それで仕方がないから交通機で助けに行くんだが、あいつ絶対泣かないのね。飛行食《ペミカン》ちまちま食い延ばしながら何日も一人でいたのに、全然平気。こっちの顔見ても、追い付かれたか、みたいな不満そうな顔すんの」

テラには苦もなく想像できた。暗い赤紫の空に一面の星が広がり、どこかの氏族船が高みをゆっくりと横切っていく、高度五万メートルの夜。幼いダイオードは窮屈なカヤックの座席にすっぽり収まって（今印刷しているような可憐な船用盛装《デッキドレス》はまだ作っていなかっただろうが）、無限に続く滑空の中にいる。どうやってこの空の上へ上がろうかと考えて、フルエレメントの軌道計算をしている。

あるいは、まったく逆かもしれない。高い高い空から、雲平線まで半径三〇〇〇キロにも及ぶＦＢＢでの視程圏内を見渡して、あちらの変わった雲を、こちらの昏魚《ベッシュ》の群れを、つぶさに眺めていたのかもしれない。

そんなことをしたがるダイオードという娘は——そう考えたテラは、出し抜けに、ダイオードの考えを自分がまるきり誤解していたかもしれないと気づいた。

「お母さま！　ダイさんが出て行くっていうのはもしかして、この測候船《ツナミ・サーチ》からではなくて――」

身を乗り出して詰め寄ると、いくらか酒の入ったロックは、端正な顔に艶っぽい薄笑いを浮かべてささやいた。

「あんた、いいな。カンナの嫁にするにはもったいない。オレとここに住まない？」

ダイオードの部屋に向かうと、中へ招かれてから、とても気まずそうな顔で謝られた。

「本っ当ーーーーにすみません、テラさんの前であんなにぎゃんぎゃん喚いて。母の前に出るとついカッとなっちゃうんです、とにかくなぜか我慢できなくて」

「私も母とケンカしたことがあるからわかります。どうしても耐えられないことってありますよね。どっか行っちゃえって言ったこともありますし」

「ですよね、ほんと親のほうがどっかへ行ってくれたらいいのに」言いかけて、ダイオードは壁の虫を叩くような勢いで、パチンと自分の口に手を当てた。

「あの」

「はい」

「ごめんなさい……」

「はい。私、ちょっとうらやましいなと思って見てました。もちろん、ダイさんはダイさんでお母さまを許せないところがあるんでしょうから、好きになれなんて無理強いはしません」

「でもごめんなさいいい！」ダイオードがピットをくっつけて、境の透明壁に手を当ててきた。真顔でじっと彼女を見ていたテラはじきにぷっと吹き出した。

「いいですって、そんなに謝らなくても。前にも言いましたけど、もう六年も経ってますし、うちには伯母もいますしね」

「はい……」

「でもちょっと意外でした。ダイさんってお母さまのお香、愛用してたじゃないですか」

「そう説明してましたけど、まさか本人のところへ舞い戻る羽目になるとは思ってませんでした」ダイオードがまた顔を背けて言う。「話すと超長くなるんですけど、女学校時代に香料だの香水だのが死ぬほど流行った時があって、そのときいろいろやりすぎた反動で、昔の家の匂いに落ち着いたってことです」

「ダイさんの経歴って聞けば聞くほど面白いですよね」

ダイオードは顔を手で押さえてよろよろと部屋の隅へしゃがみに行ってしまった。

「ここほんっと苦手です……ろくなことが起こらない」

「なんかごめんなさい、いじめるつもりはなかったんですけど」

ダイオードはプライドが高いくせに打たれ弱いし、自分のテリトリーにこだわるところがある。気を利かせたつもりでテラは言う。

「じゃあ私、ちょっと出てきますね。お母さま方から、上に来ないかって誘われてるので」

「は？　上に？」

「ええ、Eストームは特異事象だからって」

測候船《ツナミ・サーチ》は自動装置で気象情報を収集して、周回者社会《サークス》に発信し続けているが、特異的な事象に注目する権利は常に人間が持っている。ラウンジでの談話後、オレたちは上の気象台で外を見てくるから、とロックたちが席を立ったので、テラはこちらへ来たのだ。

「ここから嵐がどんな風に見えるか、見てきます。部屋もあるって聞きましたし――」

「ダメです」

それまでの流れをぶち切って、言下にダイオードが禁止した。

「え？　向こ」「ダメです、行っちゃいけません。ええと、気象台の計測装置群の操作と動作は複雑怪奇で非常に危なく素人のテラさんの体が心配なので、二人に任せてください。ここにいてください」

重ねて厳重に禁止された。ものすごく不自然ではあったが、ダイオードがそこまで言うなら何か理由があるんだろう、とテラは承知することにした。

「わかりました。じゃあお言葉に甘えます……けれど、これ、ピットを出ていいんですか？　なんか家具がありますけど……」

改めて室内を見回した。窓はないが、なんだか濡れているような机や棚のいくつかと、ゼロG船のような壁掛け型ベッドが残っている。ダイオードが昔使っていた部屋というか、部屋の遺跡のような場所らしいが、ピットなしで暮らしていたように見える。

「いえ、ピットは入ったままで。こうなってるのは、普段は船全体にジェルを満たして暮らしているからですよ。今はお客さまだから生活ピットになってるんです。初対面の人と同じ液体の中で呼吸したくないですよね」

「ああ、そういうこと……」

赤んぼのころから家出するまでの十数年、どうやってピットで暮らしていたんだろうという疑問が解けて、テラは納得した。

夜が来た。

明かりを消すと、唸りが聞こえた。大きな笛と小さな笛。波のような強弱を伴って呼びかけあっている。岩石塔のまわりで惑星の風が渦巻く声、なのだろう。無動力で浮遊し続けるだけの測候船《ツナミ・サーチ》独特の環境音に違いない。礎柱船《ピラーボート》に乗っているときは、エンジン音のほうが強いので聞こえたことがなかった。

さらに注意すると、六秒ほどの周期で部屋がゆったりと揺れているのが分かった。ピットのジェルが、たぷん、たぷんと波打っている。大きな塔の形をした測候船《ツナミ・サーチ》そのものが揺れているのだろう。

礎柱船《ピラーボート》では感じたことのないその揺れは、思いのほか、心地よかった。

「眠くなりますね……」

テラがささやくと、「そうですか？」と、当然のようにすぐ返事があった。

「怖くないですか？」とダイオードが続ける。

「……なにが？」

「落ちるのが」

「下へ、ってことですか？」

「はい」闇の中から声が流れてくる。「私は、怖いです。落ちるのが」

「そうですね。怖いかと聞かれれば、私も怖いです。今日も怖かった。もし噴出物《イジエクタ》が正面からドーンと来てたらと思うと……私もダイさんも、今ここにはいませんね」

「子供のころにダストシュートのゴミを見ていました」ダイオードがささやく。「ここの中心孔は底抜けで、投棄したものをガラスの床からずっと見ていられるんです。落としたものはくるくる回りながら、ずっと、ずっと、ずぅぅぅっと下まで小さくなって、もやもやした青や黒に呑まれていくんです。私、何度もゴミを落として眺めました。――あれって、最後はどうなるかわかります？」

「気圧で潰れちゃいますね」

「そう習いますよね。私が三歳のころにも人が落ちて亡くなったって聞いてます。でも、それって……どんな感じなんでしょう。もし人間が落ちたら？　手や足が、ぎゅっと締め付けられる？　息が詰まる？　目玉がつぶれる？　肺や心臓やお腹が――」

「ダ、ダイさんストップ。具体的なのは、ちょっと」

テラがあっさり音を上げると、ダイオードがかすかに笑った。

「苦手ですか。ごめんなさい」

「想像しちゃって……」

「でしたね。私もちょっぴりわかります。ここにいる間ずっと、落ちるのが怖かった。――だから、逃げたんです」

テラは闇に目を向けた。ロックとの話で言いかけたことを、確信していた。

声が送られてくるほうの内壁に手を当てる。

「ダイさんは、星外に行きたいんですね？」

息を止める音がした。

「――どうして？」

「いろいろ。フルエレメントを要求するのは、FBB以外の星でも船を飛ばすための、練習かな、とか」

「……」

「ダイさんはここを出て、捕まって『フョー』の女学校に入れられて、そこも出て私のうちに来てくれましたけど、それでも満足してないんですね？　いつか、もっと遠くへ行くつもりなんですね？」

言ってからテラはハッとした。ピットの樹脂壁に当てている手が柔らかく押し戻された。ほんのりと温かくなる。向こうからも手を当てている。

「これは逆説ですけど、テラさんって怖がりじゃないと思うんですよ、誰よりも」不思議なことをダイオードは言い始める。「なんでかって、テラさんはとてつもないデコンパですから。飛べる形を百でも千でも思いつくんですから。いつもいつも、あなたが次から次へと作る形を目にすると、私、泣きたくなります。なんでこんなに出てくるんだろうって」

「ダイさんは操縦がすごくうまいじゃないですか――」

「それはそれだけのことです。私が言ってるのは、単にテラさんに才能があるってことだけじゃないです。テラさんにそれだけ思いつくなら、宇宙全部ならどれだけの飛べる姿があるんだろう、ってことです」

テラは息を呑んだ。ダイオードは静かに言った。

「億とか兆とか、それ以上でしょう。――なのに、そんなに広い宇宙から切り離された周回者《サークス》の中で、さらに切り離された測候船《ツナミ・サーチ》で育てられた……」

「お母さまの苦労は、もうわかってますよね」

とテラが言うと、

「わかってますよ」

とあきらめたような答えがある。

「ここでなければ、私は『フョー』の中で、外に出ようとすることすら思いつかない、優しく可愛い小鳥に育てられたんでしょうね。だからやつを、じゃなかった、母を恨むのはやめる……ように努力はします」

「ちなみに、聞いていいですか？」

「どうぞ」

「『フョー』で、星外へ出たいと言ったことはないんですか？　女学校時代とか……」

沈黙。首を何度も横に振っているらしい。

「言う必要もありませんでした。ファット・ビーチ・ボールは周回者《サークス》が宇宙の果てに見つけ出した楽園。誇りをもって開拓し、未来へつなげるっていうのが、ゲンドーのスローガンでしたから」

「ああ。よそへ行きたいなんて言ったら、敗北者、負け犬扱いですか」

「マッケーヌって誰なのか知りませんけど、そういうことです。……エンデヴァ氏では、そこはどうなんですか？　脱出は」

「あまり話題に上りません」テラは苦笑気味に答える。「それなりに居心地がいいので、出て行く気にならないんでしょうね」

「……テラさん自身は？」

尋ねる前に少しためらいがあった。そしてテラは、別のことにも感づいていた。

ダイオードがなぜ、大会議《バウ・アウア》に合わせて母船を脱出したのか、に。

「ダイさん、もし――ですよ」

言いたくないと気付いたが、今さら止められなかった。

「大巡鳥《ターシンニャオ》に乗れていたら、そっちを選んでました？」

ダイオードは静かになった。

待っても答えは来なかった。きっとそれが答えに違いなかった。テラはそれ以上聞くことがなくなってしまい、ジェルの中で体を丸めて、眠ろうと努めた。

吹きすさぶ風の声と穏やかな揺れが九〇分続いた後で、奪還隊がやってきた。

11

窓ガラスが粉々になりそうなアラーム音とか、ずどん、とベッドを揺らす振動などはなかった。そもそもガラスもベッドもない場所なので、襲撃の形態は「アイダホ」のときとはかなり異なった。

「テラさん！　カンナ！　起きろ、今！」

叫び声を聞いたテラとダイオードは、同時に目を開けて明かりをつける。ピットとピットの間で肉声は届かないから、会話は最初から通信機経由だ。そこに、ロックが割りこんできた。

「奪還隊が来やがった、逃げろ！　船を出せ！」

「ほ、本当ですか!?」

テラはまずファストマスクを手探りし、それはないのでショットガンを手探りし、それもないのでおろおろして、ダイオードにピットごと蹴とばされた。

「テラさん目を覚まして。ロック！　敵はどっち？　上か下か！」

「上だよ、気象台にロープ降下《ラペリング》された。昔ながらの筋密服の連中がひと山だ。こっちは今資材庫に立てこもってるから、孀婦岩の上半分を吹っ飛ばされない限りは安全だ。そんなことより、やつらの狙いはおまえらだ。さっさと逃げろ！」

「見捨てていいってこと？」

「いつからそんなに偉くなった？」嘲笑に続いて、少しだけ穏やかな声。「ま、嬉しいよ。今度また遊びに来て」

「――風向きがよければ」

ぶっきらぼうに言ってから、ダイオードはテラを見て罵った。

「何ににこにこしてるんですか、退避ですよ脱出！」

テラのミニセルにリニアからの着信があり、見れば船内有線通信のパスコードだった。脱出の手助けということらしい。「カンナさんを大事にしてあげてください」とメモがついていた。彼女とダイオードのあいだにも過去に何かがあったのだろう。

「リニアさんありがとう、お母さま、お元気で！」

部屋を飛び出して階段を降りようとしたが、先を行くダイオードが踊り場で急停止した。

「やつらの手口はわかってる」とつぶやいて振り向く。

「今回は素人だと思ってナメてないはずです。上から来たなら、下で別口が罠を張ってます。上へ行きましょう」

「それ単に敵につっこむんじゃ？」

「ですから、別ルートで」

別ルートはダストシュートだった。子供のころのダイオードが恐怖に魅せられてゴミをぽんぽん落とした縦穴に、途中からピットごとぐいぐい入り込んで、「ダ、ダイさん、これほんとに怖いですね……！」「上だけ見て下さい、私のお尻だけ！」排水溝に詰まったスライムが自力で遡《さかのぼ》っていくみたいに、よじ登った。

ダストシュートは船体を貫通してマスト最上階の望遠鏡室まで届いていた。出てみると幸い敵はいなかった。観測窓からこっそり下を見たテラは、場違いにもくすりと笑う。

「来たとき思ったんですけど、この昏魚《ベッシュ》型の吹き流しがちょっと可愛いですよね」

「それゲンドーの国旗ですよ」

「コッキってなんですか？」

「さあ？　謎の伝統です。そうやって出しておくと忠誠心があると誤解してもらえるんですって」

「でも奪還隊きちゃったじゃないですか。効き目が切れたんですかね……」

吹き流しの下を見ると、一階下の灯台室に小型の武装シャトルが接舷していた。そこから下へ向かったのだろう。

「うえ……武器がついてますね。あれって、もう私をやっちゃうつもりですよね。価値があるのはダイさんのほうなんですから」

「やらせませんよ。テラさん、礎柱船《ピラーボート》を呼んでください」

「無線届くかな？　妨害とか傍受されてません？」

「有線で。下の桟橋にもやってありますよね。たぶん制御線もつながってるはずなんで、探してみてください」

なるほどこのための有線かと感心しながら、テラはミニセルを埋め込んである左手をピットから出し、望遠鏡室の壁に押し当てた。どこの建物にも壁内通信回路は走っているものだし、ここの壁はAMC粘土製だった。ということはパスさえあれば、どこにでも有線通信がつながる。

一〇秒も経たないうちに、ミニセルがずっと下にいる船を探し当てた。

「よーし釣れた、こっちへ来い!」

船機は簡単な命令なら聞き分ける。停泊のために、一番横風を受けにくい球形にしてあった礎柱船《ピラーボート》が静かにジェットを噴いて上がってきた。と、その下からもう一機、シャトルが接近してきた。やはり待ち伏せていたらしい。

「のんびり移乗してるヒマはないですね、テラさん、ジャンプで!」

「ええええ、落ちるの怖いんじゃなかったんですか!」

「捕まるよかましです」

測候船《ツナミ・サーチ》の側面に沿って上がってくる自船めがけて、二人は観測窓をぶち破って飛び降りた。泡のようなピットに入ったままだから、水素とメタンの大気の中でも窒息する恐れはない。

が、滑って落ちれば一巻の終わりだ。二G強の加速度で勢いよく空を切るあいだ、テラは生きた心地がしなかった。

「うひぃぃぃ……!」

ずぼっ、という軟質の着地感とともに、慣れている礎柱船《ピラーボート》の船内に収容されると、ほっとした。

生活ピットから操縦ピットへ。ぬるぬるしたトンネルをぐるような移乗プロセスに、テラがまだうひうひ言っているあいだに、前部ピットではVUIがひとつだけ点灯するとともに、鋭い号令が響いた。

「前部ピット・リフトアップ！　ランナウェイ！」

どう、と凄まじい加速度がかかって、テラはピットごと船内後部まで転がりかけた。ロックたちの立てこもる岩の塔の半面を猛烈な噴射で焦がしながら、礎柱船《ピラーボート》は上昇を始めた。

「ダーイーさーん！」

「早く後部リフトアップしてくださいよ」

微調整も推力配分も考えないままの全開噴射だった。当然、船は今あるだけのノズルから、無駄な噴射を各方向へ盛大にまき散らしつつ、合成推力の矢印が指す、あさっての方向へ飛んでいく。仮想スロットルパネルを左右にずらりと開いたダイオードが、各ノズルの調節に取りかかる――かと思いきや、右手の届く範囲のスロットルを、全部まとめてザラッと下げたので、テラは仰天した。

「何を――」緊急回避に決まってる。

そこで悲鳴を上げたり身を守ったりする前に、精神脱圧《デコンプ》してのけたのは、テラ・テルテの面目躍如というべきか。瞬間的に船を扁平にして、噴射で右へと滑るのを助けた。今避けたばかりの空間を、きらめく光の雲が駆け抜けていった。

「ほんとに撃ってきた」

ダイオードが顔をしかめる。テラはさらに船全体を想念でつかんで、高速・高機動の楔型に引き延ばそうとしたが、腹の中のごろごろしたものに邪魔された。昨日の獲物の昏魚《ベッシュ》だ。なんとまだ生きているらしく、船を変形させてくれない。縦になってほしいのに、横にごろんとつっぱっている。

仕方なく、浅海惑星セントミカのエイのような、半端な平たい形状で我慢した。

多周波魚群探知VUIを並べて後方の状況を確かめる。夜間用増光映像では、孀婦岩《ソーフィワー》ははるか後方の点になった。その手前に菱形がひとつ。こちらに黒々とした砲口を向けた武装シャトルだ。砲口が光った、と思った瞬間、こっちも避けた。ダイオードが後方映像をしっかりにらんでいる。続けて二度攻撃を避けてから、今度は高機動で振り切ろうとしたが、これは失敗して後ろを取られ続けた。

それらの事実を分析した。相手の発砲から着弾まで数秒かかっているので、武装はレーザーや粒子砲ではない。おそらく実体の散弾だ。正確な威力はわからないが、口径から考えると、一撃でこちらを沈めるほど強力ではない。せいぜいノズルを壊したり粘土を削ったりする程度だろう。最終的にこちらが失速して落下を始めたら、接触して捕まえるつもりなのだ。

機動性能ではこちらが負けている。いくら変幻自在のデコンプができるといっても、所詮はうすらでかい漁船だから仕方がない。逆に大出力での直線最高速では勝っているが、今は大気が汚くて思い切り飛ばせない。砲撃を避けながら粘るしかなかった。

「メイディを打ちます。ゲンドー氏は無理でも、氏族の半分ぐらいは助けてくれるはず」

「Eストームの後ですけど、電波通ります？」

「え？　ああああ、マイクロ波帯のお天気が最悪です！　こんなときに……！」

「こんなとき、だから襲って来たんでしょうね」

大気中の塵埃のせいで、飛行環境だけでなく通信状態も極めて悪くなっていた。奪還隊が襲ってきたのは、この通信不良のおかげで、誰にも知られずに誘拐できると気づいたからだろう。

「もろもろ考えてだいぶ不利ですね」テラは覚悟を決める。「後ろに頑丈な盾を作ります」

「待って、それじゃ遅くなる。それよりあっちへ」

テラの提案を遮って、ダイオードが手元のVUIを一枚、後ろへ投げてきた。それを見たテラはうなずく。昨日テラが作って渡したファイル——クロスジイカの漁獲戦術計画だった。

「障害物の群れにまぎれ込みましょう」

「いいですね！　昏魚《ベッシュ》には悪いですけど……」

礎柱船《ピラーボート》は急旋回し、「左の目玉」の壮大な分厚い雲の壁へ入っていった。

クロスジイカは大型の昏魚《ベッシュ》だ。小さくても一五メートル、成長した個体では六〇メートルにもなる紡錘形の生物で、先端の眼球をぎょろつかせ、筋肉質の触手を何本も引きずって飛行している。同じく大型のバチゴンドウとの違いは二つ。ひとつは口が前方ではなく後方にあることで、このために西暦時代《アンノ・ドミニ》のよく似た生き物、イカの名で呼ばれている。

もうひとつの違いは、水平方向にあまり動かず、垂直方向に大移動することだ。高度八〇キロの高積雲上からマイナス一〇〇キロ以下の中層までを、浮沈子のように上がったり下がったりしている。そのため水平移動型の昏魚《ベッシュ》とは全く異なる漁法が要求される。なお、知られている範囲では知能はないとされる。

そのクロスジイカの生息範囲へ、礎柱船《ピラーボート》は再び、敵船は初めて、雲を破って飛びこんだ。

一帯には青黒い雨が降っており、ほぼ真っ暗な空間だったが、一瞬、雷光が閃いて、すべてが白く照らされた。見渡す限りの土砂降りの中に、遠く、近く、大小の宇宙船に匹敵する直立紡錘形が、空間にピンで留められたみたいに何十体も静止しているのは、壮観だった。

テラは歓声を上げる。

「わう！――増えてますね」

「なんでしょうね、この辺はクロスジの避難所なのかな。んっ！」

ダイオードが闇に目を凝らして、素早く船をロールさせた。すぐ横を大きな重いものがかすめた。また雷光が閃き、さっきと違う高さに昏魚《ベッシュ》たちが縫い留められた。目の中の残像は静止しているが、実物は常に動いているのだと、二人は思い知った。

「後ろは？」

「来てます――」

高速、視界不良、障害物。ダイオードが前方に全神経を集中しているのを見て取って、テラが後方を監視する。いる。不規則な電光があたりを照らすたびに、クロスジイカの群れの中に、ひとつだけそれとは違う菱形が見え隠れする。こちらを見失わず、イカに衝突もしない。いまいましいことに、向こうのパイロットもかなり腕がいいようだ。

「ついて来てます、引き離せない！　これレーダーと可視光以外でも見てますね」

「しぶといですね。んーまあ、エンジン噴いてる限り、熱をばら撒いちゃってるわけですが……」

「そだ」

テラはポンと手を打って、気息を整え、また精神脱圧《デコンプ》した。核融合エンジンのすべてに、ちょいと穴を空けて――。

「なんか出力落ちましたよスロットルがスースーする、テラさん何やってるんです⁉」

気味悪がって悲鳴のような声を上げたダイオードを、「大丈夫です！」とテラはなだめる。

「インテイクを作って排気に冷たい外気を混ぜました。後ろから見たときの熱反応が、だいぶ小さくなると思います！」

「そんなことができるんですか？」

「まだある！　もう一個思いつきました！」

続けて船体両舷を大変形。網を編むのに似た要領で、薄い袋をいくつも広げる。空気を孕んで膨らむ袋に、得意の細いリブとストランドを張り巡らして、中身からっぽのままで外見だけを成型する。十分に育ったやつから、ぽこぽこと切り離す。

見守っていたダイオードが、はふっ……と息を呑みこんだ。

「すごい……」

礎柱船《ピラーボート》のまわりに、同型の礎柱船《ピラーボート》がもう四隻、押し出された。それも出しっぱなしではない。一隻は上下のドルフィン運動を行い、一隻はぐるぐる回り、一隻はせわしなく左右に跳ね、最後の一隻は——慎重に直進し、イカが近づくと巧みに回避した。テラたちの本船よりも、本物らしく。

それらすべての張りぼてを、姿を隠した本船から送り出した操作ワイヤーで、テラが操っていた。

「クローン作戦です！」

明らかに敵船の動きが乱れた。偽物一号を追い、三号に切り替え、二号を狙ったかと見ると、四号に突進する。その進路に五〇メートル級のクロスジイカがヌッと割りこんだ。たまらずに敵は急旋回する。

「あっは、テラさん、テラさん」ダイオードがやけくそ気味に笑い出した。「最高です、あなた本当に最高です。あはは……！」

「ふへへ、ですか？　ですか？　ぎゃお！」

調子に乗ったテラの目の前で、三号が破裂した。

雷とは違う光弾が後ろから走って、突き破ったのだ。続いて幅の広い光雲がむやみやたらと船体をかすめ始める。敵が砲の絞りを開いて弾を散らし始めた。

「ああー、小細工はダメでしたか……」

「いえ、よかったです、やつらに弾を無駄遣いさせてます。その調子でお願いします！」

「はい！」

死闘になった。

雨と塵埃、雷と異星生物。白と黒、しぶきと蒸気がほとばしる空間を、ダイオードは操縦技術の限りを尽くして逃げ回った。旋転、反転、横転、後転。一六万トンが横滑りしてクロスジイカの間を縫い、船体中に穿ち並べたOMSノズルから、イルミネーションのようにきらびやかな炎を明滅させて、ダイブとホップを繰り返した。

テラは偽物を巧みに操り続けた。撃たれてもいい、むしろ撃たせようと思って始めた作戦だが、ハリボテとはいえ粘土の消費はゼロではない。こちらへのまぐれ当たりもありうる。慎重に操作するに越したことはなく、残りの三つを左右に曳いて、時には囮に、時には威嚇にと、即興で可能な限りの複雑さで振り回した。

鬼ごっこの終わりは、唐突に、予想もしない形で訪れた。

逃げ続ける礎柱船《ピラーボート》の周りで、突如数体のクロスジイカが穴だらけになった。ゆるゆると真っ黒なガスをこぼしながら沈んでいく。敵船が業を煮やして昏魚《ベッシュ》を巻きこみ始めたのだ。

テラは少しだけ顔をしかめてささやく。

「イカさん、巻きこんでごめん」

「まあ私たちが言えた義理じゃないです」

そもそもそれを狙ってここへ来たのだ。二人のつぶやきはただの間投詞以上のものではなかったが、その次に口から飛び出したのは本物の驚愕だった。

「テラさん、あれ！」

「え、なんで？」

手近のイカが一頭、その先端を敵船に向けて突進したのだ。

敵船も驚いたはずだが、さすがにやられはしなかった。素早くかわして、そいつに散弾を叩きこむ。しかし、それはまずい行動だったらしい。

次には周りじゅうのイカが先を争って敵船に殺到し始めた。後ろから前から横から、体当たりを繰り返す。

「クロスジイカってあんなことするんですか⁉　てか、あんなに動けるんですか⁉」

「知りません、私も初めて見ました。撃たれると怒るのかも」

「なんで？　私たちが漁を仕掛けたときは、全然無反応でしたよね？」

理由はわからないが、イカたちは武装シャトルに本物の敵意を抱いたようだった。激しい体当たりを続けてアンテナをへし折り、レーダーを砕く。

「振り切れないですね。あ、触手がからんでるのか。あ、あ……砲も折られてる……」

緩く旋回する礎柱船《ピラーボート》から、イカの群れに取り囲まれた敵船を眺めて、テラがはらはらしていると、ダイオードがぼそっと言った。

「助けたいですか」

「……え？」

「テラさん優しいですから、あれを見捨てたくないんじゃないですか」

馬鹿にしているのかと思いきや、ダイオードの目つきは穏やかで、心なしか同情的ですらある。しかし、テラはあえて気力をかき立てて、首を横に振った。

「いいえ。ダイさんを連れ戻そうとするやつらなんて、許せません。ほっときましょう、まだ隠し玉があるかもしれませんし」

「……無理しちゃって」

「はい？　うわ」

ぐるっと礎柱船《ピラーボート》が急旋回した。イカたちに絡みつかれてボールのようになっている、敵船の少し上を狙った進路を取る。

「あなたに強面《こわもて》ぶりは似合いませんよ。かわいそうだと思ったなら素直にそう言ってください」

「ダイさん」

「残ってる偽物で、クロスジの群れをかき回してみてください。やつらに運があれば、その隙に逃げられるでしょう。……まあ、主砲が折れたんですから、引き揚げますよ、きっと」

「……すみません！」

偽物はさらに一隻やられており、残りは二隻だった。テラはその二隻を本船の右下と左下に引き下ろす。そのまま敵船の至近を通過すると、片方の偽物がイカ玉のふちを引っかけて、バラッと解きほぐした。空いた隙間から、ボッと噴射炎が見えた。

「どうですか？」

「効きました、でもまだ！」

「もう一回か」

ダイオードが再び礎柱船《ピラーボート》を旋回させる。テラは残り一隻の偽物を真下に持ってくる。ここでさらにデコンプして、礎柱船《ピラーボート》の下面をより分厚く硬く強化した。ダイオードが無茶を承知で救助に同意してくれたのだから、その彼女を敵の不意打ちなどで危険にさらさないように、念を入れたのだ。

「行きます！」

礎柱船《ピラーボート》がぴたりと進路に乗った。敵船、いやもう遭難船になりかけているシャトルに向かって突っ走り、その目の前に数頭のイカの群れが、木の実のように固く丸めた触手を振り上げて。

☆　☆

（名前は？　あなたの名前を言えますか？）

（……てら・いんたーこんちねんたる・えんでぅぁ）

（ここがどこかわかりますか）

（ふぁっと・びーち・ぼーる……くもの、なか。いかがたくさんいる……そーふぃわー…

…じぇるの、におい)

バシッ!

敏感な左手の指先に電撃を食らって、テラはハッと覚醒した。目の前の女医が質問する。

「私が誰かわかりますか」

「お、応急処置アバター! 船機、緊急定位モードを解除、乗員操作に復帰して!」

叫び返すと、ひとつうなずいて医師は消えた。事故や発作で乗員が失神したときに現れる、対話用の虚像だった。後にはどす黒い闇が残った。

テラは呆然とする。気絶していたことにもだが、その瞬間の記憶がないことにだ。よほど激しいショックを受けたに違いない。脳を袋詰めにされて搾られたような頭痛と、目と耳の奥を指で押されたような痛みがある。これは操縦ピットが圧縮されたり衝突されたりしたときに起こる水圧痛だ。

外の暗い景色はひゅるひゅると上に流れている気がする。体感重力も弱い。落下中だとテラは気づいた。船ごと落ちている。

「ダイさん! ダイさーん!」

呼んでも返事がなかった。テラはぞっとした。

――どうなった? ダイオードは? 船は? 敵船は?

礎柱船《ピラーボート》で飛んでいるときにペアが消える理由は、二つしか考えられなかった。

一、なんらかの理由でペアが瞬間的に死亡した。
二、なんらかの理由で礎柱船《ピラーボート》が物理的に二分割された。
一を考え始めたとたんテラは悲嘆と吐き気に押し潰されかけた。障害物だらけのイカの巣を高速で飛び回っていたのだから、その可能性はある。あるいは敵船が最後の瞬間に何かやったのかもしれない。

ダイオードがすでに一センチ角以上の大きさで存在していない、あるいはダイオードが三八リットルのジュースになってAMC粘土に混ざりこんでいる等、不吉なエグい想像があふれ出しかけたので、テラは懸命に抑えこんだ。

――待った待った、その前に……！

まだ、呼びかけの方法はいくつも残っている。

船体外周に各波長のアンテナを作り直し、無線で識別波を打った。通常なら絶対使わない信号書式、自船から自船への呼び出し信号だ。

――インターコンチネンタルより、インターコンチネンタル。応答せよ。

すると、二秒もかけずにVUIに小さな星のマークが回転した。

『テラさん、テラさん!!』

テラは心からほっとした。

切迫した、だが聞き慣れた声だった。ここで返事があったということは、可能性二に当たる事故が起きたということだ。礎柱船《ピラーボート》はテラとダイオードのあいだのどこかで、まっぷたつになった。これは重大事故だが、最悪の事態ではない。そもそも礎柱船《ピラーボート》は割れても復元できる。

なぜ、どの部分でまっぷたつになったのかは、まだわからない。

『テラさん、生きてますか⁉』

「はい、生きてます！」はっきり答えたあと、次の言葉が出るまで、お互いに少しかかった。「泣く寸前でしたけどね！　けがはなし、軽い頭痛だけ。船は落下中。何が起きたかわかります？」

『泣かなかったのはえらいですね。無傷なのもよかったです。食らったのは——言わばイカパンチですよ』

「え？」

『ちょっと、説明は後にしましょう。こっちは船として無事ですから、救助に入ります。そっちは今すぐ開傘してください。敵船は逃げたので考えなくていいです』

緊張のにじむ、だが冷静な口調でダイオードが言った。あっはい、とテラも平静に応じる。そうやって、たぶん今知るべきでないことについて、知るのをさりげなく避けた。

ガス惑星の大気圏は底なし穴だが、一分や二分で人間を殺すほどせっかちでもない。自分たちがいたのは、確か対流圏の高度三〇キロあたりだ。大気抵抗を存分に利用すれば、一気圧線まで一時間、二時間という時間を稼げる。しかもその下には分厚い中層が続く。適切な行動を取れば、助かる見込みは十分にある。

テラは礎柱船《ピラーボート》に滑空形状への変形を命じた。これはプリセットがあって、乗員がわずかでもその意思を示せば実行されることになっている。

ばさりと翼が開き、ぐっと体重が増したが、事故前と同じほどではなかった。状況を読み取ったテラは顔をしかめる。揚力が足りていない。沈降が続いている。

「あんまり止まらないです」

『はい、レーダーに出ました——が、小っさ！　お風呂か！』

「ですね。これってピットだけになってますね、私」

思い出したように、光学補完した周囲の映像を船機が映し出した。

イカはいなかった。ただ見渡す限りに、黒っぽい焦粉《ベイク》の溶けこんだ雨が降り続く、真っ暗な雲の谷間だ。そこを時速八〇キロでゆっくりと落ちていく、たかだかバスルームていどの操縦槽が、テラのいる場所だった。

『もうちょっと大きな塊ならいいと思ってたんですけどね。——実はあの突撃の瞬間に、クロスジの触腕がちょうどテラさんのピットを打撃して、はじき出しちゃったんですけど、覚えてませんか？　一瞬だったからな』

「え？」テラは間の抜けた声を上げる。「ピットだけ？　そんなことあります？」

『捕まえたイカの触手パンチで、礎柱船《ピラーボート》が損傷を受けることはよくあるじゃないですか』

「エンジンやオッターボードがやられたってのは聞きますよ。でも、ピットを正確に狙うなんて聞いたことがないです」

『それを言うならさっきの敵船を襲っていたのも謎でした。あれに比べたらピットが殴られたっていうのは、ただの偶然の可能性もあります。まあその辺はどうでもいいです、大事なのはあなたに粘土があるかどうかです』

「ですよね」

AMC粘土は、礎柱船《ピラーボート》の燃料でありエンジンであり、電池であり電線であるほかに、翼と耐圧装甲にもなるという素敵な材料だが、その精製プラントは軌道上の氏族船にしかない。この場でいくら昏魚《ベッシュ》を抱えていても変換できない。

その残量を、船機が警告混じりに報告した。テラはうつろな笑い声を上げる。

「……はは、あとバケツ三杯分ぐらいだそうです」

『――救助を急ぎます』

ピットの周囲にこびりついている分だけ、ということだ。

ダイオードが少し早口になった。

状況は悪かった。

この時点で彼我の距離は五キロメートルほどだったが、焦粉《ベイク》を含む真っ黒な雨が視界を妨げており、すでに目視とライダーでは互いを捉えられなくなっていた。のみならず、ミリ波や赤外等の長波長探査手段も通じづらく、位置確認が困難になりつつあった。

この一昼夜で四万トン余りの粘土を消費して、残り一三万トンあまりになった礎柱船《ピラーボート》本体が追跡降下していた。しかし問題は船の形態だった。礎柱船《ピラーボート》は今日の追跡戦が始まった直後に、テラのデコンプで横幅の広いエイのような形になっていた。その形態は翼面としてよく働き、武装シャトルの追跡をかわせるだけの機動性を礎柱船《ピラーボート》に与えていたが、しかし誰でも想像できるように、急降下にはまったく向いていない。

それが苦労のもととなった。

ダイオードは船体を左右へ交互に傾け、大昔の空戦技術でいう木の葉落としをやって高度を削っていったが、それに対してテラのピットはほぼ垂直に落下しており、なかなか追いつけなかった。望ましいのは船が再びデコンプして空気抵抗の少ない形状になることだが、それができるデコンパは下方の雲中にいるのだった。

テラはテラで、さまざまな減速手段を試みてはいた。ピットにグライダー形状への変形を命じたり、クラゲ型になったり、二重反転翼を作って回したり。ノズルを作って噴射することも考えた。というか、それは一番最初にやろうとした。しかし船機の警告があったので取り止めた。ロケット噴射は気圧が上がるほど効率が悪くなるのだ。だいたい、ノズルで質量を噴いてしまったら後がないので、ロケット推進はこの状況で取るべき手段ではなかった。

最終的には、粘土を布と紐へ変形させて、最も軽い滑空手段、パラフォイルを作り出したが、これでも時速五〇キロまで落とすのがせいぜいだった。しかも風は下へ降りるほど強くなってきた。パラフォイルはしばしば型崩れし、なんとか立て直しても、すぐまた崩れた。ピットはどちらともわからない方角へ、どんどん流されていった。

「ふーむん、これはちょっとアレですね、難しいことになってきましたね」

テラは唇を舐める。二立方メートルのピットの外では、絵具箱の暗いほうの一〇色を、ごちゃまぜにぶちまけたような濁流が渦を巻き、絶え間なくピットを揺さぶりながら、一分ごとに圧力を増しつつある。

『テラさん、アーム出せます？　一〇ミリの棒材ぐらいでいいので』

ダイオードのアルトの声が届く。そのお塩を取ってくださいというときの、普段の落ち着いた口調と、まだ変わらないように聞こえる。

「何するんです？」

『網を撃ちます。着弾予測でネットを開くので、なんでもいいから振り回して引っかかってください』

「一本釣りされればいいんですね、おっけー」

発射キューが来た。極細ケーブルを引きずった二〇〇発の高密度シンカーが真上から落ちてくる。それはピットの一〇〇メートル上まで来たら破裂して網を開く予定のおもりである、とテラのＶＵＩには表示されたが、到達時刻になっても実際に届くことはなかった。テラのずっと上空で暴風に流されて散らばってしまったらしかった。

それとも、ダイオードがまるで見当違いのところへ撃っているのか。

『フェイル。もう一度いきます』

「はーい、お願い」

発射キュー、数分の待ち時間、そして表示されないＨＩＴの文字。

不協和音のチャイムが鳴って、外部一気圧が知らされた。これで三万メートル落下した。ここから先は船と大気の関係が逆転する。空気とジェルは外へ逃げようとするのではなく、中へ押し込まれる。とはいえ、まだぜんぜん問題はない。ピットは五〇気圧まで耐えられるし、礎柱船《ピラーボート》は二〇〇気圧だ。圧壊の危険はまだまったくない。時間はたっぷりある。

そう、テラはずっと自分に言い聞かせていた。

ダイオードが言った。

『テラさん、何か次の方法は思いつきますか』

「あの、申し訳ないですけど、孀婦岩《ソーフィワー》に連絡して、お母さまに助けていただくっていうのは……」

『これっぽっちも申し訳なくはないですが、通信が通りませんね。直通でも衛星経由でも、どこにも交信に成功してません』

「ですか。それに、あちらに残った敵のシャトルのこともありましたね。無事だといいんだけど」

『いまテラさんが他人の心配をしなくていいです！』

「あは」ダイオードの強い声に、テラは笑う。「じゃあ、少なくとも電波の飛ぶところまで、自力で戻らなきゃですね」

『そうです。まあ、ピットさえ軌道に帰り着けば船は復元できますから、無茶な手も考えていきましょう』

「うん、じゃあ……一応言ってみるけど、ダイさんは精神脱圧《デコンプ》できます？」

『うまくないです。一昨年受けた一般妄想具現試験、八点でした』

テラは百点満点を取ったことがある。

『デコンプはもちろん、選択肢に入れてます。でも、船がうまく変形せずに割れちゃう可能性が大きいです』

「割れたらまずいですねー。じゃあ、扁平形状のままで強めに動力降下」

『実はもうやってます』

VUIに転送された推進出力は四ギガニュートンだった。

テラはここで初めて、どっと冷や汗を流した。大気圏内降下で出していい数字じゃない。

強度比が近い比喩を用いるなら、ダイオードが始めたのは、もろい発泡樹脂製の薄板を足で蹴って無理やり水中へ沈めるような行為だった。

『こいつの制御がなかなかアレで。集中しなくちゃで。ちょっと精神脱圧《デコンプ》とは正反対のことやってますね』

「ダイさん、それだめ、それはストップ！　推力落として！」

『なんでそんなこと言うんです？』

「船主だからです！」テラは強く言い渡した。「一ギガまでにしてください！　でないと舵取り《ツイスタ》としてのアカウント、停止しますよ！」

『代替案が出るまではいやです』ダイオードも即答した。『こうしてないと追いかけられないんです』

二人とも一度も口に出していないことがあった。

彼我の距離だ。それは通信ラグの計測で明白なのだが、すでに二〇キロメートルを越えていた。縮まらず、離れていっているのだ。

息詰まるような沈黙に続いて、とうとう二人はきっぱりと宣言した。

『先に言っておきますけど、一人では絶対帰りませんからね』

「それはダメです、二人とも死んだら最悪なのであなた一人でも帰ってください」

そして地獄の縁の罵倒大会が幕を開けた。

『なんで最悪なんですか、心中いいじゃないですか心中。しますよ私。テラさん抜きで帰るぐらいなら無理でも下まで追っかけますよ。アカウント止める？　上等ですよやれるもんならやってみろです、やったら絶対この船爆破しますからね』

「馬鹿言うんじゃないですよダイさんは生きて帰るんです、『アイダホ』に帰ってモラ伯母さんやボーナスさんやディッシュクラッシュさんに報告するんですよ！　それにもちろんお母さまやリニアさんにもう一度会いにいって、怒鳴り合いじゃない話をきちんとやるんです。それからあそこを拠点にこの船でざっぱざっぱ昏魚《ベッシュ》をとって大儲けするんです！」

『はー何言ってんですかもうすでに発言ブレブレで動揺出まくりじゃないですか。アカウント止めるのかくれるのかどっちなんですかはっきりしてくださいよ、というよりそれもう本心のほうがブレてますよね。綺麗ごと並べて私を生きて返さなきゃいけないっていてただの義務感で言ってますよね。本心はどうなんだ本心は！』

「本心とかやめてくださいよ、今そんなのぶちまけたらパニクッて救助も何もなくなるでしょ⁉　本心、本心とか知るか、この状況でそんなん言えるかばーか！　帰れ帰れ！」

『あるんじゃないですか本心！　今言わないでいつ言うんですか、とっとと言えばいいんですよ、ていうか言わなくても全部わかってますからね？　テラさん私めっちゃ見てましたよね？　捕まえてごりごりぐりぐりするつもりだったでしょう、小動物みたいに！　小動物みたいに！　私あいうの女学校でさんざんやられて知り尽くしてんですよ、でかいやつは小さいのをもふりたいと常に思ってんだ！　いいですよ好きなだけもふらせてやりますよ嗅がせてやりますから、こっちへ来てもいいって言え！』

「くっ……ダ、ダイさんだって見てたでしょう、ただでっかい珍獣を見るってんじゃなくて、もっと何かこう違う感じで見てましたよね、私ちゃんと知ってますからね！」

『――えっ』

「ほら詰まった、はいダウト！　ダイさんは下心でうちに来てました！　あのですね、確かに私はそういうの知りませんでしたけど、何も気づかないほど鈍感でもないんですよ！　ダイさんが屋根裏にこだわったのって、我慢してたんですよね？　ほんとは下へ来て甘えたかったですよね？　その証拠に言いかけましたよね？　なんでしたっけ、むしろおっきくて柔らかそうなのって――」『っ待っ』「これでしょう！　おっぱいでしょう！　こういうの大好きなんでしょう！」

『なんてこと言うんですかあ!?』一度も聞いたことのない、悲鳴のような声が飛び出した。

『テラさんがそんなこと言っちゃダメですよ、言わないでください！　わたっ、私が？　テラさんの？　っぱいを？　どっ、どうしたいってそんなっそんなっ、どうもできるわけが』

「めちゃめちゃ動揺してますけど」

『しーてーまーせーんー！』

「してるでしょう、それで隙あらば触ってきたでしょう！　それにめちゃめちゃ聞いてきたじゃないですか、お嫁に行くのかって！　あれ絶対アピールでしたよね？　私がなんにも知らないと思ってきわどいとこ寄せてきましたよね？　わかりますよ知識なくても！　ダイさんきっと経験者ですよね？　私を試してましたよね？　全部わかってますからね、何か私の知らないことしようとしてたって！」

『やめて、やめてくださいテラさん、ごめ、謝るから』

「あとゴム！　あれ調べたら男性用じゃなくて指」

『わあああああああ！　はいだめです私ギルティ！　すみませんでした！』

とうとう完全な悲鳴になった。顔を押さえてのけぞっているのがわかるような羞恥絶叫の後で、『ただの念のためだったんです……』と小さな声が続いた。

テラは長々とため息をついて、優しく言った。

「そんなダイさんは、許せません。さっさと帰ってくださいな」

しばらく時間がかかったが、次の返事はずっと静かで堅いものになっていた。

『いやです、助けに行く。もう理屈とかどうでもいい』

「私がいやでも？」

『本当にいや、いやなんですか？』

テラは口を開いたが、声は出せなかった。出せるわけがなかった。

受け取った沈黙の重さと、送り返した沈黙の重さが、心地よく釣り合った。

やがて、より実務的な口調でダイオードが言い始めた。

『えーっと、代替案湧きました。いいですか』

「……はい」テラはひとつ息を飲みこんで、はきはきと聞き返す。「いいです。なんですか？」

『クロスジを放ちます』

「は？」

『クロスジイカ、最初に獲ったやつ、まだ積んでるんですけどリリースしてみます』

「なんでですか？」

『どうも動いてる気がするんです。上でテラさんを殴ったのも別のイカでしたし、なんか、イカがテラさんを狙う理由があるのかな？　と思って。それで追いかけてくれたら、位置の特定ができますから』

「えーっとまあ、仮にそれが事実だとして、まずイカを船から出さなきゃいけないし、出してても沈降速度がものすごく速いですよね。イカ。追い付けるんですか？」

『私がデコンプします。落下形態に』

テラはごくりと唾を呑んだ。一か八かの賭けをダイオードが口にする。

『精密な成形は無理でも、落ちるだけの形ならやれると思います。うまく追い付いたら、テラさんにまともな形に戻してもらいます』

「うまくいかなかったらダイさん真っ逆さまですよ。船がばきばきのコチコチに割れて、私より先に深層へ落っこっちゃいますよ？　四〇〇気圧に圧し潰されて……ううう」

『怖がらせないでください、リラックスしなきゃデコンプできないでしょう！』

「よく知ってます。怖いですよね？」

『──怖く、ないです』

すうっ、とジェルを深く吸いこむ音が聞こえた。

『テラさんが助かるかもしれないのに、怖いなんて一ミリも思わないです』

笑みが浮かんでしまった。笑みというよりも、緩みだった。

「ダイさん」

『はい』

「来てくださいな、ごほうびあげます」

『──了解！　全部もらいます。精神脱圧《デコンプレッション》開始、アンテナいったん溶けます』

通信は切れた。

テラはほーっと腹の底から息を吐いて体を伸ばした。その途端にザアッ！　と強烈な豪雨がピットを薙ぎ、耐え切れなくなったパラフォイルが音もなく吹きちぎられた。

浮遊感。自由落下に近い終端速度での降下が始まった。くるくる回って落下するちっぽけなピットの中で、横へ流れ下へ流れ、ときには逆巻く激しい嵐を、テラは過去の誰よりも落ち着いて眺めた。

この嵐の奥に、もうひとつの星がある。

周回者《サークス》がこの惑星に到着した三〇〇年前の観測によれば、分厚い気体でできたFBBの深層では、およそ三五〇〇万年前に衝突した別の固体惑星が、ずっと回遊し続けている。アイアンボールと名付けられたその惑星が多種の元素を供給し、深層をかき乱し続けているために、FBBにはさまざまな構造や生命が生まれ、上層まで吹き上げられるようになったという。

おかげで昏魚《ベッシュ》がたくさん取れる。だから自分たちはこの星で暮らせる。すてきですね、ありがたいことですね、と初等巡航生のころから言い聞かせられてきた。

そうなのかな、とテラは思う。いや、そうじゃないだろう、と。

ここは狭い世界だ。広域文明からかけ離れた、人口たかだか三〇万の小さな世界。因習に縛られた古い氏族社会。お見合いし、結婚し、子供を産まされる人生。——生きる道を人に決められ、それを拒めば別のことを強いられ、自由は常に人から与えられるか許されるもので、逃げれば撃たれる。

そして自分も彼女も、こんなにギリギリの場所に置かれるまで、本当の気持ちを口にできなかった。ここへ来て初めてわかった。自分たちが、ためらう必要もないことを、ためらっていたと。

　好きな相手に、そばへ来て、と伝えることを。

　口にしてしまったし、聞いてしまった。忘れるふりはできても、なかったことにはできない。うちに帰れば暮らしの意味が変わる。エンデヴァ氏では、それにもちろんゲンドー氏でも、ないことになっている関係になる。それはどんな感じなんだろう？　やっぱりいけないことのような気がして、びくびくと隠さなきゃいけなくなるのか？

　ううん——そんな必要はない。

　彼女は最初から遠くを見ていた。星の外まで行きたいと。聞いて答えてくれなかった理由も今ならわかる。

——私に、行きたくないと言われるのを恐れたんだ。

　だったらついていけばいい。X字翼の大きな鳥で、汎銀河往来圏《ギャラクティブ・インタラクティブ》の果てまでも。

　ためらう理由は何もない。

　そうと決めると、いまだかつてないほど心が開いた。

　精神脱圧《デコンプレッション》。テラのピットの外殻がざわめく。ほんの一リットルほど残っていただけのＡＭＣ粘土が、細く長く伸びて広がる。ミクロン単位の太さで、キロメートル単位の長繊維として。

嵐の中へ流され捲《まく》られはためいた、ほんの差し渡し五〇〇メートルほどのその網が、二人の運命を左右する、可能性はあった、可能性だけは。

チッ、と網の端に何かが接触した。かと思うとズシンとピットが突き上げられる。壁の外に二人用のテーブルぐらいある鉱物質の眼球が貼りついた。ぐりぐりと中を覗きこみ、触手でしがみついてくる。

クロスジイカ！

テラが広げていた繊維に触れたのだ。それをたどって、ここまでたどりついた。

これが来たということは——。

次の瞬間には暴風の上から転がり落ちてきた巨大で不格好な粘土塊が、イカを跳ね飛ばしてピットを飲みこもうとして。

スカッ、と外した。

「——ダイさん！」

見えたわけではない。暗いピンク色のうすらでかいものが、すぐそばをかすめていっただけだ。しかしそれが礎柱船《ピラーボート》なのはわかった。損傷しているのもわかった。損傷というか、ばきばきのコチコチに割れた一三万トンの粘土のほんの一部、最後に残った小さな破片であるのが、デコンパのテラにははっきりわかった。

その中に、デコンプ失敗で返事ができない状態の少女が埋もれていた。

「ダイさあああああああああああああああ」

ざん！　と衝撃波を叩きつけて、イカと礎柱船《ピラーボート》は落ちていった。ごうごうと風が吹き、くるくるとピットが回った。テラは叫んでいた。叫び続けるしかなかった。

「ダイさん……ダイさん……！」

涙はジェルに吸い取られ、遠ざかる点はいつまでも見えている。意識のすべてを下方に向ける、彼女を目指すために、彼女に触れるために。追い返せばよかったとは毛ほども思わない、そうしていたらこの気持ちに襲われるのは彼女のほうだったから。

賭けには負けた、でも自分たちは成し遂げた。今はただ、ついていくだけでいい。

最後のデコンプ。柔らかく広がっていた繊維を一つに絞り、落ち進むピットの下面を丸く、上に尾を長く伸ばして、成型した。涙滴型《ティアドロップタイプ》。

「ちょっと待っててくださいね――急ぎます」

水と硫化アンモニウムや硫化水素アンモニウムの重い雲の中へ、ピットは速度を増して落ちていった。深度計はなめらかに上がり続け、当然のように気圧計はそれに応え、外殻がギシギシときしみ、水圧痛が再訪し、どこかで何かが割れ、何かが噴き出し、ジェルに嗅いだことのない匂いが混ざり始める中で、テラは歯を食いしばって、真下の暗闇にかすかにゆらぐ染みを、痛む目で見つめ続けた。

やがて、うっすらと明るくなった。

目を閉じても、その光は見えた。どんどん強くなって、テラの身も心も呑みこんで——

「今は何年かな？」

と、尋ねた。

木漏れ日が斜めに落ちる木立の奥から、下生えと腐葉土を踏みしめて、眼鏡で小柄でサンダルを履いた、三〇前ぐらいの白衣の女がやってきた。きらめくように凛々しい颯爽たる刈り上げショートカットヘアで、宇宙一自信に満ちあふれているかのように胸を張っている。

テラは瞬きして彼女を見、自分の傷ひとつない手のひらをしげしげと眺め、草色と山吹色の舶用盛装《デッキドレス》に汚れもかぎ裂きもないのを確かめ、周囲の蔦が絡んだ石積みの城壁や、輻式車輪が割れて荷台の傾いた幌馬車に目をやり、そそくさと逃げて行く馬と、あたり一面を覆う野花を見た。

どう見ても「アイダホ」の書庫だ。頭がまっしろになって、「えっ……？」と立ち尽くした。

そばに来た女が、興味深そうにテラの周りを一周して、「事故？　自殺？　それとも他の何か？」と尋ねた。テラは「ええ……？」と困惑して身を引くばかりだ。ついにピットが砕けて、自分はこの世から消えたと思ったのに。

ふと、人間は死の瞬間に超高速で生前の夢を見るという話を思い出した。これがそうなのか。

にしては、知らない女だった。大事な人のことを考えていたいのに、こんなのに割りこまれたくなかった。

「なに？　誰ですか？」

「あたし？　あたしはエダ。ドライエダ・デ・ラ・ルーシッド、星間生物学一等博士、周回者《サークス》の初代船団長《グレート・チーフ》よ。そして昏魚《ベッシュ》の父」

「え？　え？」

返された答えは逆に不可解な情報だらけで、テラはますます戸惑ってしまった。心細くなって「ダイさーん……」と辺りを見回したが、これ自体が現実逃避の幻覚なのかもしれず、意味があるのかないのかわからなくなった。

しかし、意味はけっこうあったらしい。

エダと名乗った女が「んっと、待ってね、もう一人も今つかまえた。君が会いたがってるのはこの子？」と、石壁の向こうへ歩いていき、戻ったときにはダイヤと黒鉛のドレス姿の少女を抱いていた。

「――ダイさん！」

テラはひったくるように彼女を受け取って、青ざめたなめらかな顔を撫でた。長い睫毛の下の瞳は閉ざされていたが、小さな鼻は息づいており、体は温かく柔らかかった。

「ダイさん！　……よかった……！」

張り詰めていたものが切れて、テラはその場にへたり込み、泣き出してしまった。

「てことは、この子を助けに来たのね」

エダはそばの低い石壁に腰かけて、脚を組んだ。

やがて、ひとしきり感情をほとばしらせたテラは、顔を拭ってエダを見上げた。

「あなたが助けてくれたの？——というか、これは、助けなの？」

「あたしはデコンパとしか話せない。だからその子は君のおまけ扱いになるけど、答えを言えば——そうよ、助けだよ。脳を言語で縛らずに使える者同士がたどり着く、想念の庭。脱圧精神《デコンプレッション》の中だ。安心して」

テラはしかし、それを聞いてかえって微妙な気持ちになる。無事なダイオードを抱いたことで、これが現実ならばいいと思い始めたのに、目の前の女は、そうではないと言っているような気がしたのだ。

「デコンプの中？　夢……ってこと？」

「夢じゃない。デコンプで成形される礎柱船《ピラーボート》が夢じゃないのと同じように。全質量可換粘土が変形してひとつの舞台を作り、役者を動かし始めたとしたら、それは夢だと思う？」

「夢……ではないかもしれないけど」テラは気づいて口を開ける。「粘土？　じゃあ私は？　肉の体は？」

「君は今、自分やその子が肉でないように感じる？」

「それは……感じない……」

「なら、よくない？」

にっこりと微笑まれたので、テラはどう考えたらいいかわからなくなった。

「まあ、話を変えようか」

石壁からぴょんと飛び降りて、女はテラの前にしゃがんだ。

「君の名前を聞いてもいい？」

「テラ。テラ・インターコンチネンタル・エンデヴァ……」

「おー、エンデヴァ氏はまだ続いてるのね、おめでと」

「あなたはエダって言った？　『爆才エダ』と関係あるの？」

「あたしだ。やーははは、久しぶりに言われると嬉しいけど照れるね。今は何年？」

「今はＣＣ三〇〇四年でしょう」

「そっか、三〇〇周年は寝過ごしちゃったか。まあ、一五年も人が落ちて来なかったのはいいことだ」

「一五年？」そういえば、それぐらい前に人間の落下事故があった。「それから今まで寝てた……？　人が落ちてきたら起きるの？」

「そう、普段は寝ている。そして何かあると起こされるね」

「誰に？」

「アイアンボールに」

テラはまじまじと彼女を見つめた。さっきからいろいろと驚く情報が飛び出してテラをぶん殴り続けていたが、このパンチは特大だった。

エダもテラを見つめ返して、にやりと笑った。

「ま、メシでも食いながら話さない？」

メシどころじゃないはずなのだが、本当にそうなのかどうかわからず、導かれるままにテラは石垣に腰かけてしまった。エダは壊れた馬車からバスケットを持ってきた。この、どこかまだ納得いかない世界に不穏なものを感じつつ、テラは勧められるままにキューカンバーライクとチーズライクの挟まれたサンドイッチを食べて、その鮮烈な味わいに声を上げた。三〇三年前のプリンタの高性能を率直に誉めると、プリンタじゃない、とエダに笑われた。

「『ライク』じゃない。これが食べ物だ。最初のころはまだ生きていた、本物のキュウリやウシの産物だよ」

「……今の食材は全部リサイクル有機物で、料理は全部プリンタ印刷です」

「まあ、元素の不便な軌道上で、人間はよくやってると思うよ。ここでこういうものを食えるのはデコンプのおかげ」

はむ、とサンドイッチをかじるエダに、「デコンプって……」とテラはつぶやく。

「デコンプって、なんなんですか？」

「ん、そこに食いつけるのはえらい。人間としての思考、つまり言語野の駆動を一時的に最低レベルまで落とすのと引き換えに、造形能力を極限まで引き上げて、粘土に形を与える。『ふねのかたちを、おもいのままに』、そういうことがデコンプだと周回者《サークス》は信じてるね。……でも、そんなことがほんとに人間に可能だと思う？」

「思うかって、現に私たちはやってるじゃ……」

「やってると思ってるね。粘土がそのように変形するから」

　やっていないという、もうひとつの可能性に気づいて、テラは慄然とする。

「……粘土が生きていて、人間に合わせてくれているの？」

「ご明察」

　エダが指差してウインクした。

「深層回遊惑星アイアンボール。これがそもそも、数千万年前にＦＢＢにやってきたひとつの大きな生物だったんだよ。ただこれは不本意な墜落だったらしくてね。重力の強いこの星から、彼はずっと脱出しようとしてきたんだ。最近になって人類という生き物がやってきたから、彼はこのちっぽけな連中を利用して少しずつ星の外へ出ていくことにした。それが、『人間にわざと漁獲されて、輸出される』って方法だったんだよ」

「そんなことをしてたんですか」言ってから、言い直す。「私たち、そんなことをさせられていたんですか？」言ってから、さらに言い直す。「小分けの粘土にされて、ほとんど燃やしたり建材にされたりして、そんなになって大巡鳥《ターシンニャオ》で運ばれて、それでもいいの？」

「海洋系の惑星に移植されたマンボウの類は、三億個の卵を産む——そのうち九九パーセント以上が敵に食べられてしまうけど、マンボウが気にしているという報告はまだないね」

「……アイアンボールは、マンボウみたいな魚なんですか？」

「おっ、マンボウが通じた。君、詳しいね？」エダは嬉しそうに手をこすり合わせる。

「生存戦略としては多産多死の傾向があると思うよ。でも生物学的には、地球産の魚類とは縁がない。それがこうなったのは、まあ、ね」

「さっきあなたは、昏魚《ベッシュ》の父、って」

テラが指摘すると、エダは何やらにやにやと笑ってうそぶいた。

「そう……あたしがね。ぶっかけたのよ。流体中を回遊、漂流、浮遊、浮沈するのに適した生命プランとしては、こんなのがあるよって情報を。それまで焦粉《ベイク》っていう材料を垂れ流していただけだったあいつは、それでティンとなってどばどば昏魚《ベッシュ》を産み出し始めたね。——だからあたしがお父さん。アイアンボールが、お母さんだ」

「だったら彼女って呼んであげないと」

「違いないわ」

くっくっくっと楽しそうにエダは笑った。

その闊達な有様を見ていたテラは、腕の中の少女から、以前聞いたことを思い出した。

「あなたは別に伴侶がいたんじゃないの？」

エダが笑いを収めて、面白そうにテラを見る。

「知ってるの？」

「初代船団長《グレート・チーフ》はもう一人、マギリという女の人がいて、あなたと結婚していたって聞きました」

「よく知ってんじゃん。それ聞くの二〇〇年ぶりぐらいかな。どこで知ったの？」

「『アイダホ』一〇年層、骨董扇区の媒体庫で」

「ワオ、ここじゃん。奇遇～」

「ワオじゃないですよ。そのマギリさんはどこなんですか？　アイアンボールにかまけているのって……浮気じゃないですか？」

エダはブッと噴き出して笑い転げた。

「浮気、浮気か！　はははははそんなん初めて言われたよ！　そりゃまあそうだけどさあ、よその女と子供作っちゃってさあ、帰らなかったんだもんね、ずっと」

「笑いごとじゃ……」

「まあ帰れなかったんだけどね、死んだから。マギリも呼べなかった、死ぬから」

テラは二の句が継げなくなった。

「CC八年に下手こいて落っこちて、さっきの君みたいに潰れて死ぬ寸前に、ボールちゃんに拾われたのよ。いろいろあって最終的にあいつのデコンプ能力で意思疎通に成功して、昏魚《ベッシュ》を出したり人を拾ったりできるようになった。ただ、これはやっぱりあたしの人格が残ってるから可能なことでね。――あたしがログオフして上へ帰っちまうと、多分昏魚《ベッシュ》もなくなっちゃうんだなあ」

「そんな……そんなの」

以前のテラなら迷ったり悩んだりしただろう。

だが、今のテラの反応はひとつだった。

「全部うっちゃって帰ればよかったじゃないですか！」

「おっほ」

エダはのけぞって面白そうに言う。

「したら漁業壊滅して、せっかく軌道に乗った周回者《サークス》の暮らしもぶち壊しになったと思うけど？」

「そんなの知ったことじゃないでしょう！」

「惑星脱出できなくなったら、アイアンボールも協力してくれない」

「だからなんだってんですか？」

テラはダイオードを抱き締めて、伝説の船団長《グレート・チーフ》をにらむ。

「マギリさんのところへ！　戻ればよかったんです！　他がどうなろうと！」

「言うねえ｜。君、きっぱりしてるねえ」

うんうんとうなずいてから、エダは小さな花びらのような微笑みを浮かべた。

「それはマギリのやつにも聞かせてやりたかったなあ」

「——」

テラはその言葉がゆっくりと染みとおってくるのを感じて、そして真っ赤になってうつむいた。

同じことは完全に、マギリにも当てはまっていた。魚類に似た昏魚《ベッシュ》が突然現れ始めたことで、彼女は勘づいたに違いないのだ。最愛の伴侶が、深い大気の底でまだ存在しているのだと。死と未知のヴェールの中でどんな仕組みが働いているのかはわからなくても、そこへ行けば同じものになれると、気づいたはずなのだ。

だが彼女は来なかった。

エダが帰らなかったのと同じように。軌道に乗りかけたみんなの暮らしを維持するため。そして大巡鳥《ターシンニャオ》を呼び寄せて、交易を始めるため。

そんな二人に——自分は今、訳知り顔でなんてことを言ったんだろう。

「エダさん、あの」

「はいはい」

「ごめんなさいぃ」

「よいよい」

泣きこぼすテラに、エダは大きく笑顔を輝かせる。

「今のはマジでスカッとした。三〇〇年分のお駄賃もらった気分だわ」

「はあ……」

「そいつに免じて、君たちはちゃんと上へ帰してあげよう」

「帰して……って、帰れるんですか？　生きたまま!?」

「うん、噴出物《イジェクタ》を成層圏までブチ上げるアイアンボールにとっちゃ、君たちのボートぐらい朝飯前だからね」そう言ってから、なぜかエダは向こうをむいてぼそぼそ言った。「イカがあんたをパンチしたのはこの爆才にとって痛恨のミスだったかんね、まあ魚殺しを漁師のデコンパが救うなんて事態が想定外だったんだけどさ」

「あの、エダさん？」

「いーやなんにも」顔を向け直して、エダがにこやかに微笑む。「君たちは気にしなくていい」

「そう言われても、あなたを残して私たちだけ帰るのは、悪いです……」

「あ、そっちを気にするんだ？　いやいいよ、昏魚《ベッシュ》作れないでしょ？　それに君らを残してあたしが戻っても、あいつはとっくにいないし。逆にみんながあんたたちのことを悲しむだろうし」

「悲しむかどうかはわかりませんけど……」

「そう？　まあ、だとしても気遣いはいらんよ。最終的にアイアンボールが全部汲みだされれば、あたしも一緒に出て行くことになるわけだからね」

「そう……なるんですか？」

「なるなる、そういうことだって。まあちょっと先になるかもだけどさ。あたしは外へ出るつもりだよ。――マギリもそのつもりで漁を発展させてくれたんだと思うな」

「そっか。エダさん、寝て暮らせるんでしたよね」

「そうそう。ひょっとしたら、体感時間で言えば君たちが死ぬよりも先に、あたしが外へ出るかもよ」

彼女の言葉が全部本当なのかどうか、確かめるすべはなかったが、テラは、笑って答えることにしたのだった。

「そうですね。エダさんのほうがきっと先に出て行けるでしょうね」

エダに促されてテラは立ち上がり、書庫の出口へ向かう。木立の中で、たてがみのきれいな馬がついてきた。死後の世界めいた不吉さは、もう感じなかった。ここは風通しのいい場所だった。

エダが横目でダイオードの顔をちらりと見て、言った。

「ところでテラちゃんさあ」

「ちゃん？」

「あたし三百二十三歳。テラちゃんさっき、自分が死んでもみんなは悲しまないみたいなこと言ったね。ひょっとして……苦労してる？　この子のことで？」

テラは三歳ぐらい年上にしか見えない女の前で、「いいえ？　全然」と楽しそうに頭を振ってみせた。

「いいね」くっくっと含み笑い。「いい。あたしが拾う子は、そもそもデコンパしかいないから気に入ることが多いんだけど、あんた好きだわ。これ、持ってき」

言うなりエダは、そばに立った馬のしっぽを握って、思い切り引いた。うわ、とテラは逃げかけて踏みとどまる。馬は怒りもせずたたずんでおり、エダの手にはひと房の金色の毛があった。ぽかんとするテラに渡しながら、意味深なにやにや顔でささやきかける。

「大巡鳥《ターシンニャオ》は二年に一度やってくるね。でも、星系から出る手段がそれしかないって、おかしくない？」

「言われてみればそうですね。他にあるんですか」

「それだ。知ってる？　馬の尾を握った女はとても速く飛べる」エダが少しぱさぱさする長い毛を指で梳《す》いた。「もし、苦労がどうにもならなくなったら、こいつを引っぱってみ。船団長《グレート・チーフ》コードで『アイダホ』初期層が分離する。光貫《クアングアンファアン》環を起動すれば、最寄りのツークシュピッツェ星系まで二週間だ」

テラは驚いて息を呑んだ。「それ……本当、あの……」と言葉に迷う。

「私たちが出て行ったら、昏魚《ベッシュ》の輸出が減っちゃうじゃないですか！」

「そんなの知ったことじゃない」

「……」

「でしょ？」

テラはダイオードを肩に担ぎあげて、空いた片手をエダに伸ばした。エダもその腕の中に入ってくれた。

「ありがとうございます……！」

「よいよい」

テラの腕をぽんぽんと叩くと、エダは書庫の出口に立った。軌道上の『アイダホ』とは違って、そこは光り輝く門になっていた。

「ほら、行っちゃえ。忘れもんないな？」

「また来ていいですか？」

エダは白衣のポケットに両手を突っ込んだままテラの後ろに回ると、サンダル履きの脚で、どんと尻を蹴っ飛ばした。

「いいわけないでしょ、バーカ！」

どんがらがっしゃん！　という感じでテラの頭の上から馬鹿でかい残骸が落ちてきた。衝突の勢いで小さなピットを嵐の奥へ跳ね飛ばしそうになりながら、かろうじて残っていた粘土の塑性でぐにゅりと中へ呑みこむ。

「うひゃっ！　とっと……」

じゃぶじゃぶ揺れる体液性ジェルにいやというほど揺さぶられて、テラは正気を取り戻した。真っ赤だったＶＵＩの粘土メーターが、オレンジぐらいにまで明るくなっている。

いや、それよりも。

「ダイさん！」

情報同期が復活して何十枚も一度に開いたＶＵＩパネルの向こうに、もうひとつのピットが見えた。反射的にテラは境の壁に貼りついていた。

「船機、ピットの水圧を同期して、物理結合！」

ただちに二つのピットがつながった。どっと流れ込んできたジェルの濁りと異臭に顔をしかめながら、テラはそちらへ乗りこんで、ぐったりとしていた小さな姿を抱き寄せた。

「無事ですか！　息はできる⁉」

聞くまでもなくダイオードは自己吐瀉物で呼吸困難になっていた。テラ自身は一度もなったことがないが、巡航生時代に同種のトラブルは何度も見た。精神脱圧《デコンプ》の失敗だ。「ふねのかたちをおもいのままに」、しようとして新しい立体像を構築できなかった。ＡＭＣ粘土が想像を拾い出せずに無秩序に変形。船は二つないし無数に分裂。自己像が失われる過程が、バックラッシュしてデコンパの体性感覚を攪乱する。自分の体が、腕が、脚が、頭が、どこにあってどんな向きなのかわからなくなる。

あとは宇宙でも空中でも水中でもお決まりのコースだ。空間識失調《バーティゴ》、極度の船酔い、激しい嘔吐による行動能力喪失。

「テラさ、いいです」接触を感じ取ったダイオードが、身をもがいて押し離そうとする。

「汚れ、ぶジェルが」

「そんなのいいですから！」

テラは大きく宙に指を回した。全量交換のジェスチャー。ポンプが回って壁際の循環孔が痛いほどの勢いでジェルを吐き出し始めると、ダイオードの体を丸ごと抱えてお腹を押して、「ほら吐いて！　飲んで！」腕力にものを言わせて強引にダイオードの気管を洗い流した。

「どう、大丈夫ですか⁉」

「テラさん……」息も絶え絶えといった様子で、顔中べたべたのままのダイオードが、不満そうににらみつけた。「そんな色気のない人工呼吸って、あります？」

テラはものも言わずにキスをした。

自分の半分ぐらいしか体積のない少女の体を、しっかり抱き締めて長々と口づけると、おもむろに顔を離して見つめた。ダイオードは驚いて目を見張っていた。

「な、に……」

「私、今のが生まれて初めてですからね」

ただでも動揺していたダイオードを、その一言で完全に黙らせると、シートに座らせて自分はその前に立った。デコンパのUIをこちら側の席に引き込んで、VUIを四段も展開。明らかに残骸化している礎柱船《ピラーボート》の現状を把握し、ぐちゃぐちゃになった構造と成分を実物に忠実に脳裏に写し取っていく。

「慣れないデコンプ、ご苦労さまでした。ここまで船を持ってきてくれて、本当にありがとうございます」

「は、はい……?」

「比べると全然たいしたことないですけど、私もがんばりますね」

精神脱圧《デコンプレッション》。二〇〇〇トンを柔らかく溶かした。全質量を縦一本に連ねて、底面に巨大なノズルを開き、ノ
ーズコーンを鋭く尖らせて、天頂のかすかな青みを狙う。

八〇メートルの固体ロケットブースターが姿を現した。普段の礎柱船《ピラーボート》の規格外の大パワーには及ぶべくもないが、二人乗りの宇宙船とすれば十分な代物だ。それでも周回軌道ま

では昇れないが、惑星を半周するぐらいの弾道軌道には乗れる。

上がってから落ちるまでのあいだに、十六氏族のどれかに助けを求めるのは、分の悪い賭けではないはずだった。

「こんなもんでどうです？」

軽やかに振り返ると、ダイオードは目をこすって泣いていた。

「どうしたの？」

「テラさん、テラさん」

初めて漁をした日から、絶対に泣かないつもりで泣いてばかりだった悔しがり屋の少女が、嬉しさに顔をくしゃくしゃにして涙を振りまいていた。

「失敗、してなかった、よ、よかった」

「え？」

「落ちたじゃないですか。私も、テラさんも」ひっひっとしゃくりあげたダイオードが、とうとう力いっぱい抱き着いてきた。「二人バラバラに、手もつなげずに、ま、真っ暗な底へ、んあああああ！」

ぐいぐいと胸に顔を押し付けるダイオードを、テラは呆然と受け止めている。そういう記憶は、確かにある。あるけど断乎として、無視していた。あんなことが事実であるわけがなかった。

だけど――。

「船機。直近一時間の外部気圧ログを表示」

命令に応じて現れたVUIは、三二分前に四〇三八気圧を記録していた。

テラは黙然と目を閉じて、左手の指をこすり合わせる。そこには何もなかったが、あのぱさついた毛の感触ははっきり残っていた。

「――ダイさん」

「テラさん！　テラさんん！」

「はいはい、落ち着いて」テラは細い肩を抱く。この手触り、生身の存在感は、あの人がついに得られなかったもの。だからこその贈り物。「まだ船は落っこちてますよ。また同じことを繰り返すつもり？」

ぴたりと泣き止んだダイオードが、ふるふると顔を横に振った。

「じゃあ、飛ばしてくれないと」

「……は、はい」

ダイオードは演奏を始める前のピアニストのように両手を大きく掲げると、おずおずと振り下ろした。ツイスタVUIを展開、ロケットの動翼を風に当てて飛行特性をつかむ。初めて目にする獣を躾けるようなものなのに、二〇〇〇トンの機首を軽く撫でつけただけで、いともあっさりと正しい方角へ向ける。

いつものように大きな才能の一端を見せたツイスタは、しかし、まだいつもの彼女ではなかった。肩越しに振り向いたダークブルーの瞳に強い不安が揺れている。

「いいんです、か？」

「何がですか？」

「私と戻ったら、きっとまたあいつらが来るし、みんなもやっぱり、だし」

テラの顔を見てはうつむき、また見てはうつむく。これまで何度もテラが見てきた、一番弱い彼女の顔。

「……そういう、ことですよ。私と来てくれるっていうのは」

「ダイさん」

「はいっ？」

びくんと電気が通ったみたいに振り向いた彼女に、んん、とテラは唇を差し出した。

「全部もらってくれるんじゃ、なかったんですか？」

「……このっ！」

期待した通りに彼女からの、初めての強奪が来た。

小さな火竜みたいに強い抱擁だった。今まで生意気と強がりと泣き言ばかり聞かせてくれた可愛らしい唇から、初めて知る熱い息がテラの中に入ってきた。信じられないほどの多幸感が頭のてっぺんから四肢の指先まで行き渡り、体の芯をすっかり溶かされた。

はあっ、と顔を離して見上げたダイオードは、瞳に新星が宿っている。

「文句はなしですよ、今のはテラさんが誘いましたからね」

「は……はひ……」

答えたテラはもう立てない。水に漬けた花束みたいに、大きな体をくたりとジェルに浮かべてしまう。

「それじゃ、行きましょうか」少女がくるりと身を翻し、決意の眼差しを天に向ける。

「漁師にもなれないクソ世界ですけど、あなたが来るなら耐えてみせます」

「いいえ」テラはかすかにささやく。「馬がいます」

「え？」

ダイオードがわずかに振り向く。テラはくすりと笑みを漏らす。

「あとで、教えてあげますね」

そう告げて教えなかったことはない。それを楽しみにしなかったことはない。

二人は大きくうなずきあって、それぞれのパネルに両手を広げた。

コッコッと爪先が床に鳴り、流星の軌跡を描くように片手が振られる。

爆光が、深淵を蹴る。

本書は、書き下ろし作品です。

コロロギ岳から木星トロヤへ

小川一水

西暦二二三一年、木星前方トロヤ群の小惑星アキレス。戦争に敗れたトロヤ人たちは、ヴエスタ人の支配下で屈辱的な生活を送っていた。そんなある日、終戦広場に放置された宇宙戦艦に忍び込んだ少年リュセージとワランキは信じられないものを目にする。いっぽう二〇一四年、北アルプス・コロロギ岳の山頂観測所。太陽観測に従事する天文学者、岳樺《だけかんば》百葉《ももは》のもとを訪れたのは……異色の時間SF長篇

ハヤカワ文庫

疾走！千マイル急行（上・下）

小川一水

名門中等院に通うテオは、文明国エイヴァリーの粋を集めた寝台列車・千マイル急行で旅に出た。父親と「本物の友達を作る」約束を交わして――だが途中、ルテニア軍の襲撃を受ける。装甲列車の活躍により危機を脱するも、祖国はすでに占領されていた。テオたちは救援を求め東大陸の采陽《サイヨー》を目指す決意をするが、苦難の旅程は始まったばかりだった。小川一水の描く「陸」の名作。　**解説／鈴木力**

アステリズムに花束を

百合SFアンソロジー

SFマガジン編集部＝編

百合——女性間の関係性を扱った創作ジャンル。創刊以来初の三刷となったSFマガジン百合特集の宮澤伊織・森田季節・草野原々・伴名練・今井哲也による掲載作に加え、『元年春之祭』の陸秋槎が挑む言語SF、『天冥《てんめい》の標《しるべ》』を完結させた小川一水が描く宇宙SFほか全九作を収める、世界初の百合SFアンソロジー

最後にして最初のアイドル

草野原々

〝バイバイ、地球――ここでアイドル活動できて楽しかったよ。〟SFコンテスト史上初の特別賞&四十二年ぶりにデビュー作で星雲賞を受賞した実存主義的ワイドスクリーン百合バロックプロレタリアートアイドルハードSFの表題作をはじめ、ソシャゲ中毒者が宇宙創世の真理へ驀進する「エヴォリューションがーるず」、声優スペースオペラ「暗黒声優」の三篇を収録する、驚天動地の作品集！

ハヤカワ文庫

バナナ剝きには最適の日々

円城 塔

どこまで行っても、宇宙にはなにもなかった——空っぽの宇宙空間でただよいつづけ、いまだ出会うことのないバナナ型宇宙人を夢想しつづける無人探査機を描く表題作、淡々と受け継がれる記憶のなかで生まれ、滅びゆく時計の街を描いた「エデン逆行」など全10篇。「コルタサル・パス」を追加収録。

解説／香月祥宏

ハヤカワ文庫

沈黙のフライバイ

野尻抱介

アンドロメダ方面を発信源とする謎の有意信号が発見された。分析の結果、ＪＡＸＡの野嶋と弥生はそれが恒星間測位システムの信号であり、異星人の探査機が地球に向かっていることを確信する……静かなるファーストコンタクトの壮大なビジョンを描く表題作、女子大生の思いつきが大気圏外への道を拓く「大風呂敷と蜘蛛の糸」他全五篇。宇宙開発の現状と真正面から斬り結ぶ野尻宇宙ＳＦの精髄。

虐殺器官〔新版〕

伊藤計劃

9・11以降、〝テロとの戦い〟は転機を迎えていた。先進諸国は徹底的な管理体制に移行しテロを一掃したが、後進諸国では内戦や大規模虐殺が急激に増加した。米軍大尉クラヴィス・シェパードは、混乱の陰に常に存在が囁かれる謎の男、ジョン・ポールを追ってチエコへと向かう……彼の目的とはいったい？　大量殺戮を引き起こす〝虐殺の器官〟とは？　ゼロ年代最高のフィクションついにアニメ化

Cover Illustration redjuice

ハヤカワ文庫

ハーモニー〔新版〕

伊藤計劃

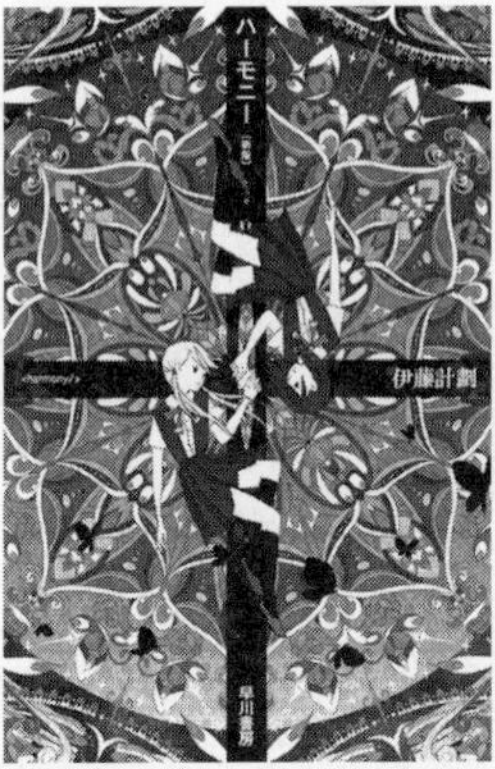

二一世紀後半、人類は大規模な福祉厚生社会を築きあげていた。医療分子の発達により病気がほぼ放逐され、見せかけの優しさや倫理が横溢する〝ユートピア〟。そんな社会に倦んだ三人の少女は餓死することを選択した——それから十三年。死ねなかった少女・霧慧トァンは、世界を襲う大混乱の陰に、ただひとり死んだはずの少女の影を見る——『虐殺器官』の著者が描く、ユートピアの臨界点。

ハヤカワ文庫

ヤキトリ１

一銭五厘の軌道降下

カルロ・ゼン

地球人類全員が、商連と呼ばれる異星の民の隷属階級に落とされた未来世界。閉塞した日本社会から抜け出すため、アキラは惑星軌道歩兵——通称ヤキトリに志願する。米国人、北欧人、英国人、中国人の４人との実験ユニットに配属された彼が直面したのは、作戦遂行時の死亡率が７割というヤキトリの現実だった……『幼女戦記』のカルロ・ゼンが贈るミリタリーＳＦ新シリーズ、堂々スタート！

JKハルは異世界で娼婦になった

平鳥コウ

普通の女子高生・小山ハルは、ある日交通事故に巻き込まれ——気づくと異世界に転移していた。生活のため酒場兼娼館『夜想の青猫亭』で働くと決めたハルだが、男尊&女卑の異世界では嫌なことや理不尽なことがありすぎた。同じく現実世界から来た同級生の千葉、娼館仲間のルペやシクラソ、ハルに思いを寄せるスモーブと出会い、異世界に溶け込みはじめたハルを待ち受けていた過酷な運命とは。

ハヤカワ文庫

小川一水作品

第六大陸1
二〇二五年、御鳥羽総建が受注したのは、工期十年、予算千五百億での月基地建設だった

第六大陸2
国際条約の障壁、衛星軌道上の大事故により危機に瀕した計画の命運は……。二部作完結

復活の地Ⅰ
惑星帝国レンカを襲った巨大災害。絶望の中帝都復興を目指す青年官僚と王女だったが…

復活の地Ⅱ
復興院総裁セイオと摂政スミルの前に、植民地の叛乱と列強諸国の干渉がたちふさがる。

復活の地Ⅲ
迫りくる二次災害と国家転覆の大難に、セイオとスミルが下した決断とは？　全三巻完結

ハヤカワ文庫

小川一水作品

老ヴォールの惑星

SFマガジン読者賞受賞の表題作、星雲賞受賞の「漂った男」など、全四篇収録の作品集

時砂の王

時間線を遡行し人類の殲滅を狙う謎の存在。撤退戦の末、男は三世紀の倭国に辿りつく。

フリーランチの時代

あっけなさすぎるファーストコンタクトから宇宙開発時代ニートの日常まで、全五篇収録

天涯の砦

大事故により真空を漂流するステーション。気密区画の生存者を待つ苛酷な運命とは？

青い星まで飛んでいけ

閉塞感を抱く少年少女の冒険から、人類の希望を受け継ぐ宇宙船の旅路まで、全六篇収録

著者略歴　1975年岐阜県生，作家　著書『第六大陸』『復活の地』『老ヴォールの惑星』『時砂の王』『天涯の砦』『フリーランチの時代』『天冥の標』（以上早川書房刊）他多数

HM=Hayakawa Mystery
SF=Science Fiction
JA=Japanese Author
NV=Novel
NF=Nonfiction
FT=Fantasy

ツインスター・サイクロン・ランナウェイ

〈JA1421〉

二〇二〇年三月二十日　印刷
二〇二〇年三月二十五日　発行
（定価はカバーに表示してあります）

著者　小《お》川《がわ》一《いっ》水《すい》
発行者　早川　浩
印刷者　矢部真太郎
発行所　株式会社　早川書房
郵便番号　一〇一 - 〇〇四六
東京都千代田区神田多町二ノ二
電話　〇三 - 三二五二 - 三一一一
振替　〇〇一六〇 - 三 - 四七七九九
https://www.hayakawa-online.co.jp

乱丁・落丁本は小社制作部宛お送り下さい。送料小社負担にてお取りかえいたします。

印刷・三松堂株式会社　製本・株式会社フォーネット社

ISBN978-4-15-031421-7 C0193

本書は活字が大きく読みやすい〈トールサイズ〉です。